HEYNE BÜCHER

06/2500

Über 40 Jahre
Heyne Science Fiction
& Fantasy

2500 Bände
Das Gesamt-Programm

SCIENCE FICTION

Herausgegeben
von Wolfgang Jeschke

Ein vollständiges Verzeichnis aller
im HEYNE VERLAG erschienen STAR TREK-Romane
finden Sie am Schluß des Bandes.

DEAN WESLEY SMITH
KRISTINE KATHRYN RUSCH

STAR TREK
CLASSIC

DAS GESETZ DES VERRATS
TAG DER EHRE 4

Roman

Star Trek®
Classic Serie
Band 102

Deutsche Erstausgabe

WILHELM HEYNE VERLAG
MÜNCHEN

HEYNE SCIENCE FICTION & FANTASY
Band 06/5702

Titel der amerikanischen Originalausgabe
DAY OF HONOR: TREATY'S LAW
Deutsche Übersetzung von Ronald M. Hahn

Umwelthinweis:
Dieses Buch wurde auf chlor- und säurefreiem Papier gedruckt.

Redaktion: Rainer-Michael Rahn

Erstausgabe by Pocket Books/Simon & Schuster, Inc., New York

http://www.heyne.de
Printed in Germany 1999
Umschlagbild: Pocket Books/Simon & Schuster Inc., New York
Umschlaggestaltung: Atelier Ingrid Schütz, München
Technische Betreuung: M. Spinola
Satz: Schaber Satz- und Datentechnik, Wels
Druck und Bindung: Ebner Ulm

ISBN 3-453-15705-2

Dieses Buch ist für Jeff, Kelly und Rich.
Danke für die wunderbaren Zeiten.

PROLOG

Kerdoch ging mit festen Schritten durch den großen Wohnraum zu seinem Sessel. Er trug dieselben Kleider wie auf den Tag genau vor zwanzig Jahren: durchgescheuerte Arbeitskleidung, die ihm noch immer paßte, obwohl sein Leib mit zunehmendem Alter Gewicht angesetzt hatte. Es waren die Kleider eines stolzen klingonischen Bauern, doch vor zwanzig Jahren, an dem besonderen Tag, waren sie auch die Uniform eines Kriegers gewesen.

Die Luft war warm; sie duftete noch nach der riesigen Mahlzeit, die er gerade zu sich genommen hatte. Die Spannung angesichts der Erwartung der wunderbaren Geschichte, die er gleich erzählen würde, erfaßte den ganzen Raum und ließ die Augen sämtlicher Anwesenden in einem besonderen Licht leuchten – als käme Kahless persönlich zu Besuch. Kerdoch spürte es. Die Empfindung erfüllte ihn mit Kraft; sie gab seinen müden alten Knochen Kraft. Ein Leben auf den Feldern hatte sie abgenutzt, um die Krieger des Reiches zu nähren. Seine Arbeit erfüllte ihn mit Stolz. Er und seine Familie waren in dieser Region respektiert.

Die siebzehn klingonischen Erwachsenen und einunddreißig Kinder, die den Raum belebten, schwiegen und wagten kaum zu atmen. Sie warteten.

Kerdoch nahm in dem großen Sessel Platz und musterte die Anwesenden. Seine Familie. Seine *ganze* Familie. Zu seinen Füßen saßen die kleinsten Enkel im Schneidersitz; sie schauten zum Großvater auf. Auch sie warteten auf seine Geschichte. Er wußte es ganz genau.

In seinem Herzen kannte sie jeder. Kerdoch erzählte sie jedes Jahr am gleichen Tag, und er war ihrer nie müde geworden. Auch seine Kinder und Enkel wurden ihr nicht müde, das stand fest. Seiner Ansicht nach war dies ein gutes Zeichen für die Zukunft. Seine Geschichte war wichtig. Sie handelte von einem Tag und einem ehrenvollen Kampf, und kein Klingone sollte ihn je vergessen.

Seinen schwarzen Augen war an diesem besonderen Tag keine Einzelheit entgangen – weder auf den Feldern noch in dem großen Wohnraum. Sein Blick fiel auf seine Enkel und die älteren Kinder, dann blieb er auf seiner Gattin haften, die etwas weiter hinten stand. Sie lächelte. Er erwiderte ihr Lächeln. Auch sie hatte den Tag vor zwanzig Jahren nicht vergessen. An diesem Tag hatte sie befürchtet, ihren Gatten, die Kinder und das eigene Leben zu verlieren. Auch ihr war klar, wie wichtig seine Geschichte war.

Die Spannung im Raum stieg, denn alle wußten, daß die Geschichte über den großen Kampf gleich beginnen würde. Die Spannung, sie erneut zu hören, war für die kleineren Kinder kaum noch erträglich. Viele rutschten nervös hin und her. Kerdoch mußte sich zwingen, nicht über ihr Verhalten zu lächeln.

Er holte tief Luft, dann fing er an. Seine tiefe Stimme erfüllte den Raum, als er sich und die versammelte Familie in die Zeit vor zwanzig Jahren zurückführte, an den Tag, an dem die Schlacht geschlagen worden war.

In eine Zeit, in der er, Kerdoch, Krieger gewesen war. Und als das Reich der Klingonen erfahren hatte, daß auch der Feind eine Ehre hatte.

1

Kerdoch knurrte leicht, richtete sich auf und reckte die angespannten Rückenmuskeln. Er war nun seit fast dreißig Jahren Bauer, und mit jedem Jahr wurde sein Körper etwas steifer. Aber er war gern bereit, diesen Preis zu zahlen.

Sein Blick fiel auf seine Arbeit. Das TIqKa SuD-Feld breitete sich wie ein ruhiges Meer vor ihm aus. Blaugrüne Halme wehten unter der Berührung eines unsichtbaren Windes wie sanfte Wogen hin und her. Jeder Getreidehalm strotzte vor Gesundheit.

Am Horizont hatte sich K'Tuj, die größere der beiden gelben Sonnen, hinter den Horizont verzogen. Nun beschien nur noch das mattgelbe Licht K'Machs seine Arbeit. Schon kehrte die Kühle in die Luft zurück und vertrieb die große Hitze des Tages. Kerdoch wußte, daß die Kälte sich innerhalb einer Stunde melden würde. Dann brach die kurze Nacht an. Hinter ihm, in der Ortschaft würden bald die Laternen und in den Kuppelhäusern die Feuer angehen.

Er und die anderen Kolonisten lebten nun seit fünf Jahren auf diesem Planeten. Sie hatten ihn QI'Tu getauft: Paradies. Ihm gefielen zwar viele Dinge an seiner neuen Heimat, aber am liebsten mochte er die Abende am Feuer. Dann hielten das Bier und die Flammen die Kälte ab und taten seinen ermüdeten Muskeln wohl.

Er drehte sich langsam um und betrachtete sein Feld und seine Arbeit. Zwischen dem blaugrünen Getreide war kein einziger schwarzer Qut-Unkrautstengel zu erblicken. Er hatte den täglichen Kampf erneut siegreich bestanden. Einen Moment lang erfüllte ihn der Stolz eines gut geführten Kampfes. Er hatte nichts dagegen.

Als die zweite Sonne den Horizont berührte, dachte er an die Aufgaben des nächsten Tages, den Kampf um die anstehende Ernte. Die Ernährung des Reiches war eine immerwährende Schlacht, die jeden Tag geschlagen werden mußte, damit man den Krieg nicht verlor. Kerdoch war stolz auf seine Stellung im Reich. Er wurde aufgrund seiner Arbeit und des Ertrags seiner Felder im ganzen Sektor respektiert. Er genoß diesen Respekt; er hatte die Absicht, den Ertrag noch zu steigern.

Er schritt zwischen den Gewächsen her, ohne einen Stengel abzubrechen, erreichte die freie Stelle zwischen den Feldern, bog ab und machte sich über einen unbefestigten Weg zwischen zwei niedrigen Gräben auf den Heimweg. Seine Familie wartete sicher schon auf ihn. Das Essen war fertig, das Feuer knisterte und knackte, als stünde ein Fest an. Das Fest der täglichen Schlacht, die er wieder einmal gewonnen hatte.

Plötzlich wurden seine Gedanken an die Familie und die Aufgaben des nächsten Tages vom sengenden Geräusch zweier über ihm dahinjagenden Flugmaschinen unterbrochen. Sie flogen niedrig, kaum mehr als zehn Mannshöhen. Er konnte zwar nicht erkennen, welchem Typ sie angehörten, aber sie sahen nicht aus, als seien sie klingonischer Herkunft. Sie waren flach und diamantenförmig und ähnelten keiner Maschine seines Volkes, die er je gesehen hatte.

Der heftige Wind, den sie erzeugten, ließ Kerdoch wanken und straucheln. Dann fand er das Gleichgewicht wieder. Rings um ihn her bog sich das Getreide, als würde es von einer riesigen unsichtbaren Hand bewegt.

In den fünf Jahren, die er auf seinem Land und auf

diesem Planeten verbracht hatte, hatte er nie Flugmaschinen über die Felder fliegen sehen, weder in großer, noch in niedriger Höhe. Und noch nie mit dieser Geschwindigkeit. Zweifellos fügte diese närrische Handlung seinem Getreide Schaden zu. Er wollte dafür sorgen, daß man die Verantwortlichen zur Rechenschaft zog.

Kerdoch schaute sich im abnehmenden Licht um, um zu sehen, ob er irgendwelche Schäden erblickte. Aber es war zu dunkel. Die Kälte der Nacht setzte schon ein. Er mußte wohl bis morgen mit der Bewertung warten.

Im schwachen Licht erspähte Kerdoch die beiden Maschinen, als sie über dem leuchtenden Rot des Sonnenuntergangs eine hohe, sehr enge Kurve beschrieben; dann rasten sie wieder auf ihn zu. Auch diesmal flogen sie sehr niedrig und waren so schnell wie zwei himmlische Silberpfeile.

Er blieb stehen. Er war zu erschreckt, um sich zu bewegen.

Sein Geist bemühte sich, in dem, was er sah, einen Sinn zu erkennen.

Die Maschinen wirkten, als flögen sie einen Angriff.

In seiner Jugend auf dem Planeten T'Klar hatte Kerdoch derlei Anflüge während einer großen Schlacht gesehen. Seine Mutter war bei einem solchen Angriff umgekommen. Der Pilot war zu feige gewesen, seinen Opfern ins Auge zu schauen. Kerdoch hatte überlebt und den Piloten zwei Jahre später sterben sehen. Damals hatte die Rache gut geschmeckt.

Breite rote Strahlen schossen aus dem Bug der beiden schlanken Maschinen und schnitten einen breiten Streifen aus rotblauem Feuer in das Getreide.

Sie flogen *tatsächlich* einen Angriff!

Und sie rasten genau auf ihn zu.

Kerdoch warf sich instinktiv auf die rechte Wegseite und tauchte in dem niedrigen Graben unter. Er ging davon aus, daß die schwere Arbeitskleidung seinen Körper schützte, und er hob die Arme, um seinen Kopf zu bedecken.

Fast im gleichen Augenblick waren die Maschinen über ihm. Dann waren sie vorbei.

Die Erschütterungen des Vorbeiflugs drückten Kerdoch in den Graben und sein Gesicht, um ihn noch mehr zu erniedrigen, in den Dreck. Dafür würden sie bezahlen!

Bevor er sich bewegen konnte, um in eine aufrechte Position zu gelangen, spürte er ein starkes Brennen an der Schulter und am Rücken. Er brannte! Ihre Feuerwaffen hatten ihn in Brand gesteckt!

Kerdoch rollte sich herum, wälzte sich so fest und schnell wie möglich am Grabenboden, um die Flammen an seinen Kleidern von der Kühle der Erde ersticken zu lassen. Wie oft hatte er den kalten Boden verflucht, weil er sich übel auf seine Gelenke auswirkte, doch nun war er ihm dankbar.

Als er sicher war, daß das Feuer an seinem Rücken nicht mehr brannte, stand er auf und ignorierte seine Schmerzen.

Fünfzig Schritte weit – auf beiden Seiten – bestand sein Getreide nur noch aus rauchender Asche, die am Rand des Vernichtungsstreifens von flackernden kleinen Feuern beleuchtet wurde. In der Ferne sah er durch den Rauch die beiden Maschinen, die ihren Vernichtungsfeldzug nun über den Feldern seines Nachbarn betrieben.

Wer waren sie?

Warum verbrannten sie die Ernte? Die Nahrung des Reiches?

Ihre Tat hatte doch überhaupt keinen Sinn.

Hinter ihm, aus der Richtung seines Hauses und dem Zentrum der Ortschaft, waren laute Explosionen hörbar.

Kerdoch fuhr herum. Flammen schossen zum Himmel hoch, denn nun griffen noch mehr der fremden Flugmaschinen an.

Seine Familie und sein Haus befanden sich in der Nähe des Koloniezentrums. Kerdoch lief auf der Stelle los, um seine Angehörigen zu retten.

Und um es jenen heimzuzahlen, die für alles verantwortlich waren.

Captain James T. Kirk verschränkte die Arme vor der Brust und lehnte sich an die Wand des winzigen Büros. Es gehörte Commander Bracker, dem Leiter der Sternbasis 11 – eine der kleinsten, die er je betreten hatte. Das Büro war kaum groß genug, um zwei Personen aufzunehmen, deswegen empfanden es auch die vier restlichen Anwesenden als reichlich eng. Und die Enge trug nicht dazu bei, Kirks Laune zu verbessern.

Er warf einen Blick über den Schreibtisch hinweg auf das lächelnde Gesicht seines Freundes Kelly Bogle von der U.S.S. *Farragut.* Bogle stand hinter Bracker, und es gelang ihm, sich in dem engen Raum zum Mittelpunkt der Beachtung zu machen. Er war vor ihm eingetreten und besetzte nun den Platz, den Kirk sonst eingenommen hätte. Den Platz, den er gehabt hatte, als sie beide auf der Sternbasis angekommen waren.

Bogles Platz war auch ein Symbol für seinen gerade erfolgten Sieg über Kirk. Kirk dehnte seine Schultern, doch er konnte die Spannung darin nicht lindern. Er hatte verloren! Und das konnte er nicht ausstehen, nicht mal bei einem freundschaftlichen Fangt-den-Dieb-Spiel. Am schlimmsten jedoch war es, gegen Kelly Bogle zu verlieren, seinen Freund und ehemaligen Mannschaftskameraden von der *Farragut.* Das machte ihn noch saurer.

Captain Bogle maß zwar nur acht Zentimeter mehr, aber Kirk war der Unterschied immer viel größer erschienen. Es gelang Bogle immer wieder, so aufrecht daherzugehen, daß er auch dann wie der größte Mann im Raum wirkte, wenn er es nicht war. Sein brünettes Haar war stets perfekt frisiert. Kirk wußte auch, daß seine aufrechte Haltung und seine perfekte Frisur bestens zu den Methoden paßten, mit denen Bogle sein Schiff kommandierte. Bei ihm lief alles exakt nach Vorschrift. Doch bei einem Kampf konnte Kirk sich kein besseres Schiff, keine bessere Mannschaft und keinen besseren Captain an seiner Seite vorstellen.

Er mochte Kelly Bogle auch deswegen, weil er zu den wenigen Menschen gehörte, die ihn unterkriegen konnten. Klar, nur selten. Aber Bogle schaffte es auch, wenn er sich nach den Vorschriften richtete.

Neben der Tür standen zwei rotuniformierte Angehörige der *Farragut*-Mannschaft. Zwischen ihnen befand sich ein winziger, kindlich aussehender, äußerst dünner Humanoide. Der Gefangene trug möglicherweise gestohlene Standardkinderkleidung einer Sternbasis und eine kleine Mütze mit einem Enten-Aufnäher. Er war zwar der erste Liv, den Kirk je gesehen hatte, aber er hatte von diesem Volk in den letzten Jahren viel gehört. Angeblich waren die Liv ein Volk von Dieben. Spock behauptete freilich, es sei unlogisch, daß sich ein ganzes Volk diesem Beruf verschrieben haben könne. Ob logisch oder nicht: Die Liv klauten auf allen Planeten, Sternbasen und Schiffen, auf denen man sie antraf.

Sie waren hellhäutig und wirkten auf den ersten Blick wie Menschenkinder. Sie hatten eine rosige Haut, hellblaue Augen und keine Körperbehaarung. Der größte Liv hätte Kirk vermutlich nicht mal bis zum Kinn gereicht, aber der nun vor ihnen stehende war klein: Er reichte ihm gerade bis zur Taille.

Man kannte die Liv als ›Kindervolk‹, ›Liv-Gören‹, ›Nervensägen‹ und unter einem Dutzend anderer Namen. Sie waren in eigenen kleinen Schiffen oder als blinde Passagiere auf anderen unterwegs und verfügten über das unheimliche Talent, sich an Orten zu verstecken, die eigentlich gar kein Versteck boten. Und sie wirkten so lieb und kindlich, daß arglose Erwachsene aller Spezies sie normalerweise bei sich aufnahmen – bis sie ihren letzten Nagel stahlen.

»Sieht so aus«, sagte Commander Bracker nervös, »als wäre die Lage nun klar.«

Kirk funkelte Bracker an. Er war ein stämmiger Mann mit rotem Haar, der sich zwischen den beiden Raumschiffcaptains sichtlich unwohl fühlte. Man sah ihm an, daß er im Moment eigentlich lieber irgendwo anders gewesen wäre. Aber er war an seinem Unbehagen selbst schuld. Er hatte eine Nachricht an die in der Nähe befindliche *Enterprise* geschickt und sie gebeten, ihn bei der Aufklärung mehrerer Diebstähle in der Basis zu unterstützen. Kirk hatte dies für ein gutes Alibi gehalten, seiner Mannschaft ein paar Tage Urlaub zu gewähren. Er hatte sich einverstanden erklärt. Doch zehn Minuten vor dem Eintreffen der *Enterprise* in der Sternbasis hatte unerwartet die *Farragut* dort angelegt, um Reparaturen vorzunehmen.

Der ›Fangt-den-Dieb‹-Wettstreit war am ersten Abend in einer Bar ausgerufen worden – aufgrund einer freundlichen Wette beider Mannschaften. Einige Leute von der *Farragut* hatten behauptet, die *Enterprise*-Truppe könne nicht mal einen Elefanten fangen. Kirks Leute hatten Protest dagegen erhoben. Und soweit er wußte, sogar mit ziemlich lauter Stimme.

In der Offiziersmesse war die Auseinandersetzung zwischen Kirk und Bogle sogar noch lauter geworden. Dann hatten die beiden Captains gelacht, eine freundliche Wette abgeschlossen und sich gegenseitig einen ausgegeben.

Nach dem Leeren der Gläser waren beide eilig zu

ihrer Mannschaft zurückgekehrt und hatten den Urlaub abgesagt, bis die Diebstähle geklärt waren.

Beide Mannschaften hatten einen ganzen Tag gebraucht, um die kleine Station zu durchsuchen und den Liv zu schnappen. Er hatte sich in einem Spind im Hauptgang und seine Beute an einem Dutzend Orte in der ganzen Station versteckt.

Captain Bogle lächelte den Bordwachen zu. »Bringen Sie den Gefangenen in den Stationsknast.«

Dann drehte er sich zu Kirk um. »Tja, Jim, ich stehe für dein Freibier zur Verfügung, sobald du fertig bist.« Obwohl er sich darum bemühte, gelang es ihm nicht, ein triumphierendes Grinsen zu verbergen.

Er bemühte sich wohl nicht genug.

Kirk schüttelte den Kopf. Das Spielchen hatte zwar Spaß gemacht, aber irgendwie ging es schließlich auch um den Stolz und die Ehre seiner Mannschaft. Es ärgerte ihn, daß seine Leute verloren hatten.

Warum sie verloren hatten, wußte er noch nicht. Er kannte Bogle zwar zu gut, um ihm irgendwelche schrägen Züge zu unterstellen, aber er fühlte sich dennoch unbehaglich – und irgendwie auch verantwortlich. Er hatte die Spinde persönlich untersuchen wollen, aber er war abgelenkt worden – durch ein Gespräch mit einem weiblichen Unteroffizier in der Bar.

Und sie war die Ablenkung wert gewesen.

Sie war es allerdings nicht wert gewesen, eine Wette zu verlieren.

Es nervte ihn, wenn er verlor, aber er konnte sich die Schuld nur selbst in die Schuhe schieben. Außerdem war die Wette eine gute Ablenkung vom letzten Monat gewesen, in dem sie nichts als dröge Routine erlebt hatten. Der Raumsektor, in dem sie sich aufhielten, bot nichts Neues, nicht mal ein interessantes Trümmerfeld oder einen ungewöhnlichen Mond.

Kirk lächelte Bogle an, und zwar irgendwie schräg.

Bogle hatte die Wette zwar gewonnen, aber die nächste würde er verlieren.

»Ich könnte jetzt ein Glas vertragen«, sagte Kirk. »Gehst du mit?« Und er deutete mit einer weitschweifigen Geste auf die Tür.

Bogle lachte. »Aber gern.«

Die beiden Männer nickten dem erleichtert dreinblickenden Stationskommandanten zu, dann wandten sie sich um und gingen nebeneinander zur Tür.

Kirk mochte Bogle. Auch wenn er den Dieb nicht erwischt hatte, es machte ihm Spaß, mit seinem Freund einen zu heben. Es war genau das, was Dr. McCoy ihm und dem Rest der Mannschaft verordnet hatte.

Bevor die beiden Captains zwei Schritte gemacht hatten, meldeten sich ihre Kommunikatoren gleichzeitig.

Kirk hatte den seinen als erster in der Hand und geöffnet, und er fragte sich auf der Stelle, welcher Grund dazu führte, daß ihre Schiffe sich gleichzeitig bei ihnen meldeten. »Hier ist Kirk«, sagte er.

Bogle, neben ihm, wandte ihm den Rücken zu und sagte in einem dermaßen ernsten Tonfall »Bogle«, daß Kirk ihm einen Blick zuwarf.

»Captain«, meldete sich Spocks Stimme laut und deutlich über den Kommunikator, »wir haben einen Notruf vom Landwirtschaftsplaneten Signi Beta empfangen. Er wird angegriffen und bittet um die Unterstützung eines jeden Schiffes, das den Notruf empfängt.«

Signi Beta war die Föderationsbezeichnung für den klingonischen Planeten QI'Tu. Schon die Nennung seines Namens brachte Kirk auf die Palme: Die Föderationsbauern hatten ihn nach einem ehrlichen Wettbewerb an die Klingonen verloren.

Etwas an die Klingonen zu verlieren, ärgerte Kirk mehr als jede verlorene Wette gegen Bogle.

Es gab jedoch keinen Streit um diese Welt. Wer also sollte sie angreifen?

Er hörte, daß Bogle die gleiche Nachricht empfing.

»Mr. Spock«, sagte Kirk, »geben Sie der Mannschaft bekannt, daß der Urlaub gestrichen ist. Holen Sie auf der Stelle alle Mann an Bord zurück. Setzen Sie Kurs auf Signi Beta. Auf mein Zeichen hin beamen Sie mich an Bord.«

»Aye, Captain«, sagte Spock.

Kirk klappte den Kommunikator fast im gleichen Moment zu wie Bogle. Die beiden Captains drehten sich um und schauten sich an. Keiner dachte nun noch an die verlorene Wette und den Drink an der Bar. Sie waren nun beide effektiv funktionierende Kommandanten der Flotte und hatten das gleiche Problem.

»Wie lange brauchst du, um startklar zu sein?« fragte Kirk. Er wußte, daß die *Farragut* bei einer Begegnung mit einer Subraum-Anomalie Schäden davongetragen hatte. Man mußte die Warptriebwerke reparieren und die Waffen- und Schutzschirmsysteme überholen.

»Die Basismannschaft sagt zwar, wir müssen mindestens zwanzig Stunden angedockt bleiben«, sagte Bogle, »aber wie ich unseren Ingenieur Projeff kenne, sind wir in fünfzehn Stunden hier weg.«

Kirk grinste. Projeff gehörte zu den wenigen Ingenieuren, die sogar Scotty nervös machen konnten. »Ich halte dich über alles auf dem laufenden, was wir eventuell finden.«

»Viel Glück«, sagte Bogle, ohne Kirk aus den Augen zu lassen.

»Danke«, sagte Kirk, der wußte, daß Bogle ihm damit noch viel mehr sagte. Sie kommandierten ihre Schiffe zwar auf sehr unterschiedliche Weise, aber sie respektierten einander. Kirk streckte die Hand aus, und Bogle schüttelte sie. »Das Besäufnis muß also warten.«

Bogle lächelte. »Hab nichts dagegen, bei dir einen Drink gutzuhaben. Paß bloß auf, daß du nicht abkratzt – damit du ihn mir irgendwann spendieren kannst.«

»Ach, den kriegst du schon«, sagte Kirk lachend. »Oder auch zwei.« Er schnippte seinen Kommunikator auf. »*Enterprise* – einen Mann an Bord beamen.«

Eine Minute später raste die *Enterprise* mit Warp fünf Signi Beta und dem Rand des klingonischen Reiches entgegen.

»Nörgelnse bloß nich rum, Doktor«, sagte Chefingenieur Montgomery Scott, als er auf dem Rand der Medopritsche saß und seinen rechten Arm umfaßte. Dr. McCoy stand neben ihm und hielt stirnrunzelnd einen Tricorder in der Hand. »Ich wäre ja eher gekommen, aber ich mußte noch ein Projekt beenden.«

»Ist Ihnen überhaupt klar, wie verschmutzt die Wunde ist, Scotty?« fauchte McCoy. »Hätten Sie noch länger gewartet, wäre sie vielleicht infiziert worden. Ich hätte sie zwar auch dann noch behandeln können, aber es hätte viel länger gedauert.«

»Ach, Zeit...«, sagte Scotty. »Darum geht's doch immer, was, Doktor? – Wir sind in den klingonischen Machtbereich unterwegs, und hier sieht's aus wie im Saustall. Ich muß wieder in den Maschinenraum und alles klarmachen, bevor wir den Planeten erreichen.«

»Lassen Sie mich erst meine Arbeit beenden«, sagte McCoy. »Und erzählen Sie mir, wie so was bei einem Ausflug auf eine Sternbasis passieren konnte.«

»Tja, nun, eigentlich hab ich mir den Schnitt gar nicht auf der Basis zugezogen.«

»Wunde«, sagte McCoy. »Für einen Schnitt ist diese Verletzung zu groß.«

Scotty zuckte die Achseln, schaute seinen Arm jedoch nicht an. Der Ärmel seiner Uniform war zerrissen, und die darunter befindliche Haut war bis auf den Knochen abgeschält.

»Wollen Sie damit sagen, es ist an Bord passiert?« fragte McCoy.

»Nein, eigentlich nicht«, sagte Scotty.

»Muß man Ihnen denn jedes Wort aus der Nase ziehen? Haben Sie Angst, ich könnte es dem Captain melden?«

»Wir haben nichts Unrechtes getan«, sagte Scotty mit aller Würde, die er aufbringen konnte.

»*Wir?*« fragte McCoy.

»Aye, Doc«, sagte Scotty. »Projeff und ich.«

»Projeff?« fragte McCoy. »Der Ingenieur von der *Farragut*?«

»Genau der«, sagte Scotty. »Wir haben eine kleine Wette abgeschlossen.«

»Eine Wette«, sagte McCoy. »Ich nehme an, sie hatte mit den Diebstählen nichts zu tun?«

»Nee. Das geht nur die Leute von der Sicherheit an. Und den Captain.« Scotty grinste breit und auf schelmische Weise. Dies hatte ihn bei mehr als einem Landeurlaub in Schwierigkeiten gebracht. »Es ging um die *Mädels.*«

»Die *Schiffe*? Was ist denn mit denen?« McCoy hatte die Wunde nun gereinigt und sterilisierte sie.

»Projeff behauptet, er hätte 'ne Methode entdeckt, mit der man die Energie der Hydroponik dazu nutzen kann, den Sauerstoffgehalt der Umweltsteuerung anzureichern.«

»Wir brauchen aber gar nicht mehr Sauerstoff.«

»Hab ich auch nicht gesagt. Aber angenommen, die *Enterprise* säße in der Klemme und wir hätten Probleme mit der Umweltsteuerung. Dann könnten wir …«

Scotty verfiel in eine Erklärung, die so technisch war, daß McCoy, dessen ganzer Stolz darin bestand, die meisten naturwissenschaftlichen Dinge zu verstehen – speziell dann, wenn es, wie bei Sauerstoff, um die Grundlagen ging –, kein Wort verstand.

»Sie haben es also ausprobiert?«

»Herrjeh, nein«, sagte Scotty. »Wir haben Modelle gebaut. Das Umweltsystem der *Farragut* gehört zu den grauenhaftesten, die mir je untergekommen sind. Ein Haufen Schrott, der dringend ersetzt werden müßte, wenn Sie mich fragen. Es wäre Projeff gegenüber ungerecht, einen Versuch zu machen, diesen Schrotthaufen zu modifizieren.«

»Sie haben also Computermodelle gebaut.«

»Eigentlich haben wir ein paar Ersatzteile der Basis für kleine Modelle eingesetzt. Ich hab nach Projeffs Vorschlägen einige Modifikationen vorgenommen. Wir wollten mal sehen, wer sein Modell schneller zum Laufen bringen kann.«

»Ich verstehe aber nicht, warum Sie dazu die *Enterprise* auseinandernehmen mußten.«

»Hab ich nich, Doktor«, sagte Scotty. »Ich hab Projeff nur 'n paar Finessen unseres Umweltsystems gezeigt, damit er das der *Farragut* frisieren kann.«

»Ach so«, sagte McCoy, obwohl er nichts verstand. »Ich verstehe aber trotzdem nicht, wie Sie sich beim Modellbauen verletzt haben.«

»Ich hab den Arm in eine Miniatur-Jeffriesröhre gesteckt«, sagte Scotty. Er errötete. »Um die Verkabelung einzupassen. Und dabei hab ich mich eingeklemmt.«

»Und warum hat Ihnen niemand geholfen?«

»Was? Damit Projeff meine peinliche Lage sieht? Nee, Sir! Montgomery Scott löst seine technischen Probleme selbst, darauf können Sie sich verlassen.«

McCoy schüttelte den Kopf. »Beim nächsten Mal holen Sie jemandem von medizinischen Stab, der Ihnen da raushilft«, sagte er.

»Es gibt kein nächstes Mal«, sagte Scotty. Er warf einen Blick auf seinen Arm. Von dem Schnitt war nichts mehr zu sehen. McCoys Behandlung hatte mal wieder funktioniert. »Wir nähern uns dem Rand des klingonischen Machtbereichs. Da haben wir keine Zeit mehr für Modellbau und dergleichen.«

»Was Sie aber nicht davon abhalten wird, Modelle zu bauen, was, Mr. Scott?«

Scotty grinste. »Wenn ich Zeit hab, Modelle zu bauen«, sagte er, »ist mit der Welt alles in Ordnung.« Bevor McCoy ihm sagen konnte, er solle den Arm in den nächsten Stunden ruhig halten, glitt Scotty von der Pritsche herunter und eilte in Richtung Maschinenraum.

McCoy wandte sich seufzend seinem Schreibtisch zu. Er bezweifelte, daß die Welt je in Ordnung kam. Der Captain hatte ihn gebeten, eine Liste der medizinischen Bestände anzulegen und für den Fall, daß es nötig sein sollte, Nachschub aus dem Lager anzufordern.

Und das tat Jim nur, wenn er mit Ärger rechnete.

2

Als Kerdoch das Zentrum der Kolonie erreichte, hatten sich die angreifenden Maschinen verzogen. Die meisten Kuppelbauten waren beschädigt. Die Luft war von Flammen und Rauch erfüllt. Das gerade erst errichtete Holzgebäude der Kolonie – das Gemeinschaftshaus und die Taverne – war völlig vernichtet. Kerdoch sah eine Reihe lebloser Körper zwischen den qualmenden Balkenhaufen und Möbeln liegen, doch keiner bedurfte mehr seiner Hilfe.

Er holte tief Luft, schmeckte den starken Rauch und beruhigte sich so, wie sein Vater es ihn gelehrt hatte. Dann zwang er sich dazu, sich die Einzelheiten dessen anzuschauen, was um ihn herum passierte. Schlachten, hatte sein Vater gesagt, gewinnt man mit kleinen Details. Kerdoch hatte seine Worte nicht vergessen; weder bei der Schlacht, Getreide wachsen zu lassen, noch heute.

Rauch quoll aus dem Haus seines Freundes Kehma, aber er erkannte, daß es nicht in Gefahr war abzubrennen. Auf fast allen Kuppelhäusern der Kolonie flackerten Feuer. Doch keine der Hauptplatten, aus denen die Kuppeln gebaut waren, hatte Feuer gefangen. Er wußte, daß sie so konstruiert waren, daß sie fast allem widerstanden. Er empfand große Freude, daß sie genau dies auch taten.

Durch den Rauch sah er, daß seine Nachbarn und Freunde entweder die Flammen bekämpften oder sich um die Verletzten kümmerten. Er konnte im Moment nichts tun, um ihnen beizustehen.

Die Kolonie hatte den Angriff recht gut überstanden. Die Kuppeln waren zwar nicht mit der Absicht erbaut worden, Angriffen zu widerstehen, aber sie sollten wetterfest sein und gegen die kräftigen Winde auf Dutzenden von Planeten halten. Es gab bestimmt Tote, aber nicht allzu viele, was an den standardisierten Kolonialgebäuden lag, die er früher so oft verwünscht hatte. Nach dem heutigen Tag, nahm er sich vor, wollte er es nie wieder tun.

Er drehte sich um und eilte auf schnellstem Weg zu seinem eigenen Haus. Es war ebenfalls eine Standardkuppel, in denen Kolonisten in der fünf Jahre dauernden Testperiode lebten. Da die Zukunft des Planeten als sicher gegolten hatte, hatte er für seine Familie ein richtiges Haus bauen wollen – vor der Ortschaft, auf seinem eigenen Boden. Nun war er entschlossen, die Kuppel zu behalten, falls sie diesen feigen Angriff überlebten.

Zwar wies sein Haus die Beschädigungen eines direkten Treffers auf, aber es stand noch. Seine Frau und die fünf Kinder waren nirgendwo zu sehen. Es erleichterte ihn. Wenn sie noch lebten, hielten sie sich im Inneren auf, hatten die Tür verrammelt und waren darauf vorbereitet, ihr Heim nach besten Kräften zu verteidigen. Also mußte er beim Betreten vorsichtig sein, damit sie ihn nicht beschossen.

Er versuchte es an der Eingangstür und stellte fest, daß sie fest verschlossen war. Also war jemand drin, der noch lebte. Die Tür ließ sich von außen nicht abschließen.

Kerdoch umrundete das Haus. Die Wohnräume hatten nur einen Eingang, aber es gab auch einen geheimen Notausgang, den man von außen öffnen konnte.

Er riß die kleine Luke auf, trat zur Seite und rief: »Ich bin's, Kerdoch!«

Drinnen hörte er plötzliche Bewegungen. »Kerdoch?« meldete sich seine Gattin. »Wessen Sohn?« Ihre Stimme klang sehr mutig, und sie stellte diese Frage, um sicherzugehen, daß kein anderer das Haus betreten wollte. Sie war eine wackere, beherzte Frau. Kerdoch stellte sich vor, daß sie hinter der Luke stand und mit einer Waffe auf ihn zielte.

Kerdoch lächelte. »Kerdoch, Sohn des KaDach, meine Liebe.«

»Tritt ein, Gatte«, sagte sie.

Drinnen, im Dunkeln, umarmte er seine Frau und seine fünf Kinder. Plötzlich bebte der Boden.

Die feindlichen Flugmaschinen waren zurückgekehrt und griffen erneut an.

Dr. Vivian Rathbone schaute zu, als die Tür des Turbolifts mit einem Zischen aufging. Sie ging langsam hinaus und trat auf die Brücke der *Enterprise.*

Es war erstaunlich, wie nervös sie war, als sie ihre Commander-Uniform glättete. Sie befand sich zum ersten Mal auf der Brücke eines Raumschiffes. In den sechs Monaten, die sie nun an Bord der *Enterprise* verbracht hatte, war ihr nie eingefallen, man könne sie dorthin rufen, wo sich die Führungsoffiziere aufhielten, von der Zentrale ganz zu schweigen.

Sie hatte aber gehofft, die Brücke eines Tages zu sehen – etwa im Raumdock oder vielleicht bei einer Besichtigung. Daß man sie plötzlich bei einem Notfall rief, damit hatte sie als Kolonialagronomin eigentlich nicht gerechnet. Ihre Aufgabe bestand im Studium jener Planeten, die das Schiff entdeckte und die möglicherweise für zukünftige Kolonisationszwecke oder als Nahrungslieferanten interessant sein konnten. Bei Alarmstufe Rot bestand ihre wichtigste Aufgabe darin, sich in ihrer Abteilung zu melden und den Angehörigen der Mannschaft nicht im Weg zu stehen, die wichtige Dinge zu erledigen hatten.

Die Tür schloß sich zischend hinter ihr, und sie blieb stehen. Captain Kirk saß im Kommandosessel und schaute in Richtung Hauptbildschirm. Er wirkte wie in Gedanken versunken. Sie hatte ihn schon mal aus der Ferne gesehen – als sie dem Schiff zugeteilt worden war. Damals war er ihr wie jeder andere Raumflottenoffizier erschienen: Er hatte es eilig gehabt, mußte sich wohl um irgendwelche Abläufe kümmern. Nun wirkte er größer auf sie als damals. Er war in seinem Element. Ein Mann, der seine Macht als selbstverständlich hinnahm.

Ein Mann, dem man nicht auf die Nerven gehen durfte.

Die Sterne des Warpraums bildeten Streifenmuster auf dem Bildschirm. Leise Pieps- und Klickgeräusche waren alles, was man auf der Brücke hörte. Doch sie erschienen ihr über Gebühr laut, denn sie war schrecklich nervös.

Spock drückte den Kopf gegen den Sehschlitz eines seiner wissenschaftlichen Instrumente. Sie hatte den vulkanischen Offizier mehrmals in den Korridoren gesehen, und seine ernste Art hatte sie jedesmal beeindruckt. Diesmal bot er keine Ausnahme.

Lieutenant Sulu und Fähnrich Chekov saßen an ihren Plätzen. Mit ihnen hatte sie sich schon oft unterhalten. Sie mochte sie gut leiden, auch wenn sie über nichts Privates geredet hatten. Sie vermutete zwar, daß sie auf sie keinen Eindruck gemacht hatte, aber es war ihr dennoch eine Ehre, mit ihnen im gleichen Raumschiff zu arbeiten.

Lieutenant Uhura drehte sich auf ihrem Sitz herum, drückte die Hand gegen den Stöpsel in ihrem Ohr und lächelte ihr zu. Vivian erwiderte ihr Lächeln. Uhura und sie spielten in ihrer knappen Freizeit hin und wieder miteinander 3-D-Schach. Es machte ihnen großen Spaß. Sie waren in etwa gleich stark, doch Uhura war wagemutiger. Vivian wußte Wagemut zu schätzen, denn so fielen Spiele überraschender aus.

Uhuras Lächeln war hilfreich. Wenigstens fühlte sie sich dadurch nicht allein völlig auf der Brücke. Aber sie fühlte sich verletzlich.

Vivian konnte sich an keinen anderen derart angespannten Augenblick ihres zweiundvierzigjährigen Lebens erinnern. Nicht mal ihre Doktorarbeit hatte sie so in Anspruch genommen. Sie glätte ihre Uniform noch einmal und strich über ihr brünettes Haar, um dafür zu sorgen, daß es nicht zerzaust aussah.

Ruhig.

Ruhig. Stumm wiederholte sie das Wort immer wieder. Bleib bloß ruhig, verdammt noch mal.

»Captain Kirk«, sagte Uhura und nickte in ihre Richtung. Sie wußte offenbar, wie nervös Vivian sich fühlte. »Dr. Rathbone ist da.«

Sulu, Chekov und Captain Kirk wandten sich um und schauten sie gleichzeitig an. Spock richtete sich an seinem wissenschaftlichen Instrument nicht auf.

Vivian kam sich vor, als hätte jemand ein Dutzend Scheinwerfer auf sie gerichtet; als beäuge man sie äußerst eingehend. Einen kurzen Augenblick später erhob sich Captain Kirk aus seinem Sessel und kam lächelnd auf sie zu. Seine Bewegungen waren geschmeidig und elegant.

Und energisch.

Seine Gegenwart überwältigte sie.

»Schön, Sie kennenzulernen, Doktor«, sagte er.

Es gelang ihr, seine Begrüßung mit einem Nicken zu beantworten. Sein Lächeln lockerte ihre Anspannung irgendwie, denn es gelang ihr sogar, sein Lächeln zu erwidern. Sie hatte sich im Lauf der Jahre in Gegenwart vieler mächtiger und berühmter Menschen aufgehalten, aber noch nie in der eines so charmanten. Nun verstand sie, warum über diesen jungen Captain so viele Geschichten im Umlauf waren. Nach der kurzen Begegnung zu urteilen, waren die meisten sicher wahr.

Bevor sie ihm antworten konnte, gab Kirk ihr mit einer Handbewegung zu verstehen, sie solle neben den Kommandosessel treten.

»Spock«, sagte er dann, »legen Sie unser Ziel für Commander Rathbone auf den Hauptschirm.«

»Aye, Captain«, sagte Spock.

Kirk nahm wieder im Kommandosessel Platz und gab Vivian zu verstehen, sie solle bei ihm bleiben.

Einen Moment später blitzte auf dem Bildschirm ein grünblauroter Planet auf. Vivian musterte ihn. Er kam ihr sehr vertraut vor.

»Signi Beta«, sagte sie erschreckt. Sie hatte über vier Jahre ihres Lebens auf ihm verbracht – in der landwirtschaftlichen Produktionsstätte der Föderation auf dem Südkontinent. Aber vor sechs Monaten hatte man die Gemeinschaft aufgelöst und sie auf die *Enterprise* versetzt. Sie hatte nicht damit gerechnet, Signi Beta je wiederzusehen. Sie hatte auch nicht den Wunsch danach verspürt.

»Korrekt«, sagte Spock. »Signi Beta heißt nun QI'Tu und ist ein Landwirtschaftsplanet der Klingonen. Übersetzt bedeutet der Name *Paradies.*«

»Ich erinnere mich nicht gern daran«, sagte Vivian und gab sich keine Mühe, die Verbitterung aus ihrer Stimme zu verbannen. »Von einem Paradies ist diese Welt aber in jeder Hinsicht weit entfernt.«

Kirk und Spock musterten sie eingehend. Spocks rechte Braue rutschte nach oben, was seiner stoischen Miene einen fragenden Ausdruck verlieh.

»Laut Ihrer Personalakte haben Sie zu dem agrikulturellen Team der Föderation gehört, das auf Signi Beta stationiert war«, sagte Kirk.

Vivian holte tief Luft und zwang sich, den Blick von dem verfluchten Planeten auf dem Hauptbildschirm zu lösen. »Stimmt, Captain«, sagte sie und widerstand seinem intensiven Blick. »In den beiden ersten Jahren war ich Assistentin des Chefagronomen; in den beiden letzten habe ich dann seine Position übernommen.«

»Aha«, sagte Kirk. Sein Blick wurde nun ernster. »Was ist dort passiert?«

»Die Klingonen haben uns aus dem Feld geschlagen«, sagte Vivian. »So einfach war das.«

Sie erkannte, daß Kirk ihre Aussage ebenso wenig gefiel wie die knappe Antwort, die sie ihm gegeben hatte.

»An den Klingonen ist nichts einfach, Commander«, sagte Kirk.

Vivian öffnete den Mund, doch bevor sie etwas sagen konnte, schaute Spock von seinem Betrachter auf.

»Doktor«, sagte er, »es wäre für unser Verständnis der Lage sehr hilfreich, wenn Sie uns über die Einzelheiten des Planeten in Kenntnis setzen könnten.«

Vivian nickte, dann holte sie tief Luft und zwang sich, ihren Ärger über das auf Beta Signi Geschehene beiseite zu schieben. »Tut mir leid, Sir«, sagte sie. »Aber die Zeit, die ich dort verbracht habe … Ich rede nicht gern darüber.«

»Das verstehe ich«, sagte Spock, ohne im geringsten so zu klingen, als habe er wirklich verstanden. »Aber bislang haben Sie uns nicht mehr erzählt, als wir aus den Computeraufzeichnungen wissen.«

»Wir haben gehofft«, sagte Kirk mit plötzlich sanfter Stimme, »Sie könnten uns irgendwie Einblick geben.«

»Einblick?« sagte sie.

»In Sachen Signi Beta.«

Einblick. Wie konnte sie ihnen Einblick in die Jahre

ihrer Arbeit geben, denen dann große Frustration gefolgt war? Wie konnte sie ihnen klarmachen, daß sie – die gesamte Föderationskolonie – die Klingonen unterschätzt hatte?

Sie holte tief Luft. »Die Föderation und die Klingonen haben sich mehrere Jahre um Signi Beta gestritten. Vor fünf Jahren hat man dann eine Prüfung angesetzt. Eine Kolonie der Föderation und eine klingonische sollten auf dem Planeten arbeiten, um herauszufinden, welche ihn am besten in den Griff kriegt.«

»In den Griff?« fragte Spock.

Vivian nickte. »Ja. Indem man etwas anbaut und einen Plan zur Ausnutzung der Ressourcen ausarbeitet.«

»Und die Klingonen haben gewonnen?« fragte Chekov. Er war auf seinem Stuhl herumgewirbelt und runzelte die Stirn.

»Fähnrich«, sagte Kirk warnend.

Vivian nickte. »Sie haben nach den Bedingungen des Organianischen Friedensvertrages gewonnen. Laut Schiedsrichter äußerst fair und ehrlich.«

»Und wer hat den Wettstreit beurteilt?« fragte Kirk. »Doch wohl nicht die Organianer?«

Vivian schüttelte den Kopf. »Botschafter Ninties wurde von beiden Seiten als Schiedsrichter ausgewählt und von den Organianern gutgeheißen.«

»Ein Sandpinianer?« fragte Kirk und warf Spock einen Blick zu.

Spock nickte. »Die Sandpinianer sind relativ neue Mitglieder der Föderation. Sandpinia ist von Dünen, Sümpfen und Meeren bedeckt. Die große landwirtschaftliche Begabung der Sandpinianer hat dazu beigetragen, daß ihr Volk auf dem Planeten überleben konnte. Soweit ich weiß, hat sich ihre ganze Zivilisation rund um die Dünen entwickelt. Ihr Transportsystem besteht beispielsweise aus kleinen karrenartigen Gefährten, die sich mit geringer Geschwindigkeit über schmale Pfade bewegen. Sie haben einen neuen Zweig der Agrikultur entwickelt, den man …«

»In Ordnung, Mr. Spock, das genügt«, sagte Kirk und hob eine Hand, um den Informationsfluß zu stoppen. Dabei schien er irgendwie zu lächeln.

»Es gibt da noch eine andere wichtige Tatsache, Captain«, sagte Spock.

»Ja, Spock?«

»Ich glaube, die Sandpinianer wurden aufgrund ihrer geistigen Entwicklung und ihrer landwirtschaftlichen Begabung ausgewählt.«

»Geistige Entwicklung, Mr. Spock?« Kirk klang verwirrt, und Vivian fühlte sich nicht anders.

»Menschen und Klingonen erzeugen bei den Organianern geistige Anspannung.«

»Ach, ja«, sagte Kirk. »Hatte ich ganz vergessen.«

»Sandpinianer aber nicht.«

Kirk schaute den Ersten Offizier stirnrunzelnd an, dann wandte er sich wieder Vivian zu. »Commander Rathbone, darf ich das so verstehen, daß Botschafter Ninties zugunsten der klingonischen Kolonie entschieden hat?«

»Ja, Sir«, sagte sie. »Leider. Das Kolonisationsamt der Föderation hat das botanische Fachwissen der Klingonen unterschätzt. Sie haben uns mit einer guten Leistung geschlagen.«

»Ich kann mir nicht mal vorstellen, daß Klingonen eine Steckrübe zum Blühen bringen, von einer landwirtschaftlichen Kolonie ganz zu schweigen«, sagte Chekov.

»Selbst Klingonen müssen essen, Mr. Chekov«, sagte Kirk.

»Ja, aber haben Sie schon mal ihre Speisekarte gesehen? – Lebende Würmer. Blutkuchen. So was ißt doch kein kultiviertes Volk.«

»Mag schon sein«, sagte Vivian, »aber sie bringen Ödland schneller zum Blühen als wir. Sie erzielen bessere Resultate und haben geringere Einbußen aufgrund von Insekten und Unwettern. Sie sind unter anderem deswegen so erfolgreich, weil ihre Landwirtschaft besser zur Umwelt Signi Betas paßt; andererseits aber auch weil sie an die Landwirtschaft herangehen wie an einen Krieg: Sei erfolgreich oder stirb. Für ein Versagen haben sie keinen Platz.«

»Erstaunlich«, sagte Kirk. »Ich habe zwar gelernt, daß man die Klingonen nie unterschätzen darf, aber mir wäre nie eingefallen, daß ein Kriegervolk sich auch in der Landwirtschaft gut bewährt.«

»Ehrlich gesagt, Captain«, sagte Vivian, »wir haben alle genauso gedacht – und zwar bis zu dem Moment, an dem Botschafter Ninties die Pläne, Funde und Beweise beider Seiten vorstellte, um dann für die Klingonen zu stimmen. Ich fürchte, ich hätte an seiner Stelle nicht anders geurteilt.«

»Dann verstehe ich, warum sie nicht gern darüber sprechen«, sagte Captain Kirk stirnrunzelnd.

»Captain«, meldete Sulu. »Wir sind noch zehn Minuten von dem Planeten entfernt.«

Kirk schien irgendwie zu erwachen. »Schutzschirme aktivieren«, befahl er. »Alarmstufe Gelb.«

Vivian wollte sich gerade umdrehen, um ins Labor zu gehen, als Kirk sagte: »Commander?«

Sie blieb stehen und wandte sich um.

»Bleiben Sie auf der Brücke«, sagte der Captain und deutete auf den Platz neben seinem Sessel. »Könnte sein, daß wir Sie brauchen.«

»Sir?« sagte Vivian, während ihr Magen sich noch mehr verknotete als in dem Moment, als sie auf die Brücke gekommen war. Warum, um alles in der Welt, sollte Captain Kirk sie auf der Brücke der *Enterprise* brauchen? Und das auch noch während eines Alarms?

Captain Kirk nickte. Er schien ihre Verwirrung zu verstehen. Dann wandte er sich wieder dem Hauptbildschirm zu. »Die klingonische Kolonie auf Beta Signi wird angegriffen«, sagte er. »Man hat uns um Hilfe ersucht.«

Sie wurde angegriffen? Von wem? Commander Vivian Rathbone konnte nur eins tun: am Geländer stehenbleiben, den Mund öffnen und auf den Bildschirm starren, während die *Enterprise* in der Nähe von Signi Beta den Warpflug abbrach.

3

Kerdoch lauschte einen Augenblick. Die Stille wurde nur vom Knistern des Feuers und einigen fernen Schreien unterbrochen. Der Angriff hatte aufgehört, zumindest im Moment.

Er trat hinter der Möbelbarriere hervor, die er, um einen möglichen Einsturz der Kuppel zu verhindern, zum Schutz der Familie errichtet hatte. Die Kuppel hatte zwar mindestens einen Treffer erhalten, war aber nicht zusammengebrochen. Sie hatten Glück gehabt, das war alles. Sie hatten die Nacht überlebt. Kerdoch stellte sich vor, daß dies nicht allen seinen Nachbarn und Freunden gelungen war.

Als sie aufgestanden war, schaute seine Gattin ihn an und klopfte ihm den Staub von den Kleidern. »Wer sind diese Leute?«

»Feiglinge«, sagte Kerdoch nur. Die Wut in seiner Stimme war unüberhörbar.

Er schaute sich um. Das Dach hielt zwar noch, doch das Innere lag in Trümmern. Aus den Spalten der seitlichen Kuppelplatten quoll Rauch und erfüllte den Raum mit einer dicken Wolke.

Kerdoch wandte sich seiner Gattin zu, die den kleineren Kindern half. »Lösch alle Feuer, die du erreichen kannst. Und bereite dich auf einen neuen Angriff vor. Stell noch mehr Möbel aufeinander, um die Decke abzustützen.«

»Verstanden«, sagte sie. Dann nickte sie ihm zu. »Bis nach dem Kampf.«

Sie kannte ihn nur allzu gut. Sie bildeten eine gute Einheit. Sie würde ihr Heim verteidigen. Er würde zwar das gleiche tun, aber auf einer höheren Stufe: der des Planeten.

Es würde nicht leicht werden.

Die Kolonie verfügte über vier Intervallergeschütze, die rings um den Ort in Position standen. Aber er hatte sie während der Angriffe nicht schießen hören. Vielleicht waren sie vernichtet worden; vielleicht hatte sie aber in der knappen Zeit nur niemand erreicht. Es war mindestens ein halbes Jahr her, seit sie die Kanonen getestet hatten. Es würde also Zeit in Anspruch nehmen, sie feuerbereit zu machen. Wie dumm. Sie hätten auf so etwas vorbereitet sein müssen. Wenn sie die Attacke überlebten, durften sie nie wieder unvorbereitet sein. Dafür wollte er sorgen.

Er nickte seiner Gattin zu, dann drehte er sich um und schlüpfte durch die Notluke hinaus. Hinter ihm tauchten seine Frau und die beiden ältesten Kinder auf und machten sich daran, die Brandherde auf dem Gebäude und in der Umgebung zu löschen.

Das Sonnenlicht über der Kolonie wurde von Rauch und hundert Feuern verdeckt. Frauen, Kinder und einige Männer kamen aus den Kuppelbauten, um die Brände zu bekämpfen und sich der Verletzten anzunehmen. Kerdoch sah KaHanb und Kolit, zwei Bauern, die sich mit ihm in eine Richtung bewegten – zu den Intervallergeschützen an der Südseite der Kolonie. Die aus dem Himmel angreifenden Feiglinge hatten mit den beiden ersten Attacken vielleicht Glück gehabt, aber bei der dritten würde man sie Mores lehren.

Kerdoch spürte, daß das Blut in seinen Adern pulsierte; sein Herz war leicht, sein Atem fest. Er war bereit, und seine Wut konzentrierte sich auf die vor ihm liegende Aufgabe.

Auf der Brücke der U.S.S. *Farragut* entfernte sich Captain Bogle in der stationären Kreisbahn mit drei großen Schritten von seinem Kommandosessel.

Dann drehte er sich um.

Und wieder drei Schritte. Er wußte, daß er seine Leute nervös machte, wenn er auf und ab ging, aber im Moment war ihm das egal. Die *Enterprise* war vor vierzehn Stunden gestartet, und seit diesem Zeitpunkt hatte er jeden ihm zur Verfügung stehenden Mann für die Reparaturen eingeteilt. Der kleine Mann in seinem Ohr sagte ihm, daß Kirk in die Hölle unterwegs war. Natürlich gehörte James T. Kirk zu den besten Captains der Föderationsflotte, und er war besonders gut, wenn er sich in ungewöhnlichen und ausweglosen Situationen befand. Aber auch der beste Mann brauchte manchmal Hilfe. Und hier an der Sternbasis festzuhängen, war nicht die Hilfe, die Kelly Bogle seinem Freund gern angedeihen ließ.

Richard Lee, der Wissenschaftsoffizier der *Farragut*, schaute vom seinem Betrachter auf und runzelte die Stirn. Es war ein ungewöhnlicher Anblick, denn normalerweise zeigte er eine lächelnde Miene. »Die *Enterprise* müßte Signi Beta jeden Moment erreichen.«

Bogle blieb stehen und betätigte die Kommunikationsverbindung des Kommandosessels. »Maschinenraum!«

»Wir sind fertig«, erwiderte Chefingenieur Projeff, als wäre es eine Meldung wie jede andere.

Bogle lächelte. Diesmal hatte Projeff seinen eigenen Reparaturrekord um zwei Stunden geschlagen. Der Mann war ein Zauberer.

»Lage?« fragte Bogle.

»Warpantrieb wird gerade aktiviert«, sagte Projeff. »In zwei Stunden funktionieren auch unsere Waffen wieder. In zehn Stunden kann ich die Kiste um einen Flaggenmast sausen lassen.«

Captain Bogle ließ sich in den Sessel fallen und lachte stumm in sich hinein. »Gut gemacht, Projeff. Auf Warpflug vorbereiten.«

»Jawoll, Captain«, sagte Projeff. »Wir sind bereit.«

Bogle schaltete die Verbindung zum Maschinenraum ab. »Ist der Kurs nach Beta Signi berechnet und eingegeben?« fragte er den Navigator. Er wußte, daß er sich die Frage hätte sparen können, denn er hatte sie schon vor fünf Stunden gestellt.

»Jawohl, Captain«, sagte Lieutenant Michael Book. Sein kahler Schädel wandte sich von seiner Konsole ab.

»Warp fünf«, sagte Bogle. »Aber dalli.«

Die *Farragut* löste sich von der Sternbasis 11 und jagte mit einer leichten, glatten Bewegung in den Warp.

»Kommunikation«, sagte Captain Bogle zu Lieutenant Sandy, »informieren Sie die *Enterprise*, daß wir unterwegs sind.«

»Jawohl, Sir«, sagte der Lieutenant. »Mit dem größten Vergnügen.«

Bogle lehnte sich in den Sessel zurück und holte lange und tief Luft. Ihm war, als hätte er vierzehn Stunden nicht mehr geatmet.

Kirk beobachtete den Hauptbildschirm. Die *Enterprise* verharrte in einiger Entfernung vor dem Planeten. Er hatte eingedenk des Notrufs dafür gesorgt, daß sie Raum zum Manövrieren hatte, falls sie einer Flotte klingonischer Schlachtkreuzer begegnen sollten.

Aber auf dem Bildschirm zeigte sich nichts. Der Planet sah genauso aus wie die Aufnahmen, die sie von ihm hatten. Es war eine blaugrüne Welt der Klasse M. Sie ähnelte der Erde und wirkte irgendwie idyllisch. Es gab keine sichtbaren Anzeichen für Probleme.

Kirk ballte eine Hand zur Faust. Dieser Eindruck gefiel ihm nicht.

»Sind wir allein hier oben?« fragte er.

»Laut den Instrumenten, ja«, sagte Spock. Er klang leicht perplex. »Die klingonische Kolonie weist allerdings Anzeichen von schweren Beschädigungen auf.«

»Was hat sie verursacht?« fragte Kirk.

»Unbekannt«, sagte Spock. »Felder wurden abgebrannt; Brunnen und landwirtschaftliche Gerätschaften wurden zerstört. Die Ortschaft selbst hat schwere Schäden und Verluste erlitten. Anhand der Schadensmuster sieht es so aus, als seien sie von einer Streitmacht aus der Luft angegriffen worden.«

»Und jetzt ist diese Streitmacht weg«, sagte Kirk.

»Wenn der Angriff aus dem Raum erfolgt ist«, sagte Spock, »hat die angreifende Einheit das Weite gesucht. Falls er vom Boden aus erfolgte, kann ich nicht genau sagen, ob sie abgezogen ist.«

»Spock«, sagte Kirk, »Sie können mir doch gewiß sagen, ob die Schäden von einem Raumschiff hervorgerufen wurden.«

»Nicht ohne weitere Untersuchungen«, sagte Spock. »Ich kann Ihnen aber sagen, daß der Angriff plötzlich erfolgte. Die Klingonen hatten nicht mal Zeit, Verteidigungsmaßnahmen einzuleiten. Solche Schäden habe ich an klingonischen Kolonien noch nie gesehen.«

»Die Leute sind Bauern«, sagte Rathbone. Ihre Stimme zitterte. »Auch wenn es Klingonen sind – sie sind in erster Linie Bauern. Und Signi Beta wird durch einen Vertrag geschützt. Sie mußten gar nicht mit einem Angriff rechnen.«

Kirk drehte sich mit dem Sessel herum. Rathbone war eine attraktive Frau und hatte eindeutig darunter gelitten, daß sie Signi Beta verlassen mußte. Sie wirkte außerdem ziemlich nervös, weil sie sich auf der Brücke aufhielt. Aber sie schaute ihm beim Sprechen fest in die Augen und sprach trotz ihrer Nervosität und ihres sichtlichen Kummers souverän über den Zustand der Kolonie.

»Warum sollte jemand eine landwirtschaftliche Kolonie angreifen?« fragte Kirk.

Rathbone wandte sich dem Bildschirm zu und schüttelte den Kopf. »Ich weiß nicht«, sagte sie. »Ich weiß es wirklich nicht. Wir waren zwar alle rechtschaffen sauer, weil wir gegen die Klingonen den kürzeren gezogen haben… und auch verbittert über den Urteilsspruch des Sandpinianers, aber doch nicht so, um derartiges zu tun. Es gibt einfach keinen…«

»Captain!« rief Chekov. »Ein klingonischer Schlachtkreuzer!«

Das gesamte Schiff erbebte, als der erste Treffer auf seine Abwehrschirme krachte. Kirk hätte beinahe das Gleichgewicht verloren. »Spock! Haben Sie nicht gesagt, wir sind allein hier?«

»Die Instrumente haben nichts angezeigt, Captain.« Für ein Lebewesen, das sich so fest an seine Instrumente klammerte wie er, klang Spock zu gelassen.

Als der Bildschirm den klingonischen Schlachtkreuzer zeigte, der sich der *Enterprise* näherte, rückte Kirk sich im Kommandosessel zurecht. »Ausweichmanöver, Mr. Sulu.«

Drei weitere Treffer schüttelten die Brücke durch. Das Geräusch brüllte wie eine Riesenwoge, die sie verschlingen wollte.

»Aye, Sir«, rief Sulu. Seine Finger tanzten wie die eines Konzertpianisten über die Kontrollen.

»Es war eine Falle«, murmelte Chekov, als ein erneuter Treffer das Schiff erzittern ließ. »Der Notruf, meine ich – er war eine Falle.«

Kirk war anderer Meinung. Eine Falle dieser Art – in der man einen Notruf vortäuschte – war für Klingonen völlig untypisch. Sie neigten, jedenfalls seiner Erfahrung nach, dazu, geradlinig zu kämpfen. Und außerdem stand fest, daß die klingonische Kolonie wirklich angegriffen worden war. Es sei denn, das Schiff dort gehörte einem klingonischen Freibeuter. Diese Möglichkeit bestand immer.

»Spock«, sagte Kirk, »hat der Schlachtkreuzer die Kolonie angegriffen?«

Spock warf ihm einen Blick zu. Erst dann schien er zu begreifen, was Kirk meinte. Er prüfte schnell seinen Betrachter. Zwei weitere Treffer ließen die *Enterprise* erbeben.

»Schutzschirme auf sechzig Prozent«, meldete Sulu.

»Nein, Captain«, sagte Spock. »Das Schiff hat die Kolonie nicht angegriffen. Seine Waffenspuren stimmen nicht mit den anderen überein.«

»Lieutenant Uhura«, sagte Kirk. »Rufen Sie den Schlachtkreuzer.«

Uhura drückte einen langen Fingernagel auf die Konsole, dann schaute sie ihn an. »Kreuzer antwortet nicht, Sir.«

»Mr. Sulu, die Photonentorpedos klarmachen«, sagte Kirk, als der Schlachtkreuzer wendete, um zu einer neuen Attacke auszuholen.

»Photonentorpedos klar, Sir«, sagte Sulu.

»Feuer!« rief Kirk, als der Schlachtkreuzer über die *Enterprise* hinwegjagte.

Die schnell aufeinanderfolgenden Schläge der abgeschossenen Torpedos beruhigten ihn irgendwie.

Die *Enterprise* wankte heftig unter dem Aufschlag zweier weiterer klingonischer Intervallertreffer. Kirk gelang es, sich an seinem Sitz festzuhalten, doch Rathbone verlor den Halt und wurde gegen das Geländer geschleudert. Ihr Kopf knallte auf den Boden; sie schien die Besinnung verloren zu haben.

Kirk konnte niemanden erübrigen, der sich um sie kümmerte. Der Schlachtkreuzer bereitete sich auf den nächsten Angriff vor. Er drückte einen Kom-Knopf. »Dr. McCoy auf die Brücke. Wir haben einen Notfall.«

»Schutzschirme bei fünfzig Prozent, Captain«, meldete Sulu.

Chekov, der den Kampf beobachtet hatte, hob nun einen Arm. »Wir haben sie getroffen! Sie sind beschädigt!«

Doch auf Kirk wirkte der Schlachtkreuzer nicht stark beschädigt, als er wendete und vor der *Enterprise* Position bezog.

»Machen Sie mir eine Verbindung mit dem Schiff«, sagte Kirk knapp. »Wenn es Absicht war, war es das letzte Mal, daß ein Schiff der Föderation auf einen Notruf von Klingonen reagiert hat.«

»Die Verbindung steht, Captain«, sagte Uhura.

Kirk stand auf und holte tief Luft. »An den Captain des klingonischen Schiffes. Hier spricht Captain James T. Kirk vom Föderationsschiff *Enterprise.* Sind Sie zu feige, um sich Ihrem Gegner zu zeigen?«

Er lächelte vor sich hin. Wenn das nicht funktionierte, wußte er wirklich nicht, wie Klingonen dachten.

»Sir«, sagte Uhura, »da geht eine Meldung ein.«

»Auf den Schirm«, sagte Kirk und ließ sein Lächeln gefrieren.

Das Bild des Kreuzers wurde rasch durch die höhnische Miene eines ihm äußerst vertrauten Klingonen ersetzt. Er hätte das rundliche Gesicht und die dunklen Augen überall wiedererkannt. Es war sein alter Erzfeind, Commander Kor.

»So ist das also, Kirk«, sagte Kor, ohne seinen Hohn zu mildern. »Sie greifen an, was Sie auf ehrliche Weise nicht bekommen können.«

Kirk schnaubte überrascht. Die Klingonen wollten den Angriff auf die Kolonie also der Föderation in die Schuhe schieben. Hätte er Spocks Schadensanalyse nicht getraut, hätte er geschworen, daß sie die ganze Geschichte inszeniert hatten.

»Wir sind für die Angriffe auf Ihre Kolonie nicht verantwortlich«, sagte Kirk. »Wir haben auf einen Notruf reagiert.«

»Lügen«, sagte Kor. »Wir Klingonen verlangen für den Verlust eines Lebens ein anderes. Sie werden für das bezahlen, was Sie unserer Kolonie angetan haben.«

»Hören Sie mal, Kor«, sagte Kirk und trat näher an den Bildschirm heran. »Wenn wir uns in die Haare kriegen, bringt es uns nicht weiter. Es ...«

»Ich will keine von Ihren Lügen hören, Kirk.«

»Dann schauen Sie sich doch die Beweise an«, fauchte Kirk. »Analysieren Sie das Angriffsmuster und die Waffenspuren in der Kolonie. Sehen Sie sich den Schaden an. Dann werden Sie schon erkennen, daß wir es nicht waren.«

Er versuchte sein Glück. Spock war, was die Schäden der Kolonie anbetraf, nicht allzu sehr in die Einzelheiten gegangen, und er hatte eigentlich keine Gelegenheit gehabt, sie zu überprüfen, bevor er seine Behauptung machte. Aber er hatte die Klingonen schon mehr als einmal geblufft – und stets gewonnen.

Kor schnaubte zwar, aber er machte eine Handbewegung, die am unteren Bildschirmrand kaum zu sehen war. Er gab also einem Offizier Anweisung, die Sache zu prüfen. Während er wartete, sagte er: »Sie könnten Ihre Waffen auch getarnt haben. Die Föderation ist für ihre Hinterlist bekannt.«

»Schauen Sie sich die Beweise an, Kor«, sagte Kirk.

Jemand, der auf dem Bildschirm nicht zu sehen war, redete auf Kor ein. Kor drehte sich schnell zur Seite, dann fuhr er herum und kniff seine kleinen Augen zusammen. »Vielleicht haben Sie eine Waffe, die wir nicht kennen.«

Was für ein Sturkopf! Kor hatte die Beweise gesehen, aber er weigerte sich, ihnen zu glauben. Wie konnte sich ein Mensch mit einem solchen Volk verständigen?

Mit einer großen Klappe. Mit einer Festigkeit, die niemand anfechten konnte.

»Kor«, sagte Kirk, »wenn Sie meinem Schiff Schaden zufügen, beschädige ich das Ihre, und dann kämpfen wir, bis nur noch einer von uns übrig ist. Aber das wird Ihrer Kolonie auch nicht helfen. Wenn wir uns bekämpfen, sind wir nicht mehr in der Lage, den Planeten vor dem wirklichen Angreifer zu schützen, der irgendwo sitzt und über uns lacht.«

»Wir brauchen im Kampf keine Hilfe von einem Schiff der Föderation«, sagte Kor, aber er klang nicht mehr so überzeugt wie am Anfang. Es war klar, daß Kirks Worte ihre Wirkung auf den klingonischen Kommandanten nicht verfehlt hatten.

»Das mag zwar sein«, sagte Kirk und bemühte sich, seine Frustration nicht zu zeigen, »aber wenn wir uns mit den Überlebenden unterhalten, können wir vielleicht in Erfahrung bringen, wer der wirkliche Gegner ist.«

Kor nickte. »Ich werde einen Kolonisten auf mein Schiff beamen. Sie sind eingeladen, bei der Befragung anwesend zu sein. Aber das gilt nur für Sie allein, Kirk.«

Kirk warf einen Blick nach hinten. Spock musterte ihn. Sein Herz fing heftig an zu schlagen. Dies war eine Herausforderung, die ihm gefiel. Aber er sah auf den ersten Blick, daß Spock nicht davon erbaut war.

»Wir könnten uns zwar auch aus diesem Gebiet zurückziehen und Sie die Sache regeln lassen«, sagte Kirk, »aber ich bin nun mal ebenso neugierig wie Sie. Ich komme allein – und bin gleich da.«

Kor nickte.

Der Bildschirm wurde leer, dann zeigte er wieder das Bild des Schlachtkreuzers, der vor der *Enterprise* im Weltraum hing. Hinter dem klingonischen Schiff wirkte der blaugrüne Planet ruhig und friedlich, aber Kirk wußte es besser. Die Angriffe auf diese ruhige Welt konnten sich als Ende des Organianischen Friedensvertrages erweisen, wenn sie diese Sache nicht klärten.

Kirk holte tief Luft und wandte sich dann zu Spock um. »Ist doch ganz gut gegangen, meinen Sie nicht auch?«

Spock hob lediglich eine Braue.

»Verzeihung, Captain, aber ich halte es nicht für klug«, sagte Chekov. »Die Klingonen sind als hinterhältig bekannt. Sie könnten ...«

»Was könnten Sie, Mr. Chekov? Glauben Sie, sie haben die Sache nur inszeniert, um mich an Bord ihres Schiffes zu locken und mich umzubringen?«

»Nein, Sir. Aber ...«

»Sie glauben, sie haben den Plan, so viele Captains unserer Flotte wie möglich einzusammeln – und fangen mit mir an?«

»Nein, Sir. Aber ...«

»Aber was, Mr. Chekov?«

»Die Sache gefällt mir nicht. Ich halte es für klüger, wenn jemand mit Ihnen geht.«

Es war wahrscheinlich klüger. Aber Kirk hatte keine Lust dazu. »Ich habe gesagt, daß ich allein komme, und daran halte ich mich«, sagte er. »Falls mir etwas zustößt, wird Mr. Spock die *Enterprise* übernehmen. Und das Oberkommando muß informiert werden. Noch irgendwelche Ratschläge?«

»Keine«, sagte Spock. »Doch da dies ein klingonischer Planet ist und Commander Kors Schiff sich hier aufhält, wäre es nur logisch, wenn er sich allein um den Notruf und seine Folgen kümmert – wie Sie selbst gesagt haben.«

»Es wäre vielleicht logisch, Mr. Spock«, sagte Kirk. »Aber sie haben schon geargwöhnt, daß der Angriff von unserer Seite kam. Wenn wir uns jetzt zurückziehen, gibt das ihrem Mißtrauen nur noch mehr Nahrung. Wir müssen einen Friedensvertrag schützen, ob uns seine Bedingungen nun gefallen oder nicht.«

Er drehte sich um und erblickte McCoy, der neben Rathbone auf dem Boden kniete. Sie war noch besinnungslos.

McCoy schaltete einen Scanner ein. »Was ist mit ihr passiert?«

»Sie hat sich den Kopf gestoßen«, erwiderte Kirk.

McCoy musterte kurz sein Instrument, dann schaute er zu Kirk auf. »Ja, sie hat 'ne ziemliche Beule. Aber das vergeht schon wieder.«

»Gut«, sagte Kirk und kehrte zu seinem Sessel zurück.

Spock kam zu ihm. »Captain«, sagte er leise, »als Erster Offizier muß ich Sie darüber in Kenntnis setzen, daß es nicht angeraten ist, allein auf ein klingonisches Schiff zu beamen.«

Kirk hob eine Hand, bevor Spock anfangen konnte, die Dienstvorschriften bezüglich ›nicht angeratener‹ Dinge zu zitieren. Im Moment hatte er keine andere Wahl, als an Bord von Kors Schiff zu beamen. Die *Enterprise* hatte die Kolonie nicht angegriffen. Kirk war bereit, jede Wette einzugehen, daß Kor es ebenfalls nicht gewesen war.

Es war also eine andere Macht im Spiel. Und vielleicht kehrte sie jeden Moment zurück.

4

Kerdoch stand am Plattformrand des Intervallergeschützes und machte eine Pause. Hinter ihm arbeiteten zwei seiner Nachbarn. Der Rauchgestank stieg ihm schwer in die Nase. Die Kolonie würde noch tagelang danach riechen. Es war für ihn ein Antrieb, noch härter und schneller zu arbeiten.

Er und die beiden anderen hatten eins der am Ortsrand stehenden Geschütze fast einsatzbereit gemacht. Eine andere Gruppe arbeitete am zweiten Geschütz auf der Westseite. Die beiden restlichen waren bei den nächtlichen Angriffen zerstört worden. Falls die Feiglinge zurückkehrten und mit ihren schlanken Maschinen einen neuen Angriff flogen, würden sie eins auf die Nase kriegen.

Kerdoch trank einen großen Schluck Wasser aus einem Krug. Der Tag unter den beiden Sonnen war heiß geworden, und er spürte den Schweiß an seinem Rücken und seinen Armen. Am Vormittag hatte sein ältester Sohn Wasser und Nahrung für ihn und die Nachbarn gebracht.

Er hatte auch gemeldet, daß die Brände gelöscht waren und seine Mutter im Inneren ihrer Kuppel einen Unterstand errichtet hatte. Dann hatte er gefragt, ob er bleiben und mit ihm am Geschütz kämpfen könne. Kerdoch hatte ihn angewiesen, zu seiner Mutter zurückzukehren, da sie ihn brauchte, um ihr Heim zu verteidigen. Nachdem der Junge gegangen war, hatte Kerdoch

Stolz empfunden. Er hatte seine Kinder gut erzogen. Er hoffte, daß sie lange genug lebten, um seine Lehren weiterzugeben.

Er trank noch einen Schluck aus dem Krug und wollte gerade an die Arbeit zurückkehren, als er das eigenartige Gefühl eines Transporterstrahls spürte. Es war zwar Jahre her, seit er es zum letzten Mal empfunden hatte, aber das Gefühl vergaß man nicht so schnell.

»Kerdoch!« rief sein Nebenmann und sprang auf ihn zu, als wolle er ihn packen und vor dem Strahl bewahren. Eine fruchtlose, doch noble Geste.

»Seid bereit«, konnte Kerdoch gerade noch zu seinen Freunden sagen, dann war er verschwunden.

Als der Transporter ihn ergriff, wünschte er sich nur eins: Er hätte gern eine Waffe bei sich gehabt. Dann konnte er wenigstens im Kampf sterben.

Doch als der Transporter ihn freigab, fand er sich auf einem Schlachtkreuzer seines eigenen Volkes wieder. Er war schon zweimal auf solchen Schiffen gewesen und erkannte die Umgebung sofort. Aber wie? Und warum? Er bemühte sich, ruhig zu bleiben und sich auf das vorzubereiten, was auf ihn zukam.

Er trat langsam von der Plattform herunter und wurde vom Nicken des Kriegers begrüßt, der den Transporter steuerte. Dann kam durch eine Tür ein anderer Krieger herein, der eindeutig der Kommandant des Schlachtkreuzers war. »Ich heiße Kor«, sagte er.

»Kerdoch.« Er hoffte, daß man ihm seinen Schreck nicht ansah. Kor war ein berühmter Raumschiffkommandant, und alle Welt wußte von seinem kämpferischen Geschick.

»Gut«, sagte Kor und nickte dem Bauern respektvoll zu. »Wir werden uns gleich unterhalten.«

»Ich stehe Ihnen zur Verfügung«, sagte Kerdoch.

Hinter Kerdoch ertönte erneut das Geräusch des Transporters. Er drehte sich um und sah, daß die Gestalt eines Menschen auf der Plattform materialisierte. Steckten etwa die Menschen hinter den feigen Angriffen? An diese Möglichkeit hatte er noch gar nicht gedacht. Die Menschen in der Föderationskolonie waren in den Jahren, in denen sie QI'Tu miteinander geteilt hatten, mehr als freundlich gewesen.

Was machte ein Mensch an Bord eines klingonischen Schlachtkreuzers?

Es war ziemlich verwirrend. Kerdoch schüttelte den Kopf. Nach diesem Tag und der letzten Nacht hielt er überhaupt nichts mehr für unmöglich.

Der Mensch war klein, aber andererseits wirkten alle Menschen klein auf ihn. Er war aber auch kräftig. Man sah es daran, wie er sich bewegte. Und er schien sehr selbstbewußt zu sein. Er war wohl auch ein Krieger.

Der Mensch trat von der Transporterplattform herunter und nickte Kor zu. »Guten Tag.«

Kor erwiderte sein Nicken. »Guten Tag, Captain.«

Ein Captain der Föderation! An Bord von Kors Schiff! Für Kerdoch war offensichtlich, daß die beiden sich kannten. Und sich nicht leiden konnten. Es verwunderte ihn natürlich nicht, aber... Was hatte ein Menschen-Captain hier zu suchen? Und warum hatte man ihn, Kerdoch, an Bord geholt? Fragen über Fragen. Es waren zu viele.

»Hier entlang«, fauchte Kor. Er drehte sich um und verließ den Raum, ohne eine Antwort abzuwarten.

Der Menschen-Captain folgte ihm, und Kerdoch schloß sich ihm an. Vor vierzehn Stunden, vor dem Beginn des Angriffs, war er über einen Feldweg geschritten. Nun ging er mit einem Captain der Föderation und einem der berühmtesten Krieger des Klingonischen Reiches durch die Gänge eines Schlachtkreuzers.

Irgend jemand stach ihr in die Schläfe. Sie wußte es genau. Schmerzwellen rasten durch das Innere ihres Schädels. Sie hätte alles darum gegeben, wenn sie nur aufhören würden.

»Der Schmerz ist gleich vorbei, Doktor«, sagte eine feste, fast streng klingende Männerstimme über ihr, als könne sie ihre Gedanken lesen. »Bleiben Sie still liegen.«

Die Stimme hatte recht. Das Schmerz nahm langsam ab. Aus dem Stechen wurde ein Klopfen.

Sie zwang sich, sich an das zu erinnern, was geschehen war. Der Boden unter ihrem Rücken war hart und etwas kalt. Sie hörte das Gesumm von irgend etwas, das sich durch ihre Schulterblätter arbeitete. Um sie herum wurden Stimmen hörbar, aber sie verstand die Worte nicht. *Wo bin …?*

Dann fiel es ihr ein. Sie war auf der Brücke.

Sie war auf der Brücke der *Enterprise* in Ohnmacht gefallen. Der Gedanke fegte wie ein elektrischer Schlag durch ihren Kreislauf.

Vivian Rathbone öffnete die Augen und machte einen Versuch, sich hinzusetzen.

»Warten Sie noch eine Weile«, sagte die Stimme. »Hier wird erst getanzt, wenn ich es sage.«

Getanzt? Sie brauchte eine Sekunde, um zu erkennen, daß jemand sie veralberte. Sie hatte es kaum erkannt, als sie auch schon von einer Hand zurückgedrückt wurde, bis sie wieder flach lag.

Sie stimmte dem Mann stumm zu. Vor ihren Augen kreisten bunte Farben. Als sie sie schloß, hörte das Drehen schnell auf. Ihr Kopf klärte sich. Ihre Erinnerung kehrte zurück.

Die *Enterprise* war über Signi Beta von Klingonen angegriffen worden. Sie hatte einen Treffer erhalten. Sie selbst hatte den Halt am Geländer verloren und war mit dem Kopf auf dem Boden aufgeschlagen. An mehr erinnerte sie sich nicht.

An dies und den Schmerz. Vivian zwang sich, tief Luft zu holen. Daraufhin nahm der Schmerz noch mehr ab. Diesmal öffnete sie die Augen, ohne sich zu bewegen. Nach einem kurzen Moment wurde das Gesicht Dr. McCoys über ihr deutlich.

»Sie sind in Ordnung«, sagte er, während seine Hand fest auf ihrer Schulter lag. »Sie sind schlimm gestürzt, aber bald geht's Ihnen wieder besser.«

Sie hatte mit dem knurrigen McCoy hin und wieder Daten gesichtet, die sie von anderen Planeten bekommen hatten. Er war ein erstaunlich kluger Mann und hatte seinen Spaß daran, sich einen »alten Landarzt« zu nennen. Er war weitaus mehr als das. Ihrer Meinung nach gehörte er zu den geschicktesten medizinischen Geistern der Föderation. Und außerdem mochte sie ihn, und wenn er sich noch so knurrig gab. Es sah so aus, als ob er sie ebenfalls gut leiden könne.

»Danke, Doktor«, sagte sie nach einer ganzen Weile. Ihre Stimme klang eigenartig, aber zumindest nahmen beim Reden die Schmerzen nicht zu.

McCoy schnaubte und hielt ihr freundlich die Hand hin, um ihr auf die Beine zu helfen. »Machen Sie langsam«, sagte er. »Die Schwellung ist zurückgegangen, und mit den Schmerzen dürfte es auch bald vorbei sein. Sagen Sie mir Bescheid, wenn's nicht so ist.«

»Okay«, sagte sie und achtete darauf, dabei nicht zu nicken. Es gelang ihr, sich hinzustellen und sich am Geländer festzuhalten. Es war dasselbe Geländer, von dem sie ursprünglich abgerutscht war.

Kurz darauf, als feststand, daß sie nicht wieder zu Boden gehen würde, ließ McCoy ihren Arm los und drehte sich zum Hauptbildschirm um.

Rings um sie her funktionierte die Brücke normal. Niemand von der Mannschaft schenkte ihr die geringste Beachtung. Wissenschaftsoffizier Spock stand an seiner Konsole und beugte den Kopf über einen Betrachter. Chekov und Sulu kümmerten sich um die Kontrollen. Lieutenant Uhura blickte die Funkkonsole an und lauschte irgendwem in ihrem Ohrstöpsel. Captain Kirk war weg.

Und auf dem Bildschirm war der klingonische Schlachtkreuzer zu sehen.

»Was ist los?« fragte sie leise in Richtung McCoy.

»Der Captain ist auf dem verdammten Klingonenschiff.« Er klang verärgert. Und leicht besorgt. »Wir sollen hier warten, bis er zurückkommt.«

Um ihren Kopf zu schonen, drehte Vivian sich langsam um, bis sie dem Bildschirm genau gegenüberstand. Der Captain war auf dem Klingonenschiff? Was ging da vor?

Sie stützte sich auf das Geländer und zwang sich dazu, tief einzuatmen. Der Schmerz in ihrem Schädel flaute noch weiter ab, doch die Fragen blieben.

Captain Kirk konnte den Raum nicht identifizieren, in dem er sich wiederfand. Die Schiffe der Föderation waren genormt. Die Unterkunft des Captains unterschied sich von der eines Fähnrichs. Jeder Raum war für einen speziellen Zweck konstruiert.

Dieser Raum hätte eine Offiziersmesse oder das leere Quartier eines Mannschaftsangehörigen sein können. Wie ein Konferenzzimmer sah er jedenfalls nicht aus. Die Beleuchtung war matt, wie übrigens im ganzen Schiff. Die Klingonen schienen auch dunkle Farben zu bevorzugen. Deswegen sah es hier irgendwie aus, als befände man sich im Untergrund. Es war kein gutes Gefühl.

Es wirkte irgendwie gefährlich.

Der kleine Raum war außerdem heiß und stickig. Kor hatte zwar einen Krug mit einer Flüssigkeit mitten auf den Tisch gestellt, aber keine Trinkbecher. Es hatte auch niemand um Becher gebeten, und der erste wollte Kirk nicht sein. Er wußte nicht mal genau, ob ihm an Bord dieses Schiffes irgend etwas schmeckte, und mochte es noch so heiß und er noch so durstig sein.

Der Sessel war allerdings überraschend bequem. Er verfügte über Lehnen, die ihn umschlangen, und das Kissen war weder weich noch hart. Er war freilich etwas größer als der, an den er gewöhnt war – und dabei hatte er seinen Kommandsosessel immer für groß gehalten.

Kirk saß in seinem Sessel, während Kerdoch seine Geschichte erzählte. Es hörte sich so an, als läge hinter dem klingonischen Bauern und den anderen Kolonisten eine sehr lange Nacht. Sie hatten mehr als Glück gehabt, die Angriffe zu überleben.

Der Bauer schilderte sämtliche Einzelheiten. Sein Gedächtnis war erstaunlich, seine Fähigkeit, sich auch der Trivialitäten zu entsinnen, phänomenal. Aber wie ein guter Soldat hielt er eben alle Einzelheiten für wichtig.

Schließlich beendete er seine Erzählung über die Feuernacht, wie er sie nannte.

»Danke, Kerdoch«, sagte Kor und nickte dem Bauern respektvoll zu, als dieser geendet hatte.

Der Bauer lehnte sich zurück und wischte sich mit dem Ärmel den Schweiß von der Stirn.

Der Respekt, den Kor dem Kolonisten in den vergangenen zehn Minuten erwiesen hatte, überraschte Kirk. Es sah so aus, als stünden auch bei einem Kriegervolk wie den Klingonen jene in großer Achtung, die Schiffe und Waffen bauten und für Ernährung sorgten. Es war eine augenöffnende Einzelheit der klingonischen Zivilisation, die ein Föderationsoffizier unter normalen Umständen nicht zu Gesicht bekommen hätte.

Kirk hatte viele andere Dinge gesehen, seit er sich an

Bord befand; Dinge, von denen er bezweifelte, daß andere Föderationsoffziere sie je gesehen hatten. Kor hatte zwar versucht, ihn von den Hauptzonen des Schlachtkreuzers fernzuhalten, aber Kirk hatte einen Blick in mehrere Sektionen werfen können und sich geistig notiert, wie groß sie waren und wie man sie eingerichtet hatte.

Kor wandte sich nun ihm zu, doch einem Föderationsoffizier brachte er natürlich keinen Respekt entgegen.

»Nun, Kirk«, sagte er mit leiser und hinterhältiger Stimme, »kam dieser Angriff von einem der Bastardvölker der Föderation? Streiten Sie es ab?«

»Natürlich streite ich es ab«, sagte Kirk und zwang sich, weiterhin laut zu sprechen, um sich nicht auf Kors Spiel einzulassen. »Wenn wir die Kolonie hätten vernichten wollen, hätten wir doch keine *Schiffchen* eingesetzt. Wenn die Angreifer schwarze Schafe aus der Föderation gewesen wären, hätte uns jemand gewarnt. Außerdem hätten wir den Typ der Angreifereinheiten identifiziert, was aber nicht der Fall ist. Nach der Rückkehr auf die *Enterprise* werde ich unsere Datenbanken nach Schiffen dieser Art befragen. Aber ich kann Ihnen jetzt schon sagen, daß ich noch nie von keilförmigen Schiffen dieser Größe und Konfiguration gehört habe.«

»Sie würden doch auch lügen, um ihren Klüngel zu schützen«, sagte Kor.

»Nein, würde ich nicht«, sagte Kirk. »Wenn Angehörige der Föderation hinter diesem feigen Angriff stecken, möchte ich sie ebenso erwischen und bestrafen wie Sie.« Er wich Kors Blick nicht aus.

Die Stille dehnte sich, bis Kor schließlich lachte. »Sie würden also einen klingonischen Planeten schützen, um die Völker der Föderation unter Kontrolle zu halten?«

Kirk verzog keine Miene. »Natürlich nicht, Commander«, sagte er mit kalter Stimme und musterte Kor so fest wie nur eben möglich. »Ich würde den Planeten verteidigen, weil er um Hilfe gebeten hat. Der Friedensvertrag von Organia wäre wertlos, würde ich mich weigern, ihn durchzusetzen, Commander.«

»Sie sind ein komischer Mensch«, sagte Kor und schüttelte angewidert den Kopf. »Aber momentan nehme ich Sie beim Wort. Aber legen Sie mich nicht herein, Captain.«

Die beiden Männer schauten sich an, bis Kerdoch schließlich sagte: »Ich würde gern zurückkehren, um meine Familie für den Fall eines weiteren Angriffs zu schützen, Commander.«

Kor schlug mit der Faust auf den Tisch und stand auf. »Natürlich, Kerdoch. Ich werde Ihnen Männer schicken, die Ihnen dabei helfen.«

»Ich auch«, sagte Kirk. Bevor Kor auch nur ein Wort sagen konnte, schnippte er seinen Kommunikator auf. »*Enterprise* – Dr. McCoy, Dr. Rathbone, Lieutenant Sulu und eine Bordwacheneinheit stoßen im Transporterraum zu mir. Bereithalten, um mich an Bord zu beamen.«

»Aye, Captain.« Spocks Stimme war in dem kleinen Raum für alle deutlich zu hören.

Kirk wandte sich an den Bauern. »Kerdoch, wenn die Feiglinge zurückkehren, die Sie angegriffen haben, bin ich bei Ihnen, um Sie und Ihre Familie zu schützen.«

»Ich natürlich auch«, sagte Kor.

Kerdoch schaute zuerst Kirk, dann Kor an. Sein Blick wirkte verblüfft. Doch dann nickte er zustimmend.

»Gut«, sagte Kor und klopfte dem Bauern auf den Rücken.

Kirk schnippte erneut seinen Kommunikator auf. »Einen Mann an Bord beamen, *Enterprise*.«

Dann wandte er sich Kor und Kerdoch zu. »Wir sehen uns in der Kolonie.«

Kor lachte, und als Kirk von Bord gebeamt wurde, schüttelte er in gespieltem Erstaunen den Kopf.

Für Kirk gab es eigentlich nichts zu lachen – zumindest so lange nicht, bis sie wußten, wer die Kolonie angegriffen hatte.

5

Zum zweiten Mal in weniger als zwei Stunden spürte Kerdoch die Auswirkungen des Transporterstrahls. Bloß wußte er diesmal, wohin man ihn versetzte: ins Zentrum der Kolonie.

Zurück in seine Heimat.

Neben ihm standen Commander Kor und vier Krieger. Kerdoch hatte sich noch nie so mächtig gefühlt. Stolz erfüllte sein Herz und ließ das Blut in seinen Adern wogen. Man hatte ihm in den Jahren als Kolonist manche Ehre zuteil werden lassen, doch dies war der Höhepunkt.

Als der Transporter sie im offenen Zentrum der Kolonie freigab, schrien jene auf, die sich in der Nähe befanden.

»Kerdoch ist wieder da!« rief jemand.

»Und er hat Hilfe mitgebracht!« fügte eine Frauenstimme hinzu.

Als seine Nachbarn und Freunde auf sie zustürmten, blieb Kerdoch stolz neben Kor stehen. Die Kolonie hatte mehr Schaden erlitten, als ihm erinnerlich war. Kor, der neben ihm stand, runzelte die Stirn, als er die Überreste der einst stolzen landwirtschaftlichen Gemeinschaft sah. Die Zerstörungen entsetzten ihn.

Kerdoch wartete einen Augenblick, bis seine Gattin neben ihm stand, dann umarmte er sie. Schließlich hob er die Hände und wartete, bis die Menge sich beruhigte.

»Dies ist Kor«, sagte er, »der Kommandant des mächtigen Schlachtkreuzers *Klothos* von der imperialen Flotte.«

Bei der Nennung von Kors Namen holten mehrere Zuhörer rasch Luft, und einer keuchte gar auf. Plötzlich redeten wieder alle durcheinander, denn die Erleichterung, daß man nun Krieger und einen Schlachtkreuzer zur Hilfe hatte, war groß. Sie konnten die Kolonie aus der Luft verteidigen und wurden außerdem von einem respektierten und mehrfach ausgezeichneten Kommandanten wie Kor befehligt.

Kerdochs Gattin drückte ihren Mann an sich, als sei er der Held, der für Kors Hiersein verantwortlich war.

Doch Kerdoch empfand ein deutliches Unbehagen, als hätte der Wind sich gedreht; als seien die Dinge nicht so, wie die anderen vielleicht annahmen. Er musterte die lächelnden Mienen seiner Nachbarn, erblickte aber nichts. Also wandte er sich zu Kor um.

»Herr«, sagte er, »wir müssen uns vorbereiten.«

Kor klopfte Kerdoch auf den Rücken. »Sie haben recht, mein Freund. Das müssen wir.«

Vor ihnen schillerte die Luft. Waffen wurden gezückt und auf die Stelle gerichtet, an der nun der Captain aus der Föderation mit mehreren anderen Menschen materialisierte.

Kerdoch spürte die ihn umgebende Spannung. Sie kehrte zurück wie eine dicke Pelzdecke, die jemand über die Menge geworfen hatte. Nur Kors Männer senkten die Waffen. Die Kolonisten hielten die ihren auf die Menschen gerichtet.

Der Föderationscaptain war mit fünf anderen Menschen gekommen. Einer davon war eine Frau.

Der Menschen-Captain baute sich vor Kerdoch und Kor auf. »Gibt es Verletzte hier?«

Kerdoch nickte. »Viele.«

»Kann jemand den Arzt zu ihnen bringen?« Der Menschen-Captain deutete auf einen hageren Mann, der einen Sack über der Schulter trug. Er stand links von ihm.

Kerdoch drehte sich zu seiner Gattin um und wies sie an, dem Arzt zu helfen.

»Hier entlang«, sagte sie und warf ihrem Mann nur einen fragenden Blick zu.

Der Menschen-Captain wandte sich an seine Leute. »Commander Rathbone, Sie und Lieutenant Sulu schauen sich die umliegenden Felder an. Versuchen Sie in Erfahrung zu bringen, was mit dem Getreide geschehen ist; mit welchen Waffen es vernichtet wurde und warum. Fähnrich Chop und Fähnrich Adaro, Sie bleiben bei mir.«

Dann wandte sich der Menschen-Captain an Kor. »Wir sind hier, um bei der Verteidigung der Kolonie zu helfen. Was muß getan werden, um auf einen weiteren Angriff vorbereitet zu sein?«

Kor lachte ihn aus. »Kirk, Sie sind und bleiben ein Narr. Doch im Moment werden wir den Vorteil Ihrer Torheit gern nutzen.«

Er wandte sich Kerdoch zu, der genau in seinem Blickfeld stand. »Gibt es hier Intervallergeschütze?«

»Zwei funktionieren noch«, sagte Kerdoch. »Sie befinden sich am südwestlichen und nordöstlichen Rand.«

»Gut«, sagte Kor. »Zwei sind besser als nichts. Kirk, einer Ihrer Männer soll sich an jedem Geschütz mit einem der meinen und einem Kolonisten zusammentun.«

Ein Kolonist legte eine Hand auf Kors Arm. »Glauben Sie, daß man den Menschen trauen kann?«

Kor warf einen Blick auf die Anstoß erregende Hand. Der Kolonist zog sie rasch zurück. »Stellen Sie etwa mein Urteilsvermögen in Frage?«

»Nein, Herr«, sagte der Kolonist. »Aber als wir mit den Menschen auf diesem Planeten zusammen waren, hat man uns instruiert, sie von unseren Waffen und unserer Technik fernzuhalten.«

»Das ist normalerweise eine gute Vorschrift«, sagte Kor, »aber ich glaube, mit Kirk werde ich schon fertig.«

Der Menschen-Captain verdrehte die Augen, sagte aber nichts. Er wandte sich den beiden Männern mit den roten Hemden zu. »Fähnrich Chop, Sie übernehmen das Geschütz im Südwesten. Fähnrich Adaro, Sie gehen zum anderen.«

Kor drehte sich erneut um und schaute Kerdoch an. »Aus welcher Richtung haben die Maschinen den Angriff gestartet?«

Kerdoch musterte seine Nachbarn.

»Die meisten kamen direkt aus dem Westen«, sagte Katacq, und jene, die um ihn herumstanden, nickten.

»Dann werden wir am westlichen Rand der Kolonie eine Verteidigungsstellung errichten«, sagte Kor.

Der Menschen-Captain nickte zustimmend, und die beiden Offiziere wandten sich ohne zu zögern um und gingen im Gleichschritt nach Westen.

Kurz darauf wurde Kerdoch klar, daß er und die anderen Kolonisten ihnen folgen sollten.

Dr. Vivian Rathbone zwang sich zu einem tiefen Atemzug, als sie Lieutenant Sulu um einige beschädigte Koloniekuppeln herum zu den verbrannten Feldern folgte.

Über ihnen sorgten die beiden Sonnen dafür, daß die Luft dick und heiß blieb, und der umhertreibende Rauch und die schwarze Asche brachten sie fast zum Würgen. Der Himmel war von dem gleichen Blaßblau und Rosa, an das sie sich erinnerte, aber inzwischen hatte sie völlig vergessen, wie heiß es auf Signi Beta werden konnte. Menschen vergaßen solche Dinge, wenn sie fünf Jahre Arbeit einfach wegwerfen mußten.

Sie gingen einige hundert Schritte über das nächste Feld und blieben stehen. Es fiel ihr sehr schwer zu glauben, daß sie mit Captain Kirk an einem Landeunternehmen teilnahm. Und es fiel ihr noch schwerer, einen Sinn in der Tatsache zu entdecken, daß sie sich auf Signi Beta aufhielt.

Es roch gar nicht wie Signi Beta.

Der Rauch trieb ihr die Tränen in die Augen. All die Zerstörungen. Auch das Getreide. Sie hatte während ihres Geschichtsstudiums von solchen Dingen gelesen. Sie wußte, daß militärische Einheiten in Kriegszeiten manchmal den Nachschub des Feindes vernichteten. Aber sie hatte derlei noch nie gesehen.

Es sah so aus, als hätte das Feuer irgendwie selektiv in den Feldern getobt. Die Zerstörungen wirkten umso schlimmer, seit Vivian wußte, daß sie mit Absicht herbeigeführt worden waren.

Sulu hockte sich hin und setzte seinen Scanner ein, um die Überreste des Getreides zu analysieren. Vivian stand da, blickte über die noch rauchenden Felder und bemühte sich, das Gesehene in sich aufzunehmen.

Sie hatte die klingonische Kolonie während ihrer Jahre auf diesem Planeten zweimal besucht. Beide Male war sie aufgrund der Schönheit des wogenden blaugrünen Getreides wie vom Donner gerührt gewesen. Üppig und geschmeidig, selbst in der heißesten Tageszeit. Jetzt war das Getreide nur noch schwarze Asche. Es war ein Verbrechen.

»Das ist aber eigenartig«, sagte Sulu kopfschüttelnd.

»Was denn?« fragte Vivian und kniete sich neben ihn. Sie wußte, warum der Captain Sulu und sie hergeschickt hatte: um die verbrannten Felder zu untersuchen. Sie hatte hier gelebt und gearbeitet, und von Sulu war allgemein bekannt, daß er sich für Botanik interessierte. Sie hatte sich sogar gewünscht, sich eines Tages mit ihm darüber unterhalten zu können. Vielleicht bekam sie dazu eine Gelegenheit, wenn dieses Unternehmen abgeschlossen war.

»Ich habe ein paar merkwürdige Anzeigen erhalten, Commander.« Sulu hob den Tricorder, damit sie einen Blick darauf werfen konnte.

Sie schaute sich die Zahlen an. Dann lächelte sie beeindruckt. »Gut gemacht, Lieutenant«, sagte sie. »Unsere Wissenschaftler haben fast zwei Monate gebraucht, um dieses Problem zu identifizieren.«

»Soll das heißen, es ist auf dem ganzen Planeten so?« fragte Sulu und schaute sie an.

Vivian nickte und stand langsam auf, damit ihr nicht wieder schwindlig wurde. »Dieser Planet hatte in der fernen Vergangenheit ein ganz andersartiges Pflanzenleben, das allem Anschein nach in dieser Hitze und unter den Bodenbedingungen gut gedieh. Dann, vor acht- oder neunhundert Jahren, ist irgendetwas passiert, das das planetare Klima veränderte. Außerdem tauchte ein biologisch andersartiges Pflanzenleben auf, daß sich langsam mit dem ersten vermischte und es dann auslöschte.«

Sulu musterte kopfschüttelnd die Anzeigen. »Verblüffend.«

»Das kann man wohl sagen«, sagte Vivian. »Nun haben die Klingonen eine dritte pflanzliche Lebensform importiert, die sich mit den beiden ersten vermischt. Wir haben bei unseren Experimenten auf dem Südkontinent das gleiche getan. Aber die Klingonen waren erfolgreicher. Das ist einer der vielen Gründe, warum der Planet ihnen zugesprochen wurde.«

Sulu stand auf, er studierte den Tricorder noch immer. »Gibt es irgendwelche Hinweise darauf, was die erste Veränderung in der Pflanzenwelt bewerkstelligt hat?«

Vivian schüttelte den Kopf. »Es war höchstwahrscheinlich ein Naturereignis. Vielleicht ein Meteoriteneinschlag. Aber manche Wissenschaftler nehmen an, daß die Pflanzenwelt von einer untergegangenen Zivilisation künstlich eingeführt wurde. Hätten wir die wahren Hintergründe gekannt, hätte es uns vielleicht geholfen, den Planeten für uns zu gewinnen.«

Sulu nickte. »Mr. Spock würde *faszinierend* sagen.«

Vivian lachte. »War es auch. Und ist es, wie ich annehme, für die Klingonen noch immer.« Selbst sie konnte die Verbitterung in ihrer Stimme hören.

Sulu ignorierte ihren Kommentar, dann bückte er sich und schwenkte den Tricorder in einem weiten Kreis.

Vivian schaute ihm eine Weile zu, dann bückte auch sie sich und setzte ihren eigenen Tricorder ein, um einige Pflanzenreste zu analysieren. Irgendeine Hitzequelle hatte sie mit großer Kraft – wie mit einem Blitz – erschlagen. Sie hob einen Stengel auf und roch daran. »Plasma«, sagte sie.

»Genau, Commander«, sagte Sulu. »Ich schätze, man hat es mit einem breitgefächerten Plasmastrahl gemacht.«

»Kennen Sie irgendwelche Schiffe, die breitgefächerte Plasmastrahler einsetzen?« fragte sie.

»Kein einziges«, sagte Sulu. »Und ich kann mir auch nicht vorstellen, warum ein Schiff sie einsetzen sollte – es sei denn, um Schäden dieser Art anzurichten.«

Vivian suchte die Felder nach Mustern ab, wie damals, als eine Pilzinfektion die Ernte der Föderationskolonie bedroht hatte. Doch diesmal sah sie ein systematisches Schadensmuster, das nur das klingonische Getreide betraf.

»Schauen Sie«, sagte sie zu Sulu und deutete auf einige weiter entfernte Felder. »Die natürliche Vegetation ist nirgendwo betroffen. Der Angriff galt nur der Landwirtschaft.«

Sulu runzelte die Stirn und konzentrierte den Tricorder auf die Stelle, auf die sie deutete.

»Sie haben recht. Es ist *wirklich* eigenartig.« Er ließ den Tricorder zuschnappen und schaute sie an. »Melden wir es dem Captain. Es wird ihn sicher interessieren.«

Vivian nickte. »Vielleicht kommt Captain Kirk dahinter, was hier geschehen ist. Mir ist es eindeutig zu hoch.«

Sulu lachte. »Irgendwie fehlt der ganzen Sache die Logik, nicht wahr?«

»Ja«, sagte Vivian. »Da bin ich mit Ihnen einer Meinung. Und zwar in mehrfacher Hinsicht.«

Kirk wandte sich von seiner Arbeit ab – er hob am Westrand der Ortschaft ein Erdloch aus – und sah Dr. Rathbone und Sulu über die Felder auf sich zukommen. Dr. McCoy näherte sich ihm vom Zentrum der Ansiedlung.

Kirk hielt inne und wischte sich mit dem Handrücken den Schweiß von der Stirn. Er mußte dafür sorgen, daß seine Leute bei dieser Hitze genügend Wasser bekamen. Sonst erlebten sie den nächsten Angriff nicht mehr.

Kor und zwei Kolonisten – einer davon war Kerdoch – waren etwa zwanzig Schritte von ihm entfernt, wo sie ein weiteres Erdloch aushoben. Sie hatten ihn zwar in Ruhe gelassen, doch dann und wann konnte er sie aus der Ferne lachen hören. Andererseits war es nur ihm gelungen, ein ordentliches Erdloch auszuheben, das einigen Schutz bot.

»Jim«, sagte McCoy, bevor er Kirk erreicht hatte, »mein klingonische Kollege hat schon alle verarztet.«

Kirk spürte sofort, daß seinem Freund eine Laus über die Leber gelaufen war. »Das ist doch gut, oder nicht?«

»Ja, bestens«, sagte McCoy. »Aber die verdammte Überheblichkeit dieser Leute bringt mich irgendwann noch auf die Palme.«

»Er hat wohl dein Können beleidigt, was?« fragte Kirk. Es gelang ihm, sein Grinsen vor McCoy zu verbergen.

McCoy schnaubte. »Mein Können kann er gar nicht beleidigen«, sagte er. »Er arbeitet mit Patienten, die die Konstitution von Baumstämmen haben. Um diesen Leuten echten Schaden zuzufügen, müßten hier schon Meteoriten einschlagen.«

Kirk legte den Kopf schief. »Soll das heißen, es hat keine Schwerverletzten gegeben?«

»Doch, doch«, sagte McCoy. »Mehrere sind ernstlich verletzt. Aber verdammt noch mal, Jim, die klingonische Physis ist nun mal so gebaut, daß sie Schäden widersteht. So etwas habe ich noch nie gesehen. Wenn bei denen irgendein Organ zusammenbricht, übernimmt ein anderes. Den klingonischen Ärzten fehlt die Finesse der menschlichen.«

»Offenbar brauchen sie gar keine Finesse«, sagte Kirk. »Wir sind eben zerbrechliche Geschöpfe.«

»Das kann man wohl sagen. Die Hitze erinnert mich bei jedem Atemzug daran.«

»Ich dachte, du bist in einer heißen Gegend aufgewachsen, Pille.«

»Deswegen lebe ich jetzt auch in einer kontrollierten Umgebung«, fauchte McCoy. »Kein intelligentes Lebewesen würde sich täglich solchen Temperaturen unterwerfen. Und es würde bei diesem Klima auch gewiß keine Gräben ausheben.«

»Ein Erdloch«, sagte Kirk. »Ich hebe ein Erdloch aus.«

»Tja, dann sorg bloß dafür, daß du genügend zu trinken kriegst. Das letzte, was ich jetzt brauchen kann, ist ein Captain mit Hitzschlag.«

»Jawohl, Herr Doktor«, sagte Kirk lächelnd. »Wenn du dir Sorgen machst, kannst du ja hierbleiben und mir beim Buddeln helfen.«

»Hab ich nicht gerade gesagt, daß ich Hitze nicht ausstehen kann?«

»Ich glaube, du hast keine große Wahl, Pille.« Als Kirk den Satz beendet hatte, trafen Sulu und Rathbone bei ihnen ein. »Ich wette, Sie haben mir etwas zu melden.«

»Die Zerstörungen«, sagte Sulu, »wurden von breitgefächerten Plasmastrahlen verursacht, die ausschließlich auf das Getreide der Klingonen konzentriert waren und nichts beschädigt haben, was rings um die Felder wächst.«

»Breitgefächert?« sagte Kirk.

Sulu nickte.

Kirk warf einen Blick auf die Kuppelbauten der Kolonie. Kein Wunder, daß die meisten noch standen. Breitgefächerte Plasmastrahlen entfalteten zwar sehr große Hitze, hatten aber nur wenig Vernichtungskraft. Ein Handphaser konnte mehr Schaden anrichten als die Waffe, von der Sulu sprach.

»Es paßt nicht zusammen, nicht wahr, Captain?« sagte Sulu.

»Nicht, wenn man eine Kolonie vernichten will«, sagte Kirk. »Aber wenn man nur alles niederbrennen will, ohne den Boden ernsthaft zu schädigen, wäre es eine gute Methode, oder?«

»Stimmt«, sagte Rathbone. »Als würde man eine Wiese abflämmen. Es reinigt sie von unerwünschten Stoppeln, tötet die Schädlinge und gibt dem Boden die meisten Nährstoffe zurück.«

»Ich würde die Klingonen nicht hören lassen, daß Sie sie als Schädlinge bezeichnen«, sagte McCoy.

Sulu lachte, aber Kirk gelang es, sich weiterhin auf das zu konzentrieren, was sie besprachen. »Wir brauchen mehr Antworten.« Er kletterte aus dem Erdloch und ging zu Kor und Kerdoch hinüber.

»Captain«, sagte Kor, »es sieht so aus, als kämen sie mit der Arbeit nicht von der Stelle. Ist sie zu schwer für Sie?«

Kirk fiel auf, daß Kerdoch in das Lachen Kors und der anderen Kolonisten nicht einfiel.

Er lächelte Kor an. »Vielleicht sollten Sie das Loch noch überdachen«, sagte er. »Könnte beim nächsten Angriff ein paar Verbrennungen verhindern. Die bei den ersten Angriffen eingesetzten Waffen waren breitgefächerte Plasmastrahlen.«

»Was?« sagte Kor. Er sprang aus dem Loch und schaute die Menschen an. »Welcher Narr würde eine Kolonie mit einer solchen Waffe angreifen?«

»Die Narren, die Ihre Kolonie angegriffen haben«, sagte McCoy.

»Und sie haben nur auf das Getreide gezielt«, sagte Kirk. »Die einheimischen Pflanzen und Büsche in der Umgebung der Felder wurden nicht beschädigt.«

Kor schüttelte den Kopf. Er war deutlich verblüfft. »Aber was soll das denn?«

Kirks Kommunikator erwachte plötzlich zum Leben. Eine Sekunde später meldete sich auch der Kors. Kirk hätte am liebsten gelacht, aber die eingehende Nachricht machte ihn besorgt. Nun wurden er und der Kommandant des anderen Schiffes schon zum zweiten Mal innerhalb von vierundzwanzig Stunden kontaktiert, während sie nicht an Bord ihrer Schiffe weilten.

Er schnippte seinen Kommunikator auf. »Hier ist Kirk.«

Hinter ihm sagte Kor etwas auf klingonisch.

»Captain«, meldete sich Spocks Stimme laut und deutlich wie immer. »Sechs fremde Schiffe nähern sich mit hoher Geschwindigkeit diesem System. Ihr Typ und ihre Klasse sind mir unbekannt.«

»Geben Sie Alarmstufe Rot«, sagte Kirk. »Wir kümmern uns hier unten um uns selbst.«

»Jawohl, Sir«, sagte Spock.

»Ähm ... Spock ...«, sagte Kirk. »Machen Sie mir das Schiff nicht kaputt.«

»Dann würde es doch nicht mehr funktionieren, Sir«, erwiderte Spock.

»Eben. – Kirk, Ende.«

6

Kelly Bogle saß im Kommandosessel und schaute sich die Streifen an, die die Sterne während des Warpfluges bildeten. Er hatte die letzten sechs Stunden geschlafen, dann rasch gefrühstückt und war wieder auf die Brücke zurückgekehrt. Nun wartete er.

Er konnte Wartereien nicht ausstehen. Sie waren das Schlimmste an seinem Beruf – jedenfalls, wenn man ihn danach fragte. Und besonders schlimm waren sie, wenn ein Raumschiff eine riesige Strecke hinter sich bringen mußte, um an den Ort eines Notfalls zu gelangen. Wartezeiten dieser Art dehnten sich endlos aus. Jede Minute wirkte wie eine Stunde, und jede Stunde wie ein Tag. Er würde sich nie daran gewöhnen, wie lange er auch in diesem Sessel saß.

Sie flogen mit voller Kraft, um sich zur *Enterprise* zu gesellen. Kirk hatte zwar schon das eine oder andere Scharmützel mit Klingonen ausgestanden, aber irgendwie war es ihm auf seine typische Weise trotzdem gelungen, mit ihnen zusammenzuarbeiten. Wie lange dies jedoch gutgehen würde, wollte Bogle nicht einmal mutmaßen. Ihn besorgte mehr die Tatsache, daß man noch immer nicht wußte, wer die Kolonie angegriffen hatte.

Hinter ihm wande sich Lieutenant Sandy, der Kom-Offizier, auf seinem Sitz um. »Eine Botschaft von der *Enterprise,* Sir. Sie wird zusammen mit einem klingonischen Schlachtkreuzer und der Kolonie von einer großen unbekannten Streitmacht angegriffen.«

»Wie lange brauchen wir noch bis dahin?«

»Sechs Stunden, zehn Minuten, Sir«, sagte Richard Lee, der Wissenschaftsoffizier.

Bogle aktivierte einen Kommunikationsknopf. »Maschinenraum? Projeff, könnten wir vielleicht 'n bißchen schneller fliegen?«

Die Antwort kam schnell. Und war kurz. »Nicht, wenn Sie sicher ankommen wollen.«

»Verstanden«, sagte Bogle und schaltete ab. Er hatte Projeff nun zum dritten Mal um mehr Geschwindigkeit gebeten. Bei den ersten Malen war es dem Chefingenieur gelungen, das Tempo leicht zu erhöhen. Aber das war diesmal nicht drin. Er wollte es wohl nicht übertreiben.

Bogle drehte sich zu Sandy um. »Informieren Sie die *Enterprise* über unsere Position und Ankunftszeit.«

»Jawohl, Sir«, sagte Sandy.

»Und, Lieutenant ...«, fuhr Bogle fort, lehnte sich in den Sessel zurück und schaute sich die vorbeirasenden Sterne an.

»Ja, Sir?« fragte Sandy.

»... wünschen Sie ihnen Glück.«

Spock stand neben dem Sessel des Captains. Seine Aufmerksamkeit galt vollständig dem Bildschirm und den sich nähernden Schiffen. Es waren sechs keilförmige Raumer, und alle waren doppelt so groß wie die *Enterprise*. Sie wirkten, als wären sie als Keil konstruiert worden. Sie waren schlank und spitz am Bug und hatten am Heck zwei dicke Aufbauten. Ein sehr effektives und logisches Design.

Der klingonische Schlachtkreuzer *Klothos* hatte unter der Leitung von Subcommander Korath gewendet und wartete neben der *Enterprise* auf die heranrückende Flotte. Beide Schiffe waren kampfbereit.

»Unsere Rufe werden nicht beantwortet, Sir«, sagte Lieutenant Uhura.

»Senden Sie weiter auf allen Kanälen und Frequenzen, Lieutenant«, sagte Spock.

»Aye, Sir.«

Spock ging zu seiner Station hinauf und nahm eine schnelle Computeranalyse der sich nähernden Einheiten vor. Doch auch diesmal informierte ihn die Konsole nur über das, was er ohnehin schon wußte: Die Schiffe waren der Föderation unbekannt, und wenn man Korath glauben konnte, hatte man sie auch im Reich der Klingonen noch nie gesehen.

Er trat zurück und ging wieder zum Sessel des Captains, nahm jedoch nicht Platz. Als er den Bildschirm beobachtete, teilten sich die sechs Schiffe in drei Zweiergruppen auf. Eine Einheit wendete und steuerte eine höhere Kreisbahn um den Planeten an. Die beiden anderen hielten genau auf die *Enterprise* und den klingonischen Schlachtkreuzer zu. Es wäre ein logischer Schritt, wenn die beiden Schiffe in der hohen Kreisbahn die Absicht hatten, die planetare Kolonie ein weiteres Mal anzugreifen.

»Noch immer keine Reaktion auf unsere Anfrage, Lieutenant?« fragte Spock.

»Nein, Sir«, sagte Uhura.

»Photonentorpedos scharfmachen«, sagte Spock. »Mr. Chekov, Ausweichmanöver Beta Sechs vorbereiten.«

»Torpedos scharfgemacht«, sagte Chekov. »Alles bereit.«

Spock sagte nichts, er schaute nur angestrengt auf den Bildschirm. Die vier Schiffe schienen eine Standardangriffsformation zu bilden; sie hatten wohl vor, die beiden Verteidigerschiffe in die Zange zu nehmen. Es konnte nicht mehr lange dauern, bis ihre Absichten klar wurden.

Plötzlich schossen Phaserstrahlen aus den vier sich nähernden Schiffen hervor. Die *Enterprise* wankte unter dem Aufschlag, aber es gelang Spock, sich an Kirks Sessel festzuhalten und auf den Beinen zu bleiben. Nun gab es keinen Zweifel mehr, daß die fremden Schiffen feindliche Absichten verfolgten.

»Feuer erwidern, Mr. Chekov«, sagte Spock. »Dann ausbrechen und den beiden Schiffen folgen, die zur planetaren Kreisbahn unterwegs sind.«

Spock sprach es zwar nicht aus, aber er sorgte sich um den Captain und die Landeeinheit. Wenn seine Berechnungen stimmten, hatten die beiden Schiffe atmosphärentaugliche Flugmaschinen an Bord, die bereit waren, den nächsten Angriff auf die planetare Kolonie zu starten.

Vier Photonentorpedos trafen die beiden angreifenden Schiffe im Vorbeiflug und explodierten an ihren Schutzschirmen. Sie flammten hellblau auf, widerstanden der Attacke jedoch. Spock fiel auf, daß die fremden Schiffe nicht nur effektiv konstruiert, sondern auch gut bewaffnet und geschützt waren.

Die *Enterprise* wendete und gewann an Höhe, um in eine Position in der Nähe der beiden Schiffe in der Kreisbahn zu gelangen. Diese Bewegung überraschte die beiden Angreiferschiffe offensichtlich, denn sie wendeten in die falsche Richtung.

»Schutzschirme bei fünfundachtzig Prozent«, meldete Chekov. »Wir haben sie zweimal getroffen, aber sie haben keinen Schaden erlitten.«

Das hatte Spock auch schon vermutet.

Der klingonische Schlachtkreuzer ging auf völlig andere Weise an das Problem heran. Korath schien sein Vorgesetzter auf dem Planeten völlig gleichgültig zu sein. Er lieferte sich ein Scharmützel mit den beiden Schiffen, die ihn angegriffen hatten, aber er steckte mehr ein, als er austeilte.

Die beiden Schiffe auf dem Hauptbildschirm wirkten, als wollten sie sich spalten, doch Spock sah, daß sich auf ihren schlanken Rücken lediglich riesige Tore öffneten.

»Sie öffnen die Hangartore, Sir«, meldete Chekov.

Spock hatte die Tore bereits als Bestandteil einer Hangaranlage identifiziert. Dazu brauchte er Chekovs Hilfe nicht. Aber er brauchte ihn in Sachen Feuerkraft. Er war froh, daß der Fähnrich als guter Schütze galt.

Dutzende von kleineren Shuttles tauchten aus den beiden fremden Schiffen auf und setzten Kurs auf die Oberfläche des Planeten.

»Feuern Sie auf die Shuttles, Mr. Chekov«, befahl Spock. »Ignorieren Sie die Schiffe.«

»Aye, Sir«, sagte Chekov.

Phaserschüsse zischten durch die Schwärze des Weltraums. Vier Schüsse in schneller Folge. Die Mutterschiffe hatten den Angriff offenbar nicht erwartet. Die Boote verfügten über keine Schutzschirme.

Vier von ihnen explodierten, als die Phaserschüsse ihr Ziel fanden.

»Wir haben ihnen einen reingewürgt!« rief Chekov.

»Mr. Chekov«, sagte Spock und wünschte sich, der Fähnrich könnte seine Gefühle etwas besser kontrollieren, »wir haben niemandem ›einen reingewürgt‹. – Weiterfeuern.«

»Mr. Spock«, sagte Chekov, »ich glaube, wir kriegen Ärger.«

Spock schaute auf den Bildschirm. Die beiden Mutterschiffe wandten sich zur *Enterprise* um.

»Ich glaube, wir haben Ärger, seit wir in diesem Sektor sind, Fähnrich«, sagte Spock.

Zwei weitere Schüsse vernichteten zwei weitere Boote. Doch Spock sah, daß noch immer über zwanzig Boote zu der Kolonie unterwegs waren.

»Sir«, sagte Chekov, »die beiden anderen Schiffe nähern sich uns von hinten.«

Spock nickte. Es wäre unlogisch gewesen, die *Enter-*

prise in einem Kampf vier gegen einen aufs Spiel zu setzen.

»Bringen Sie uns zu den Klingonen zurück«, befahl Spock, als das Schiff unter den Treffern der beiden Mutterschiffe erzitterte. »Kurs 238,72. Halbe Impulskraft.«

»Schutzschirme bei sechzig Prozent«, sagte Chekov, als das Raumschiff wendete und sich der Schlacht zwischen der *Klothos* und den beiden anderen Schiffen näherte.

Auch diesmal überraschte ihr Manöver die Schiffe, die die *Enterprise* verfolgten. Die beiden Schiffe in der Kreisbahn behielten ihre Position bei.

Eins der fremden Schiffe, die mit der *Klothos* kämpften, schien beschädigt zu sein, aber es war deutlich zu sehen, daß in diesem Moment die Klingonen die Prügel bezogen. Und es war ebenso klar, daß Subcommander Korath sich nicht zurückziehen würde. Die Klingonen brauchten Unterstützung.

»Lieutenant«, sagte Spock. »Verbindung mit Korath.«

Uhura drückte einige Knöpfe an ihrer Konsole, dann drehte sie sich um. »Auf dem Schirm, Sir.«

Als Koraths Gesicht auf dem Bildschirm erschien, gab Spock ihm keine Gelegenheit, etwas zu sagen. »Auf mein Zeichen hin konzentrieren Sie Ihre gesamte Feuerkraft auf das Schiff, das Ihrer Position am nächsten ist.«

Korath stierte Spock kurz an, dann nickte er. »Verstanden.«

»Fähnrich Chekov«, sagte Spock. »Konzentrieren Sie all unsere Phaser auf das Schiff dort. Feuern Sie, sobald ich es sage.«

»Aye, Sir«, sagte Chekov. Seine Finger tanzten über die Kontrollen.

»Jetzt«, sagte Spock zu Chekov und Korath.

Die volle Feuerkraft der *Klothos* und der *Enterprise* knackten den Abwehrschirm der Fremden in weniger als einer Sekunde. Sofort erstrahlte das riesige Schiff in einem hellen Blitz aus Orange und Rot.

»Voll auf die Mütze!« rief Chekov.

Spock ermahnte ihn diesmal nicht. Es hatte keinen Sinn, den Enthusiasmus des Fähnrichs zu dämpfen.

»Bringen Sie uns in Position neben die *Klothos*«, sagte Spock.

»Jawohl, Sir.«

Als die *Enterprise* ihre Stellung eingenommen hatte, wandten sich die drei fremden Schiffe ab und zogen sich zwischen die *Enterprise* und den Planeten zurück. Sie gingen neben den beiden anderen in Stellung und bildeten eine wirksame Barriere vor der Kolonie auf der Oberfläche.

»Sie brechen den Angriff ab«, sagte Chekov mir erregter Stimme.

Spock nickte. Es war nur logisch. Sie hatten ein Schiff verloren. Sie würden ihre Bodentruppen abschirmen und den bisherigen Kampfverlauf einer Bewertung unterziehen. Er hätte an ihrer Stelle nicht anders gehandelt.

Spock aktivierte die Kommunikation im Sessel des Captains. »Mr. Scott, sind wir in Transporterreichweite der Landeeinheit?«

»Nein, Mr. Spock«, erwiderte Scott.

Spock brach die Verbindung ab.

»Lieutenant«, sagte er, »verbinden Sie mich mit dem Captain.«

»Aye, Sir«, sagte Uhura.

Kurz darauf ertönte das vertraute ›Hier ist Kirk‹ aus den Lautsprechern der Brücke.

»Captain«, sagte Spock, »zwanzig kleine Feindschiffe treten in die Atmosphäre des Planeten ein. Wir haben eins ihrer Mutterschiffe vernichtet, aber fünf andere Einheiten hindern uns daran, auf Transporterreichweite an Sie heranzukommen.«

»Fünf?« sagte Kirk.

»Jawohl, Sir«, sagte Spock.

»Hat die *Enterprise* Schaden genommen, Mr. Spock?«

»Nein, Sir«, sagte Spock. »Unsere Schutzschirme haben etwas Energie verloren, aber ich rechne damit, daß sie in Kürze wieder mit hundert Prozent arbeiten. Das Schiff der Klingonen wird einiger Reparaturen bedürfen, aber es ist noch funktionsfähig. Die *Farragut* wird in sechs Stunden und zwei Minuten hier sein.«

»Verstanden«, sagte Kirk. »Bringen Sie die *Enterprise* nicht unnötig in Gefahr, Mr. Spock. Das ist ein Befehl. Wir harren aus, bis die *Farragut* da ist. Halten Sie mich auf dem laufenden. Kirk, Ende.«

Spock stand neben dem Kommandosessel und musterte die fünf Schiffe auf dem Bildschirm und den unter ihnen liegenden Planeten. Der Befehl des Captains war zwar logisch, aber obwohl er ihn nicht zum ersten Mal ausgesprochen hatte, bedeutete dies nicht, daß es nicht noch einen logischeren Weg gab. Es lag nur an ihm, ihn zu finden.

Spock aktivierte die Kommunikation auf der Lehne des Sessels. »Mr. Scott, melden Sie sich auf der Brücke.«

»Aye, Sir«, erwiderte Scotts tiefe Stimme.

»Lieutenant«, sagte Spock und wandte sich zu Uhura um, »informieren Sie die *Farragut* über unsere Lage. Kodieren Sie die Nachricht. Fügen Sie alle Sensorscans über die fremden Schiffe hinzu. Und sagen Sie, daß es vor allem auf Schnelligkeit ankommt.«

»Aye, Sir«, sagte Uhura.

Spock drehte sich um und schaute die fünf Schiffe und den unter ihnen liegenden Planeten an. Es mußte eine Möglichkeit geben, den Captain von dort wegzuholen.

Oder ihm wenigstens zu helfen.

Kirk klappte seinen Kommunikator zu. Neben ihm standen McCoy, Sulu und Dr. Rathbone. Alle schauten ihn mit großen Augen und verschwitzten Gesichtern an. Kor und Kerdoch waren ein paar Schritte zur Seite getreten. Kor unterhielt sich noch immer mit seinem Schiff.

»Tja, sie sind unterwegs«, sagte Kirk in dem Bemühen, seiner Stimme ein wenig Hoffnung zu verleihen, auch wenn er sie selbst nicht verspürte. »Spock sagt, es sind zwanzig Shuttles.«

»Wieviel Zeit haben wir noch?« fragte Dr. Rathbone.

Kirk schüttelte den Kopf, dann wischte er sich den Schweiß aus den Augen. »Sie müßten in etwa fünf Minuten hier sein. Vielleicht auch schneller.«

Kor befestigte den Kommunikator an seinem Gürtel. »Der Angriff steht bevor«, sagte er zu Kirk.

Kirk nickte. »Wir müssen die Kolonisten warnen, damit sie in Deckung gehen.«

»Das mache ich«, sagte Kerdoch. Er drehte sich um und rannte mit dem anderen Kolonisten, der ihm beim Graben geholfen hatte, mit Höchstgeschwindigkeit auf die Kuppelbauten der Kolonie zu.

»Ich gehe zum Geschütz an der Westseite«, sagte Kor. Er wandte sich ohne jedes weitere Wort ab und schritt davon, als ginge es nicht um seinen möglichen Tod, sondern als sei heute ein Tag wie jeder andere.

Kirk warf einen Blick auf die beiden Löcher, die sie ausgehoben hatten. Niedrige Löcher, in harter Erde. Das war alles. Gegen Plasmastrahlwaffen boten sie keinen Schutz. Sie brauchten mindestens eine Abdeckung.

Seine Blicke suchten rasch die Umgebung ab, und dann sah er etwas, das ihnen vielleicht dienlich sein konnte: Die Kuppeln der Ortschaft bestanden aus Fertigbauplatten von etwa 1,20 m Breite und 2,20 m Länge. Wenn sie leicht genug waren, damit man sie zu tragen konnte, reichten sie vielleicht aus.

»Schnell«, sagte er und bedeutete seinen Leuten mit einer Geste, ihm zu folgen.

Im Laufschritt erreichte er den Ortschaftsrand und eine größtenteils zerstörte Wohnkuppel. Die Leiche eines männlichen Klingonen lag im Inneren am Boden. Kirk hoffte, daß er nichts dagegen gehabt hätte, wenn sie sein Heim plünderten, um selbst zu überleben.

Rasch legte er eine Fertigbauplatte frei und untersuchte sie. Sie hatte in etwa die Maße einer normalen Tür, war zehn Zentimeter dick und wog nicht mehr als zwanzig Pfund. Die Platten waren viel leichter, als sie aussahen – ein Triumph klingonischer Fabrikation. Sie konnten zwar niemals einen direkten Treffer einer größeren Waffe aushalten, aber als Hitzeschild waren sie vortrefflich geeignet.

Er drehte sich um und reichte Rathbone die Platte. »Nehmen Sie sie als Abdeckung für das Erdloch, das die Klingonen ausgehoben haben.«

Vivian kämpfte kurz mit dem Ding. Auch sie war sichtlich überrascht über dessen geringes Gewicht. Sie hob die Platte hoch, hievte sie über ihren Kopf und machte sich auf den Rückweg.

»Wußte gar nicht, daß sie so stark ist«, sagte McCoy, der sie beim Weggehen beobachtete.

Kirk drehte sich um, riß mit Sulus Hilfe eine weitere Platte aus der Wand und warf sie dem Arzt zu.

McCoy packte sie. »Das erklärt alles«, sagte er, hob sie sie mit leichter Hand hoch und folgte Rathbone.

Wenige Sekunden später hatten Kirk und Sulu zwei weitere Platten gelöst und eilten zum Erdloch zurück.

Es war Rathbone gelungen, ihre Platte über den Rand des hüfthohen Unterstandes zu legen. Nun war sie hektisch damit beschäftigt, sie mit Erde zu bedecken, um sie zu tarnen.

McCoy legte seine Platte daneben. Dreißig hektische Sekunden später bedeckten die vier Platten die beiden Löcher. Die darauf liegende Erde reichte aus, um sie fast natürlich wirken zu lassen. Die Löcher war an beiden Seiten offen, aber sie hatten nicht genug Zeit, um dagegen etwas zu tun.

Kirk atmete in der heißen Luft tief ein und suchte den hellen Horizont ab. Durch die fernen Hitzeschlieren erblickte er knapp über dem kleinen Vorgebirge mehrere helle, niedrig fliegende Gegenstände am Himmel: als hätte jemand silberne Streifen auf den Horizont gemalt.

Feindliche Schiffe. Sie sahen genauso aus, wie Kerdoch sie beschrieben hatte.

»Alle Mann in Deckung!« schrie Kirk.

Dr. Rathbone und McCoy befanden sich in der Mitte. Sulu hielt sich am Eingang auf. Kirk nahm mit dem Phaser in der Hand seinen Platz ein. Er bezweifelte zwar, daß er damit viel ausrichten konnte, aber im Moment war es zumindest beruhigend, überhaupt bewaffnet zu sein.

7

Kerdoch eilte ins Zentrum der Ortschaft. Seine schnellen Schritte wirbelten den Staub zwischen den Kuppelbauten auf. »Alle Mann in Deckung«, schrie er alle paar Meter. »Die Angreifer kehren zurück!«

Seine Stimme war hörbar, bevor er die Ortsmitte erreichte. Alle Nachbarn, die seine Warnung hörten, hielten in ihrer Tätigkeit inne und eilten schnell davon.

Frauen und Kinder suchten eilig Deckung in den Fertighäusern.

Ehemänner bewaffneten sich und liefen zum Rand des Ortes. Sie waren bereit, mit allem zu kämpfen, was sie fanden.

Kerdoch führte seine Mission weiter. Er eilte rufend durch das Ortszentrum, bis er sein eigenes Haus erreichte. Seine Gattin stand im Freien. Sie hatte seine Rufe allem Anschein nach gehört. Sie wartete auf ihn. Die Kinder waren schon im Gebäudeinneren außer Sichtweite. Doch er wußte, daß sein ältester Sohn dicht hinter der Tür auf Wache stand und alles hörte, was er sagte.

Kerdoch blieb vor seiner Gattin stehen, packte ihre Schultern und schaute ihr tief in die Augen. Ihre Muskeln waren unter seinem Griff straff, und einen Moment lang wünschte er sich, sie nie wieder loslassen zu müssen. Dann holte er tief und leidenschaftlich Luft. »Geh mit den Kindern so gut wie möglich in Deckung«, sagte er. »Es sind viele Flugmaschinen zu uns unterwegs.«

»Du gehst zu den Geschützen?« fragte sie.

»Ich werde kämpfen«, sagte er. »Mit allem, was ich habe.«

Sie nickte. »Ich werde die Kinder und unser Heim bewachen. Kämpfe gut, Mann.«

»Wir werden die Feiglinge nicht landen lassen«, sagte Kerdoch. Innerlich war er fest dazu entschlossen. Er war noch nie zuvor so entschlossen gewesen. Und er hatte noch nie mehr Zorn und Kraft in sich verspürt.

Er machte sich zwar Sorgen um das Leben seiner Frau und seiner Kinder, aber nicht um sein eigenes. Wenn er an diesem heißen Tag im Kampf fiel, würde er einen guten Tod sterben.

Er drückte die Schultern seiner Gattin noch einmal mit den Händen, dann wandte er sich um und rannte zur Kampfzone.

Aber er kam zu spät.

Die erste Angriffswelle fegte über der Kolonie hinweg, ehe er nur hundert Schritte gelaufen war. Die flachen Rümpfe der Maschinen funkelten wie Spiegel im Licht der beiden Sonnen.

Und sie feuerten. Es waren die gleichen breitgefächerten Strahlen wie zuvor.

Kerdoch duckte sich instinktiv und bedeckte seinen Kopf mit den Armen, aber diesmal gelang es ihm nicht, sich zu Boden zu werfen. Die Explosions- und Druckwellen aufgrund der hohen Geschwindigkeit der Maschinen warfen ihn zurück, rissen ihn hoch und schleuderten ihn wie ein Blatt in einem heißen starken Wind in die Luft.

Seine Wut sowie die Tatsache, daß er seinen Platz an dem großen Geschütz nicht erreicht hatte, waren das letzte, woran er sich erinnerte, dann wurde er in die Überreste einer Kuppel geschleudert.

Er war *sehr* wütend.

Sein Kopf schlug gegen etwas Hartes. Er stürzte durch die Kuppel und war von Schwärze umgeben.

Kor sah die leuchtenden Maschinen am Himmel. Sie kamen auf ihn zu. Es waren wenigstens zehn, und sie waren klein und flogen in einer engen Keilformation. Gut. Nur Idioten flogen in enger Formation. Um so besser konnte man sie mit den großen Geschützen treffen.

Er stand hinter dem brusthohen Erdwall, den sie rasch errichtet hatten, um das größere Intervallergeschütz der Kolonie zu schützen. Neben ihm standen sechs Kolonisten, die mit Handwaffen auf die anrückenden Maschinen zielten. Als könnte man sie damit abschießen. Kor bewunderte ihren Mut. Sie waren echte Klingonen. Der Mann aus der Föderation stand in dem Loch neben ihm und hielt einen Phaser in der Hand. Auch er war mutig.

Hinter Kor stand das gerade mannshohe Geschütz auf einer dicken Plattform aus Beton. Einer seiner Männer und ein Kolonist hatten sie bemannt. Man konnte die sich schnell bewegenden Maschinen nur zu zweit unter Feuer nehmen. Das Geschütz diente zur Abwehr von Luftangriffen. Es war zwar nicht sehr zielgenau, aber stark genug, um fast jede Flugmaschine vom Himmel zu holen.

»Alles hört auf mein Kommando«, sagte Kor zu den Männern am Geschütz, als die Angreifer über der heißen Oberfläche deutlicher erkennbar wurden. Dann – schneller als erwartet – waren sie auch schon wie eine Woge glänzenden Metalls über ihnen und feuerten breitgefächerte Plasmastrahlen ab. Er war zwar auch früher schon überrascht worden, aber noch nie so. Die Maschinen waren mindestens zehnmal schneller als erwartet.

Der Aufschlag der Plasmastrahlen und die Druckwellen der vorbeifliegenden Einheiten erwischten Kor, als er sich instinktiv abwandte. Sie schleuderten ihn in den Schmutz vor dem großen Geschütz. In seiner gesamten Laufbahn hatte er noch nie eine solche Kraft gespürt. Sie war wie die Faust eines Riesen, die ihm heftig ins Kreuz schlug.

Doch bald hörte der Riese auf zu schlagen.

Kor rappelte sich auf. Sein rechter Arm und seine Schulter fühlten sich heißer an als zuvor, und er brauchte einen Augenblick, um zu erkennen, daß seine Uniformjacke in Flammen stand.

Mit einer schnellen Bewegung riß er sie sich vom Leib und warf sie angewidert zu Boden. Er stand nur noch im Hemd da.

Neben ihm, hinter dem Erdwall, trennten sich auch die Kolonisten von ihren Jacken oder rollten sich über den Boden, um die Flammen zu ersticken. Der Mann aus der Föderation lag am Boden. Eine üble Schramme zierte seine Stirn.

Kor schaute sich um. Die kleinen Schiffe waren bereits über die Kolonie hinweggeflogen und befanden sich außer Reichweite des Geschützes. Er verwünschte die Angreifer. Wenn sie zurückkehrten, würden sie ein blaues Wunder erleben.

Der ihn begleitende Offizier und der Kolonist, die das Geschütz bemannt hatten, lagen in einem brennenden Haufen sieben Meter von der Abwehrwaffe entfernt. Sie hatten im Freien gestanden. Die volle Wirkung der Plasmastrahlen hatte sie erwischt. Kor wußte, er hatte hinter dem Erdwall Glück gehabt. Die Barriere hatte höchstwahrscheinlich sein und das Leben der Kolonisten gerettet.

Er schaute sich schnell um. In der Ferne tauchte eine zweite Formation auf, wurde zu schillerndem Metall und fegte auf die Kolonie zu.

Er hatte nicht weichen wollen, doch nun überlegte er es sich anders. Manchmal war es gut, sich dem Gegner offen zu stellen – aber manchmal war es besser, den Kopf einzuziehen, wenn er zuschlug. Nun war die Zeit für letzteres, damit er später zum Gegenschlag ausholen konnte.

»Runter!« schrie er den Kolonisten zu. »Sofort!«

Er hatte kaum Zeit, sich auf den Bauch zu werfen und seinen Kopf zu bedecken, dann schlug die zweite Angriffswelle zu.

Diesmal warfen ihn Hitze und Wucht der vorbeirasenden Maschinen flach auf den trockenen Boden und ließ ihn nach Atem ringen. Doch der Angriff diente nur dazu, ihn noch wütender zu machen.

Im gleichen Moment, in dem die Streitmacht vorbei war, sprang Kor auf die Beine. Da er keine dritte Welle erspähen konnte, drehte er sich um und schaute der zweiten hinterher, die weitere Felder abfackelte, dann zum Himmel hinaufstieg und in der Ferne verschwand.

Langsam nahm das Donnern ihrer Triebwerke ab. Zurück blieben nur das Knistern der Flammen und die Hilfeschreie der Verletzten. Hinter ihm rappelten sich die Kolonisten auf und löschten hier und da einen Flammenherd auf den Kleidern der anderen.

Kor musterte die Zerstörungen in der gesamten Kolonie. Alles schien in Flammen zu stehen. Er trat auf die Plattform, um zu sehen, ob das Geschütz noch funktionierte. Eine schnelle Überprüfung sagte ihm, daß es einsatzbereit war. Doch vor dem nächsten Angriff mußten sie es besser schützen.

Plötzlich ließ ihn ein fernes Rumpeln herumfahren.

Funkelndes Metall am Himmel füllte den Horizont.

»Kor!« schrie ein Kolonist. »Deckung!«

Kor hechtete in den Schutz des Loches, doch dann wurde er an diesem Tag zum zweiten Mal überrascht.

Die Druckwelle warf ihn in die Luft, dann landete er hart auf dem Boden.

Ein Teil seines Kriegerhirns sagte ihm, er müsse sich

herumzuwälzen. Wenn er sich herumwälzte, erstickten die Flammen an seinen Kleidern. Ein anderer Teil seines Geistes sagte ihm, er solle aufstehen und kämpfen.

Sobald die Druckwelle ihn losließ, sprang er auf die Beine und rang ums Gleichgewicht, denn er wollte kämpfen.

Doch um ihn herum drehte sich alles. Ein scharfer, beißender Schmerz schnitt durch seinen Brustkorb.

»Dafür werdet ihr bezahlen«, sagte er zu den wirbelnden Bildern der sich entfernenden Maschinen.

Dann stürzte aus allen Richtungen Finsternis auf ihn zu, und es gab nichts, was er dagegen hätte unternehmen können.

Auch nicht gegen seinen Sturz zu Boden.

Nichts.

Zuvor hatte Kirk den Tag für heiß gehalten. Nun, als die fremde Flugmaschine über das bedeckte Erdloch hinwegfegte, hatte der Tag sich in ein brüllendes Inferno verwandelt. Er hatte die Maschinen als schnelle Blitze am Himmel gesehen. Sie waren über dem Horizont in Keilformation gegangen. Er hatte zehn gezählt. Wenn Spocks Berechnungen stimmten, und dies war in der Regel der Fall, blieben mindestens zehn weitere für eine zweite Angriffswelle. Er fragte sich, wer die Maschinen bemannte.

Bevor er den Kopf richtig einziehen konnte, waren die Maschinen schon vorbei.

Der Boden schüttelte sich wie bei einem Erdbeben. Eine Hitzewelle fegte wie ein Feuersturm durch das seitlich offene Erdloch.

»Augen zu!« schrie McCoy durch das Donnern.

Doch Kirk hatte schon den Arm vor dem Gesicht und schützte sich. Er hoffte, daß die neben ihm hockende Vivian Rathbone das gleiche getan hatte, denn schon spürte er ein Brennen auf der Stirn und am Haarschopf.

Falls er es überlebte, hatte er jetzt bestimmt einen interessant aussehenden Sonnenbrand.

Die sengende Hitze und das laute Poltern waren ebenso plötzlich vorbei, wie sie gekommen waren. Zurück blieb etwas kühlere Luft, die in ihren kleinen Unterstand wirbelte.

Und Stille. Eine Stille, die einem die Ohren klingeln ließ.

Sulu und Rathbone fingen sofort an zu husten, gaben McCoy jedoch mit Gesten zu verstehen, daß ihnen nichts fehlte. Ihre Lungen reagierten nur auf die heiße Luft.

»In Deckung bleiben«, sagte Kirk. Er schob den Kopf ins Freie und warf einen raschen Blick auf das sie umgebende Gelände. Die feindliche Streitmacht hatte offenbar auch diesmal breitgefächerte Plasmastrahlen eingesetzt. Fast alle Gebäude standen noch. Doch das, was brennbar war, stand in Flammen.

Glücklicherweise waren die Deckenplatten der klingonischen Kuppelhäuser feuerfest. Sonst hätte nun keins mehr gestanden, und niemand, sie eingeschlossen, wäre am Leben geblieben. »Wenn ich das überlebe«, sagte er, »kriegt der Klingone, der diese Platten erfunden hat, ein Dankschreiben von mir.«

Er zwängte sich aus dem Erdloch, um zu prüfen, in welche Richtung die Maschinen verschwunden waren. Sie waren schon außer Sichtweite. Kirk suchte den Horizont ab, hielt nach ihnen Ausschau.

So weit er blicken konnte, sah er nur brennende Gebäude und Felder. Erst als er sich in die Richtung wandte, aus der die erste Angriffswelle gekommen war, erblickte er die vom Himmel herabstürzende zweite. Sie schoß auf die Kolonie zu.

»Deckung!« rief er den anderen zu und duckte sich unter die Bauplatten, die ihrem Unterstand als Abdekkung dienten.

Er warf sich zu Boden, lag mit dem Kopf neben Rathbone. Der Boden erzitterte, und die zweite Hitzwelle fegte über sie hinweg. Kirk war erstaunt, daß seine Kleider kein Feuer fingen. Er hatte eine derartig starke Hitze schon einmal erlebt – beim Öffnen eines Backofens, bei dem Versuch, ihm einen frisch gebratenen Truthahn zu entnehmen. Es war Jahre her; damals hatte er noch Zeit gehabt, etwas zu kochen, und eine Küche, in der man kochen konnte.

Die Maschinen und die heftige Hitzewelle waren so schnell vorbei, wie sie gekommen waren. Sie hinterließen nur wirbelnden Staub und Rauch in ihrem Kielwasser.

Kirk setzte sich hin. Sein Gesicht war klatschnaß. Seine Kleider klebten an jedem Zoll seiner Haut. Neben ihm richtete sich auch Rathbone in eine sitzende Position auf. Sie lehnte sich an die Erdwand. Ihr Gesicht war von Schweiß und Schmutz verkrustet. Das brünette Haar klebte an ihrem Schädel.

»Nicht gerade die Art von Sauna, die ich schätze«, sagte McCoy und machte einen Versuch, sein Hemd von seiner Haut zu lösen.

»Soll das etwa heißen, Sie machen so was freiwillig?« sagte Sulu.

McCoy schnaubte nur.

»Wir werden Wasser brauchen, Pille«, sagte Kirk. »Wieviel haben wir noch?«

»Für diese Hitze jedenfalls zu wenig«, sagte McCoy. »Aber falls ihr welches habt, trinkt es jetzt. Das ist eine ärztlicher Verordnung.«

Kirk und McCoy hatten keine Feldflaschen, aber Sulu und Rathbone hatten welche mitgenommen. Sie teilten das Wasser unter sich auf, blieben aber die ganze Zeit im Schutz des Unterstands.

Als sie fertig waren, sagte Rathbone: »Glauben Sie, der Angriff ist zu Ende?«

Auch Kirk hatte sich dies schon gefragt. Es erschien ihm unlogisch, den Angriff nach zwei lumpigen Überflügen zu beenden. Es sei denn, die Maschinen hatten ihr gesamtes Pulver verschossen. Plasmawaffen benötigten allerdings nicht sehr viel Raum, deswegen bezweifelte er, daß dies der Fall war. Wenn Spock bei ihnen gewesen wäre, hätte er genau sagen können, wie die Chancen für einen weiteren Angriff standen.

Plötzlich bebte der Boden. Sie hatten kaum Zeit, ihre Gesichter zu bedecken, als die sengende Hitze erneut zuschlug und sie diesmal gegeneinander warf, da sie sich nicht festgehalten hatten. Kirk stellte fest, daß Vivian Rathbone ihn umwarf; sein Kopf landete auf McCoys Rücken.

Als der Angriff abgeflaut war, richtete Kirk sich auf und löste sich von Rathbone. »Da haben Sie die Antwort. Ist jemand verletzt?«

»Ich hatte eine andere Antwort erwartet«, sagte sie und schob sich das nasse Haar aus dem Gesicht. »Mir geht's gut, glaube ich.«

»Was sind das für Schiffe?« fragte McCoy.

»Ich habe keine Ahnung«, sagte Sulu. Er zückte seinen Tricorder und scannte die Umgebung. »Sie verwenden keine Standardplasmawaffen. Sie wurden irgendwie modifiziert.«

Kirk musterte seine Leute. Er war stolz auf sie. Sie kehrten sofort an die Arbeit zurück. Rathbone wirkte zwar leicht erschüttert, aber auch ihr ging es gut.

Einer solchen Sache waren sie noch nie ausgesetzt gewesen. Kein Wunder, daß die Klingonen aufgebracht waren. Kein Wunder, daß sie sich fragten, was hier vor sich ging; und kein Wunder, daß sie anfangs die Föderation in Verdacht gehabt hatten. Diese Angriffe richteten sich gezielt gegen die Kolonie, als wolle jemand, daß sie von diesem Planeten verschwand.

»Dr. Rathbone«, sagte Kirk, »Signi Beta war doch unbewohnt, als die Föderation ihre Niederlassung hier plante, nicht wahr?«

»Natürlich«, sagte sie keuchend, als hätte sich ihre Lunge noch nicht von der sengenden Hitze erholt. »Wir würden doch nie bewohnte Planeten kolonisieren.«

»Ich glaube, das würden die Klingonen auch nicht machen, Jim«, sagte McCoy. »Sie würden sie vielleicht unterwerfen, aber nicht kolonisieren.«

Kirk schaute zum inzwischen leeren Himmel hinauf. »Aber die Angriffe gelten der Kolonie. Wer würde Bauern angreifen? Und warum?«

»Wer weiß?« sagte McCoy. Er musterte die ihn umgebenden Menschen, als wolle er sichergehen, daß wirklich niemand verletzt war. »Vielleicht sollten wir mal in Erfahrung bringen, wen die Klingonen in letzter Zeit gegen sich aufgebracht haben. Wer ein Motiv hat, sich an ihnen zu rächen.«

»Die Vernichtung von Nahrungsquellen ist die beste Methode, ins Herz einer Kultur zu stechen«, sagte Rathbone.

Kirk schaute sie an. Sie hatte recht. Mehr fiel ihm auch nicht dazu ein. Es bestand vielleicht die Möglichkeit, daß auch andere klingonische Landwirtschaftsplaneten in diesem Sektor angegriffen wurden. Er fröstelte trotz der Hitze.

»Tja«, sagte er, »wir haben eine kurze Gnadenfrist. Mal sehen, was wir damit anfangen können.«

Er wußte, daß die Angreifer zurückkehren würden. Offenbar schlugen sie in konzentrierter Angriffsformation zu und verfolgten die Politik der »verbrannten Erde«. Er hatte darüber etwas an der Akademie gehört. Auch auf der Erde des 20. Jahrhunderts war man so verfahren.

Es war barbarisch.

Und gefährlich.

Aber auch wirkungsvoll.

Die Politik der verbrannten Erde machte die Fähigkeit der Verteidiger zunichte, einen Angriff zu organisieren. Und es untergrub die Moral, wenn man Heim, Herd und Familie vernichtete.

Kirk wischte sich den Schweiß von der Stirn. Er schwitzte sehr stark. Er war an Hitze nicht gewöhnt, und das galt auch für seine Gefährten. Sie hatten kein Wasser mehr.

Und die Angriffe waren noch nicht vorbei.

Es würde ein sehr langer und heißer Tag werden. Wenn sie nicht bald Wasser bekamen, würde es wahrscheinlich auch ihr letzter sein.

8

Der Angriff auf die Kolonie dauerte knapp zwei Stunden. Die Flotte der Angreifer fegte vierundzwanzigmal über die Felder dahin und änderte weder die Richtung noch die Intensität des Beschusses.

Kirk hatte dergleichen noch nie gesehen. Es war, als sei die Kolonie ein Punkt, den man von der Oberfläche des Planeten wischen wollte, und daß man ihn immer wieder attackieren würde, bis er endlich verschwunden war.

Nach dem zehnten Angriff hatte er Verbindung mit Spock aufgenommen und ihn gefragt, ob er Sensordaten über die fünf Mutterschiffe bekommen könne, um zu erfahren, wann die Shuttles zurückkehrten. Spock meinte, er könne sie bekommen.

Vierzehn heftige Hitzwellen später gab Spock bekannt, die kleinen Maschinen seien zu ihren Mutterschiffen zurückgekehrt.

Es gelang Kirk, sich aus dem Unterstand zu hieven und aufzustehen. Er empfand leichten Schwindel und großen Durst. Die Haut an seinen Armen fühlte sich an wie Leder und entpuppte sich als sehr berührungsempfindlich.

McCoy kletterte auf der anderen Seite ins Freie und baute sich neben Sulu auf. »Jim«, sagte er so leise, daß es kaum mehr als ein Flüstern war, »wir brauchen Wasser. Und zwar schnell.«

Kirk nickte. Er war zu müde und zu ausgetrocknet,

um zu reden. Er half Rathbone auf die Beine. Dann wankten sie zu viert auf das zu, was von der Ortschaft noch übrig war.

Kirk konnte seine Beine nur schwer dazu zwingen, einen Schritt nach dem anderen zu tun, und daran, wie die anderen neben ihm herwankten, erkannte er, daß er nicht als einziger Probleme hatte. Wenn der Angriff noch länger gedauert hätte, wären sie vielleicht nicht mal mehr aus dem Unterstand herausgekommen.

Er hatte sich noch nie so nutzlos gefühlt. Die vor dem Angriff gemachten Pläne hatten nicht funktioniert. Weder er noch Kor hatten pausenlose Angriffe erwartet. Und er hatte auch nicht damit gerechnet, daß sich die *Enterprise* über ihnen als nutzlos erweisen würde.

Der Gegner, dem sie gegenüberstanden, war stärker als erwartet.

Über ein Drittel der Ortschaft bestand nur noch aus brennenden Trümmerhaufen. Während des Angriffs hatte Kirk nicht das geringste Feuer von den Intervallergeschützen gehört, deswegen hatte er keine Ahnung, was aus Kor und seinen Leuten sowie den Fähnrichen Chop und Adaro geworden war. Die Möglichkeit, daß sie tot waren, war hoch.

Als sie einen Schutthaufen umrundeten, kamen sie an den Leichen zweier Klingonen vorbei; die eine war eine Frau, die andere ein Junge. Beide Leichen waren so verbrannt, daß man sie nicht identifizieren konnte. Die Kleider der Frau und der größte Teil ihres Fleisches waren verbrannt und hatten nur geschwärzte Knochen und einen verkohlten schwarzen Haufen hinterlassen, der einst ihre inneren Organe gewesen waren. Ihr Blut und ihre sonstigen Körperflüssigkeiten waren längst verdampft.

»Wir haben Glück gehabt«, sagte Sulu.

»Sehr viel Glück«, sagte McCoy. Er nahm Rathbones Arm und zog sie von den Leichen fort.

»Hier entlang«, sagte Kirk und deutete dorthin, wo sich der Hauptplatz der Ortschaft befand. Ein Dutzend Brunnen war in der Kolonie verstreut, aber er ging davon aus, daß der in der Ortsmitte am geschütztesten lag und den Angriff deswegen am wahrscheinlichsten überstanden hatte.

Er hatte mehr oder weniger recht. Die Pumpe und die Brunnenumrandung waren zwar verschwunden, aber der Druck der Quelle ließ das Wasser weiterhin in ein breites Betonbecken laufen, wo es sich anschließend durch den trockenen Boden auf die dahinterliegenden Felder ergoß. Sie waren die ersten, die ihn erreichten. Alle vier bespritzten ihre Gesichter und Arme mit Wasser, bevor sie tranken.

Kirk konnte sich nicht daran erinnern, je so leckeres kaltes Wasser getrunken zu haben. Es linderte und kühlte seine Haut wie nichts anderes.

»Trinkt, soviel ihr könnt«, sagte McCoy, nachdem er selbst einige große Schlucke gemacht hatte. »Der Körper braucht jeden Tropfen, den er kriegen kann, um den Flüssigkeitsverlust auszugleichen. Außerdem verhütet es Nierenversagen.«

Es war eine ärztliche Anweisung, die Kirk problemlos befolgen konnte. Er ließ das kalte Wasser durch seine Kehle rinnen, ohne zu schlucken.

Nachdem er sich den gröbsten Schmutz vom Leib gespült und soviel getrunken hatte, daß sein Magen allmählich rebellierte, richtete er sich auf und schaute sich um.

Kein Kolonist ließ sich blicken. Jene, die noch am Leben waren, glaubten offenbar, ihnen stünde ein weiterer Angriff bevor. Und wahrscheinlich hatten sie recht. Im Moment hatte man allerdings Zeit, sich darauf vorzubereiten.

»Die Luft ist rein«, rief er, wobei seine wunde, trokkene Kehle beim Schmerz der Anstrengung aufschrie.

Er trank noch einen großen Schluck Wasser, dann schnippte er seinen Kommunikator auf. »Kirk an *Enterprise.*«

»Hier ist die *Enterprise,* Captain«, melde sich Spocks deutliche Stimme.

»Wie ist die Lage, Mr. Spock?« Er bekam die Worte kaum über die Lippen.

»Alle Systeme funktionsbereit«, sagte Spock. »Wir sind auf Rotalarm.«

»Behalten Sie die Shuttles im Auge, Mr. Spock. Warnen Sie uns sofort, sobald sich irgend etwas in Richtung Planet in Bewegung setzt.«

»Verstanden, Captain.«

»Wie lange«, fuhr Kirk fort, »dauert es noch, bis die *Farragut* bei Ihnen ist, Mr. Spock?«

»Drei Stunden, zweiundfünfzig Minuten«, erwiderte Spock.

»Hoffentlich können wir so lange aushalten. – Kirk, Ende.«

Er klappte den Kommunikator zu und drehte sich zu McCoy, Sulu und Rathbone um. »Gefällt Ihnen das Landeunternehmen, Doktor?« fragte er die schmutzbedeckte und von der Hitze gegrillte Vivian Rathbone, deren Arme und Gesicht McCoy gerade mit Brandsalbe einrieb.

Vivian schnaubte. »Ich kann das nächste kaum erwarten, Sir«, sagte sie.

Kirk begutachtete sie kurz. Er sah, daß sie reichlich daneben war. Das Erlebnis mußte ihr doppelt zugesetzt haben; schließlich war dies ihr erster Kampfeinsatz.

»Gut.« Er lächelte sie an »Wir werden uns bemühen, daß das nächste ebenso vergnüglich ausfällt.«

McCoy schüttelte den Kopf, dann nahm er sich Sulu vor und behandelte ihn.

»Wir müssen den Kolonisten sagen, daß die Luft rein

ist«, sagte Kirk. »Laß dich diesmal von deinem klingonischen Kollegen nicht abhalten zu helfen, Pille.«

McCoy schaute sich um. »Ich bezweifle, daß er noch lebt. Aber ich krieg's raus. Und jetzt bleib stehen, damit ich dich einreiben kann.«

Kirk folgte seiner Anweisung, und McCoy schmierte seine Arme mit einer kühlenden Salbe ein. Dann nahm er sich sein Gesicht und seinen Hals vor. »Den Rest machst du allein«, sagte er.

Auch diesmal tat Kirk, wie ihm geheißen. Die kühle Salbe linderte den Verbrennungsschmerz. Dann trank er noch einen Schluck und nahm seine Leute in Augenschein.

»Wenn ich rufe, rennt ihr so schnell wie möglich wieder zum Unterstand zurück, verstanden? Und beim nächsten Mal nehmen wir alle Wasser mit. Alles klar?«

Er wartete, bis alle genickt hatten.

»Gut«, sagte er. »Verkünden wir die frohe Botschaft. Pille, such den klingonischen Arzt. Rathbone, Sie gehen nach Norden und geben allen Bescheid. Sulu, Sie übernehmen den Süden. Ich schaue nach, was aus dem anderen Intervaller und unseren Leuten geworden ist. Ich möchte mir etwas ausdenken, wie wir gegen die Shuttles vorgehen können.«

»Und alle müssen ständig trinken«, sagte McCoy.

»Damit wir im eigenen Saft schmoren, wenn der nächste Angriff kommt?« fragte Sulu.

»Nee«, sagte McCoy und machte sich auf den Weg. »Damit Sie lange genug leben, um den nächsten Angriff überhaupt zu erleben.«

Eingedenk dieser Warnung trank Kirk noch einen Schluck, bevor er sich in Richtung Intervallergeschütz auf den Weg machte.

Kerdoch kämpfte darum, aus dem Alptraum zu erwachen.

Hitze. Sengende Hitze.

Fiebertraum.

Flammen umgaben ihn. Er saß in der Falle.

Brüllende Ungeheuer. Sie stampften über den Boden und ließen ihn erbeben.

Flammen. Hitze. Brüllende Ungeheuer.

Immer wieder.

Ein Alptraum. Ein Alptraum, den er noch nie gehabt hatte.

Kerdoch wußte zwar, daß es ein Alptraum war, aber er wachte nicht auf. Er konnte sich keinen Weg durch die Flammen bahnen, um der tiefdunklen Schwärze zu entkommen, die aus allen Richtungen auf ihn zukroch. Kühle, verlockende Dunkelheit, von der er wußte, daß sie nicht der richtige Weg war.

Er mußte ums Aufwachen kämpfen. Er wußte, daß es wichtige Dinge zu erledigen galt. Er konnte zwar nicht an sie denken, aber das Gefühl, daß sie getan werden mußten, trieb ihn voran.

Er mußte kämpfen.

Kämpfen, um die Flammen zu besiegen.

Kämpfen, um seine Familie wiederzusehen.

Er war Klingone. Klingonen gaben nie auf. Klingonen kämpften. Er mußte wichtige Dinge erledigen. Die Schwärze durfte ihn nicht berühren.

Er drehte sich um und fauchte die sich heranschleichende Schwärze an. Sie sollte sich verziehen.

Wieder das Brüllen. Und wieder bebte der Boden, als wolle er seine Provokation beantworten.

Wieder die Hitze.

In seinem Traum trat er vor, schaute sich die Flammen an, dann lief er los und hechtete über sie hinweg.

Ihm war, als flöge er in Zeitlupe, als dauere sein Hechtsprung ein halbes Leben.

Er dachte an sein Weib. An seine Kinder.

Er dachte an die willkommene Kühle der hinter ihm

liegenden Schwärze. Wie leicht es doch wäre, sich ihr zu ergeben.

Aber er war Klingone. Klingonen ergaben sich nicht.

Er lief.

Er hechte vorwärts.

Dann war er hinter dem Feuer.

Das Rumpeln im Boden hörte auf. Die Hitze schien abzunehmen. Seine Augen gingen auf.

Er war wieder wach. Und lebte.

Er spürte, daß sein Körper vom Salz seines Schweißes bedeckt war. Seine Kehle und seine Nase waren von der Hitze ausgedörrt; Rücken und Arme von Flammen versengt.

Aber er war wach. Die Finsternis hatte ihn diesmal nicht erwischt.

Ein leichtes Gewicht drückte seinen Körper nach unten, und genau über seinem Gesicht hing etwas flaches Graues. Er bewegte die Arme. Schmerzen zuckten durch seine Schultern, als sich die verbrannte Haut spannte. Doch er ignorierte es und schob sich hoch.

Plötzlich blendete ihn Tageslicht. Zwei Bauplatten kippten um. Rings um ihn her waren die Überreste eines Kolonialheims, und einige Schritte weiter lag die verkohlte Leiche eines Kolonisten. Er war so übel verbrannt, daß Kerdoch ihn nicht erkannte.

Er schob die lebensrettenden Platten von sich herunter und richtete sich auf. Die Welt drehte sich einen Moment lang, doch als er stand, verlangsamte sie sich, und er atmete tief und unter Schmerzen die frische Luft ein.

Er erinnerte sich nur noch daran, zu den Intervallergeschützen gelaufen zu sein, als der Angriff begonnen hatte. Er hatte es nicht geschafft.

Er holte noch einmal tief und pfeifend Luft, dann schaute er sich langsam um, bis der Schmerz in Kopf und Rücken seinen Blick schärfte. Die Angriffe ebneten die Kolonie allmählich ein. Es waren noch mehr Gebäude zerstört worden. Dann gab es bestimmt auch weitere Tote zu beklagen.

Er hatte großes Glück gehabt, daß er noch lebte. Er hoffte, daß es seiner Familie ebenso ergangen war.

Kerdoch schaute in Richtung seines Hauses, dann dorthin, wo die Geschütze standen. Seine Frau wußte, daß es seine Pflicht war zu kämpfen. Entweder lebte sie noch, oder sie war tot. Er konnte bei ihr nichts tun. Seine Pflicht war der Kampf.

Kerdoch befreite sich vorsichtig von den Trümmern, dann wankte er auf die Intervallergeschütze zu. Er gab sein Bestes, um das Schwindelgefühl in seinem Kopf daran zu hindern, ihn zu Boden stürzen zu lassen.

Er würde kämpfen, bis man ihn umbrachte.

McCoy hatte zwar gehofft, seine ironische Aussage über den klingonischen Arzt würde sich als falsch erweisen, aber wie er schnell herausfand, war dem nicht so.

Die Behelfsklinik seines Kollegen bestand nur noch aus Asche, feuerfesten Platten und verkohlten Leichen. Der Arzt war unter einer Platte eingeklemmt. Die Plasmaattacken hatten die untere Hälfte seines Körpers gegrillt und die obere ihrer Flüssigkeiten beraubt. Er hatte eindeutig keinen schönen Tod gehabt. Dies hätte McCoy niemandem gewünscht, nicht einmal einem arroganten Klingonen.

Er überprüfte schnell das Gebäude und suchte es nach Überlebenden ab. Er fand niemanden. Klingonen und Menschen hätten bei guter Gesundheit sein müssen, um das zweistündige Feuerbombardement zu überleben. Die Verletzten hatten keine Chance gehabt, und schon gar nicht, als das Haus sich in seine Bestandteile aufgelöst hatte.

Er ging in den Bereich zwischen den Kuppeln zurück und schaute sich genau um. Eine überraschende

Anzahl von Kolonistenbehausungen stand noch, auch wenn sie schwarz und verkohlt wirkten und es davor nichts Brennbares mehr gab. Die dort wohnenden Familien lebten wahrscheinlich noch, wenn sie genug Flüssigkeit zu sich genommen hatten. Er wußte zwar nicht genau, wieviel Flüssigkeit Klingonen im Verhältnis zu Menschen brauchten, bezweifelte aber, daß es unter diesen Umständen einen großen Unterschied machte.

»Die Luft ist rein!« rief er mit heiserer und trockener Kehle.

Er ging auf eine andere Kuppel zu und rief erneut. In seiner Nähe raschelte etwas, dann schob ein Klingone den Kopf aus einer Tür. Er hielt irgendeine Waffe in der Hand.

»Der Angriff ist im Moment eingestellt worden«, sagte McCoy. »Besorgen Sie für sich und Ihre Familie Wasser und trinken Sie es.«

Der Klingone musterte ihn kurz, dann nickte er.

McCoy drehte sich um und ging in die Richtung, in die Kirk gegangen war. Man würde ihn wohl eher dort brauchen. Und er fühlte sich besser, wenn er ein Auge auf den Captain werfen konnte. Manchmal wußte er einfach nicht, wann er auf sich achten mußte.

Auf der anderen Seite der Ortschaft hörte er, wie Sulu und Rathbone den Leuten zuriefen, daß der Angriff vorbei sei.

Er kehrte in die Ortsmitte zurück und trank mehr Wasser. In seinem ganzen Leben war ihm noch nie so bewußt gewesen, wie lecker Wasser schmeckte.

Er füllte seine Feldflasche, und nachdem er noch einmal kräftig getrunken hatte, eilte er zu dem an der Westecke stehenden Geschütz.

Unterwegs begegnete er Sulu und Rathbone, die zum gleichen Ort wollten.

9

»Die Luft ist rein!« rief Kirk, als er an zwei Kuppeln vorbeikam, die größtenteils intakt wirkten. Dann bahnte er sich einen Weg an anderen vorbei, die nun nur noch Haufen von Fertigteilen waren. Die Hitze war so stark gewesen und hatte so lange gedauert, daß nichts Brennbares mehr übrig war. Es war, als verfolgten die Angreifer den Plan, diesen Abschnitt des Planeten zu sterilisieren. Wenn die Wohnkuppeln der Klingonen nicht feuerfest gewesen wären, wäre es ihnen auch gelungen.

Kirk fragte sich, was sie als nächstes tun würden. Was es auch war, er wollte wenigstens irgend etwas aufbauen, womit sie zurückschlagen konnten. Es war nicht seine Art, sich in ein Loch zu verkriechen, auch wenn es sein Leben und das seiner Leute gerettet hatte.

Zwei Kolonisten kletterten neben dem Geschütz langsam aus einem niedrigen Unterstand. Sie wirkten benommen und sahen übel verbrannt aus, aber sie waren wenigstens lebendig. Sie waren besser dran als die beiden geschwärzten Knochenhaufen, die zehn Schritte vom Geschütz entfernt lagen.

Sie schauten ihn an, als er näher kam, sagten aber nichts. Kirk bezweifelte, daß sie sprechen konnten.

»Im Moment ist die Luft rein«, sagte er. »Der Brunnen in der Ortsmitte funktioniert. Sie brauchen Wasser.«

Die beiden nickten und schlurften in die angegebene Richtung. Kirk hatte noch nie Klingonen schlurfen sehen, sie stolzierten meist großspurig umher. Es war ein merkwürdiger Anblick.

Er sah, daß sich hinter ihm einer von Kors Männern im Unterstand aufrichtete und etwas musterte, das zu seinen Füßen lag.

Kirk sprang auf die Geschützplattform und schaute nach unten.

Kor! Neben ihm saß mit entsetzter Miene Fähnrich Adaro.

»Sind Sie verletzt?« fragte Kirk und sprang neben dem klingonischen Commander in das Erdloch.

Kor brachte ein heiseres »Nein« hervor.

Adaro schüttelte nur den Kopf.

Auch ohne Arzt zu sein wußte Kirk, daß es Kor dreckig ging. Er schnippte seinen Kommunikator auf. »Pille, ich brauche dich am West-Geschütz.«

»Bin schon unterwegs«, sagte McCoy.

Kirk stand auf und schaute sich um. McCoy, Sulu und Dr. Rathbone waren keine zwanzig Schritte von ihm entfernt. McCoy fing an zu laufen, als er den Captain sah. Kurz darauf kniete er neben Kor.

»Was ist mit dem anderen Arzt?« fragte Kirk.

»Er ist tot, Jim«, sagte McCoy. Sein medizinischer Tricorder tastete Kor ab. Er griff schnell in sein Medokit, gab dem Klingonen rasch eine Injektion und scannte ihn erneut.

»Wie geht's ihm?« fragte Kirk.

»Er hat Verbrennungen und ist ausgetrocknet, wie wir alle. Außerdem hat er mehrere gebrochene Knochen.« McCoy öffnete seine Feldflasche und flößte Kor eine Menge Wasser ein. Der Commander schluckte, dann fing er an zu husten.

McCoy zuckte die Achseln und ließ noch etwas Wasser in Kors Mund tröpfeln.

Kirk drehte sich zu Sulu und Rathbone um, die ihnen von der Geschützplattform aus zuschauten. »Sulu, bringen Sie Fähnrich Adaro und diesen Mann zum Brunnen.« Er deutete auf den Krieger, der noch immer benommen neben Kor stand. »Zwingen Sie sie zum Trinken, wenn es nicht anders geht.«

Sulu nickte.

Kirk wandte sich an Rathbone. »Gehen Sie bitte zu dem anderen Geschütz und kümmern Sie sich um Fähnrich Chop.«

»Schon unterwegs, Sir«, sagte sie und eilte schnell von dannen.

»Sulu«, sagte Kirk, »nachdem die beiden getrunken haben, möchte ich, daß Sie und Adaro Wasser hierherbringen, und zwar so viel wie möglich. Wir werden es brauchen.«

Eine Augenblick lang sah es so aus, als wolle der Krieger nicht mit Sulu gehen. Kirk schaute ihm in die Augen. »Ich möchte, daß Sie in zehn Minuten erfrischt und kampfbereit zu Kor zurückkehren. Verstanden?«

Der Krieger nickte und ergriff Sulus ausgestreckte Hand. Fähnrich Adaro stand auf. Seine Hand lag auf der neben ihm befindlichen Geschützplattform. Eine Sekunde lang glaubte Kirk, der junge Mann sei nicht gehfähig, doch dann schien er sich zusammenzureißen und kletterte aus dem Unterstand.

Hinter Sulu sah Kirk Kerdoch ins Freie stolpern, dann ging er auf dem Boden in die Knie. Der Mann rappelte sich auf die Beine und kam ein Stückchen näher.

»Ist Kor im Moment stabil, Pille?« fragte Kirk.

»Er ist so stabil wie derzeit möglich«, sagte McCoy. »Aber der Kreislauf der Klingonen ist irgendwie anders als der unsere.«

»Dann habe ich einen neuen Patienten für dich«, sagte Kirk.

McCoy warf einen Blick auf den wankenden Kerdoch und packte seine Feldflasche. Kurz darauf nahm Kerdoch am Fuß der Geschützplattform Wasser zu sich, während McCoy seine Arme und seinen Rücken mit Brandsalbe einrieb.

Während McCoy arbeitete, musterte Kirk die nähere Umgebung. So, wie es aussah, war das Intervallergeschütz munitioniert und feuerbereit. Die beiden Leichen mußten die armen Hunde sein, die während des ersten Angriffs versucht hatten, es zu bedienen. Einer von ihnen schien zu Kors Kriegern gehört zu haben.

Das Geschütz war im Freien auf einer quadratischen Betonplattform befestigt.

»Wir brauchen mehr Schutz«, sagte Kirk vor sich hin.

Das Loch, in dem Kor lag, war am Westrand der Plattform ausgehoben worden. Die Flugmaschinen der Unbekannten hatten sich zu schnell genähert, so daß es nicht möglich gewesen war, auf sie zu schießen und die Schützen dann in Deckung gehen zu lassen. Aber man hätte sie treffen können, als sie nach dem Angriff über die Ortschaft hinweggeflogen waren.

Sie brauchten eine feuerfeste Abschirmung auf drei Seiten des Geschützes. Irgend etwas, um die Schützen zu sichern, bis die Maschinen über ihnen hinweg waren.

Kirk schaute sich um. Sie mußten aus den feuerfesten Platten irgend etwas bauen, was einem Angriff widerstand.

Sulu und Fähnrich Adaro tauchten hinter einer Kuppel auf. Jeder trug drei Wasserbehälter. Kirk sah, wie der junge Fähnrich bei McCoy und Kerdoch anhielt und dem klingonischen Kolonisten einen Behälter reichte. Kerdoch leerte ihn fast, und MCoy klopfte ihm auf die Schulter.

Sulu stieg wortlos zu Kirk hinauf, stellte zwei Behälter ab und reichte ihm einen. Kirk genoß das kalte Wasser und fragte sich, ob es je wieder eine Zeit geben würde, in der er keinen Durst empfand.

»Kirk«, sagte eine schwache Stimme hinter ihnen.

Kirk drehte sich um. Kor wollte sich hinsetzen, aber es gelang ihm nicht.

»Pille!« schrie Kirk und sprang neben Kor auf den Boden.

»Trinken Sie das«, sagte er. Er hielt Kor das Wasser an den Mund und schüttete, so daß der Klingone keine Wahl hatte. Diesmal schaffte Kor drei große Schlucke, bevor er anfing zu husten und zu würgen.

»Immer langsam«, sagte Kirk.

Kor nickte nur. McCoy kniete sich neben ihn und scannte ihn erneut mit seinem Instrument. »Bewegen Sie sich nicht«, sagte er. »Sie haben zwei gebrochene Rippen, und eine könnte möglicherweise ihre Lunge punktiert haben. Wenn es dazu kommt, halten sie unter diesen Umständen keine zehn Minuten mehr durch. Ich werde die Rippen kitten, aber Sie müssen ihnen ein wenig Zeit geben.«

Kor nickte. »Sie haben den richtigen Kommandoton, Doktor«, sagte er.

»Gehen Sie mir nicht auf den Senkel«, sagte McCoy. »Sonst verpaß ich Ihnen ein Beruhigungsmittel, das Sie einen ganzen Monat schlafen läßt.«

Kor nickte zwar, aber Kirk erkannte, daß er eigentlich lachte und sich freute, daß überhaupt ein Arzt hier war.

Kerdoch und Kors zweiter Mann standen vor dem Erdloch. Kirk richtete sich auf und schaute sie und die anderen an. »Wir müssen uns an die Arbeit machen«, sagte er. »Wir müssen Abschirmungen für das Loch und das Geschütz bauen. Wir können dazu die feuerfesten Platten nehmen. Glauben Sie, wir kriegen es hin?«

Sulu nickte.

Fähnrich Adaro schaute sich um, er wirkte noch immer leicht verwirrt.

Kerdoch und der Krieger schauten auf Kor hinab.

Kor lachte leise. »Sie sind schon sehr komisch, Kirk.

Sie kämpfen für einen Planeten, der Ihnen gar nicht gehört.« Dann nickte er seinen Leuten zu. »Tut, was er sagt. Sein Wort ist so gut wie meins.«

Die beiden nickten.

Kirk wandte sich an Kerdoch. »Wir brauchen mehr Leute. Holen Sie so viele Männer zusammen wie möglich. Und bringen Sie Wasser mit – und außerdem alle Werkzeuge, die uns dienlich sein können, um aus den Kuppelplatten eine Schutzwand zu bauen.«

Kerdoch nickte und machte sich wortlos auf den Weg.

»Wir anderen bergen jetzt Platten aus den zerstörten Kuppelhäusern«, sagte Kirk. »Nehmt nur solche, die noch intakt sind. Wir brauchen so viele wie möglich. Zuerst müssen wir das Loch absichern.«

Er beugte sich nieder und klopfte dem neben Kor knienden McCoy auf die Schulter. »Bleib bei deinem Patienten. Ich möchte nicht, daß er vor dem Kampf stirbt.«

Kor hustete und schaute Kirk stirnrunzelnd an. »Ich werde bis zu dem Tag leben, an dem *wir* gegeneinander kämpfen, Kirk. Und es wird ein ruhmreicher Tag sein.«

»Auf den Tag warte ich auch«, sagte Kirk lachend.

Und eigentlich stimmte es auch.

Vivian Rathbone bewegte sich schnell von dem Geschütz fort, zwischen den geschwärzten Kuppeln der klingonischen Kolonie hindurch. Es fiel ihr schwer, alles zu begreifen, was um sie herum geschah. Sie fühlte sich irgendwie von den Verbrennungen und ihrem schmerzenden Körper getrennt. Die Hitze schien sich wie eine Decke um sie zu wickeln und die Geräusche zu dämpfen.

Sie hatte zuviel erlebt, und sie war auf nichts vorbereitet gewesen. Eben noch hatte sie friedlich in ihrem Labor auf der *Enterprise* gearbeitet. Nun kämpfte sie darum, eine starke Hitze zu überleben, und sah Leichen in allen Ecken. Die Flotte hatte sie zwar gelehrt, wie man in Notsituationen und bei planetaren Unternehmen verfuhr, doch nichts hätte sie auf dies vorbereiten können.

Sie zwang sich, ihren Gang zu verlangsamen, um Kraft zu sparen. Dennoch war ihr, als seien nur wenige Sekunden vergangen, als sie das nächste Geschütz erreichte.

Es würde zweifellos Stunden, vielleicht sogar Tage dauern, bis es repariert und wieder einsatzbereit war. Es lag auf der Seite. Der Lauf hatte sich in den harten Boden gebohrt. Vor der Betonplattform lagen zwei verkohlte Leichen. Ihre Kleidung und ihre Haut waren völlig verschwunden, die Knochen waren geschwärzt. Das Blut und die Körperflüssigkeiten waren längst verdunstet und hatten rund um die Überreste ein rötliches Pulver hinterlassen.

Sie empfand beinahe Angst, sie sich anzuschauen, aber da der Befehl des Captains in ihrem Kopf nicht verstummte, trat sie dicht an die Leichen heran.

Dann sah sie das, was zu finden sie befürchtet hatte. Da ragte ein verkohltes Starfleet-Emblem, von der Hitze geschwärzt, aber noch erkennbar, aus einem der Haufen. Fähnrich Chop, der liebe, braunhaarige Junge aus Arizona.

»O nein«, sagte sie, bedeckte ihren Mund mit der Hand und zwang sich, in der heißen Luft dreimal tief einzuatmen. Das Wasser, das sie getrunken hatte, drohte sich durch ihre Kehle wieder nach oben zu arbeiten, aber sie behielt es bei sich.

Zwei lange Atemzüge später griff sie nach unten, zog den Textilfetzen aus dem Knochenhaufen und schüttelte sich. Wie konnte man sich nur an solche Dinge gewöhnen? Sie atmete in der heißen, faulig riechenden Luft tief ein. *Nur die Ruhe bewahren,* dachte sie. *Nur die*

Ruhe bewahren. Dann drehte sie sich, den Stoffetzen mit dem Emblem in der Hand, um und eilte zu Captain Kirk zurück.

Es hätte eigentlich viel länger dauern müssen, die Ortschaft zu durchqueren. Sie fragte sich, ob sie etwa beim Gehen die Besinnung verloren hatte. Doch sie wußte, daß sie aufgrund der Hitze, der Verbrennungen und dem Streß nicht so klar dachte, wie sie hätte denken sollen.

Gerade hatte sie noch vor Fähnrich Chops Leiche gestanden; nun stand sie vor Captain Kirk. Als sie ihn sah, reichte sie ihm den Fetzen.

Er starrte ihn einen Moment an, dann nahm er ihn in die Hand. »Verdammt«, sagte er leise.

Dann drehte er sich um, stand allein da, und schaute über die verbrannten Felder.

McCoy trat neben sie.

Niemand sagte etwas.

Es gab nichts zu sagen.

Captain Bogle stand vor seinem Sessel und beobachtete das Bild Commander Spocks auf dem Hauptbildschirm. Er hatte sein Schiff und seine Mannschaft soweit wie möglich auf einen Kampf vorbereitet. Projeff, der Ingenieur, war der Meinung, die *Farragut* sei seit ihrem Stapellauf nie besser in Form gewesen. Man hatte alle Systeme doppelt und dreifach überprüft. Und in der letzten Stunde hatte Projeff über Funk zusammen mit Mr. Scott, dem Chefingenieur der *Enterprise,* an einer Methode gearbeitet, die Schutzschirme gegen feindlichen Beschuß zu verstärken.

»Wann sind Sie hier, Captain?« fragte Spock.

»In einundvierzig Minuten«, sagte Bogle.

Spock nickte, doch seine vulkanischen Gesichtszüge konnte niemand interpretieren. »Captain Kirk und die Landeeinheit sitzen noch immer mit Commander Kor und seinen Leuten auf dem Planeten fest. Subcommander Korath meldet, daß sein Schiff repariert und einsatzbereit ist. Außerdem sind zwei weitere klingonische Schlachtkreuzer unterwegs, aber sie werden erst in zwölf Stunden eintreffen.«

»In Ordnung«, sagte Bogle, während er die Informationen verarbeitete. »Halten die Schiffe der Fremden noch ihre Position?«

»Jawohl, Sir«, sagte Spock.

»Hat es weitere Angriffe auf die Kolonie gegeben?«

»Nein«, sagte Spock.

Bogle nickte. Er hatte es gehofft. »Commander Spock, haben Sie einen Vorschlag, wie wir weiter verfahren sollen?«

Spock nickte. »Ich habe einen, Sir«, sagte er. »Wenn Sie hier sind, sollten wir uns herauszufinden bemühen, aus welchem Grund die Invasoren die Klingonen angreifen.«

Bogle musterte den Vulkanier einen Moment, dann lachte er. »Und wie, Commander, sollen wir das Ihrer Meinung nach anstellen?« fragte er.

Spock schüttelte den Kopf, doch sein ernsthafter Gesichtsausdruck änderte sich nicht. »Das weiß ich noch nicht, Sir. Aber die Logik führt mich zu dem Schluß, daß der Grund für die Angriffe der Weg zur Lösung ist.«

Bogle hatte nie genau verstanden, wie es Kirk gelang, mit einem Vulkanier zusammenzuarbeiten, auch wenn Spock so ziemlich als bester Erster Offizier der Flotte bekannt war und höchstwahrscheinlich irgendwann selbst ein Schiff kommandieren würde. Aber manchmal fragte er sich, ob Spocks Logik Kirk nicht in den Wahnsinn trieb. Bei ihm wäre es jedenfalls so gewesen.

»Ich bin zwar geneigt, Ihnen zuzustimmen, Mr. Spock«, sagt Bogle, »aber es gibt wohl keinen direkten Weg, das zu erreichen, was Sie vorschlagen.«

Spock nickte. »Einverstanden. Deswegen würde ich, wenn die Lage sich nicht verändert, Verhandlungen vorschlagen.«

»Verhandlungen«, sagte Bogle trocken. »Wissen wir denn überhaupt, wer die Fremden sind?«

»Wir wissen es eindeutig nicht«, sagte Spock in seinem aufreizend gelassenen Tonfall. »Wir haben weder Unterlagen über ihre Schiffe noch über jene, die sie herstellen. Und sie reagieren nicht auf unsere Anrufe.«

»Wie sollen wir dann Ihrer Meinung nach verhandeln?«

»Sie wollen offenbar irgend etwas von diesem Planeten«, sagte Spock. »Wir müssen in Erfahrung bringen, was es ist.«

»Sie wollen, daß die Kolonisten verschwinden«, sagte Bogle. »Es ist doch ganz einfach.«

»Verzeihen Sie, Captain, aber mir erscheint es weniger einfach. An Bord der Schiffe halten sich vielleicht Lebensformen auf, die uns so fremd sind, daß sie das Leben auf dem Planeten als solches nicht erkennen.«

»Man sollte doch annehmen, daß sie immerhin erkannt haben, daß die *Enterprise* und die *Klothos* von Lebensformen bemannt sind«, sagte Bogle.

»Sie haben uns nicht vernichtet«, sagte Spock. »Sie wollen nur die Kolonie ausradieren.«

»Kennen die Klingonen diese Schiffe nicht?« fragte Bogle.

»Sie behaupten, sie nicht zu kennen«, sagte Spock.

»Es klingt so, als würden Sie ihnen nicht glauben«, sagte Bogle.

»Ich habe nicht den geringsten Hinweis, der mich veranlassen könnte, ihnen zu glauben oder nicht zu glauben, Captain. Ich berichte nur, was sie ausgesagt haben. Sie behaupten, die Fremden nicht zu kennen.«

»Aber Sie halten die Möglichkeit nicht für ausgeschlossen, daß sie sie *doch* kennen.«

»Die Angriffe richten sich gegen eine klingonische Kolonie«, sagte Spock. »Vielleicht besteht Feindschaft zwischen den Fremden und den Klingonen. Wir sind nicht die Verbündeten der Klingonen. Vielleicht glauben sie, wir brauchen nicht zu wissen, wer ihre Feinde sind.«

Bogle nickte. Zum ersten Mal ergab Spocks unerträgliche Logik für ihn einen Sinn. Die Klingonen wollten vielleicht nicht, daß die Föderation etwas über ihre Gegner erfuhr. So, wie sie dachten, hielten sie es vielleicht für möglich, daß die Föderation sich mit ihren Feinden verbrüderte, um das Klingonische Reich auszuradieren.

Doch auch solche Spekulationen brachten sie nicht weiter. »Danke für den Einblick, Mr. Spock«, sagte Bogle. »Halten Sie mich auf dem laufenden, wenn sich die Lage ändert. – *Farragut,* Ende.«

Das Bild Commander Spocks wurde durch den Anblick der vorbeirasenden Sterne ersetzt.

»Faszinierend«, sagte Wissenschaftsoffizier Richard Lee hinter Bogles Rücken.

Captain Bogle konnte nur dasitzen, sich die Sterne anschauen und sich fragen, was ihnen bevorstand.

Kerdoch lief mit aller Kraft, obwohl sein Schädel noch schmerzte und er sich schwach fühlte. Kurz darauf war er am Brunnen in der Ortsmitte. Dutzende von Frauen und Männern füllten Behälter und Flaschen aus dem plätschernden Becken. Es freute ihn zu sehen, daß so viele überlebt hatten.

Er hielt am Brunnen an und gestattete sich ein paar Sekunden, um sein Gesicht ins Wasser zu tauchen und sich den Bauch zu füllen. Dann ließ er das kühle Wasser über seine heißen Arme und den Hals rinnen. Die Medizin, die der Menschenarzt ihm verabreicht hatte, half zwar sehr gut, aber das Wasser fühlte sich dennoch wunderbar an.

»Achtung«, sagte er mit heiserer und wunder Stimme und bemühte sich, sie laut klingen zu lassen. »Commander Kor und der Menschen-Captain brauchen Hilfe an der Westseite, um die Kolonie zu verteidigen.«

Die ihn umgebenden Männer nickten. »Wir gehen hin«, sagte Katanin.

Kerdoch nickte. »Nehmt Waffen und Werkzeug mit, um Kuppelplatten abzuschrauben. Und jede Menge Wasser.«

Er drehte sich um und lief weiter in den Ort hinein – in Richtung seines Hauses. Dort befanden sich Werkzeuge und Wasserkannen, und er mußte sich versichern, daß seine Frau und seine Kinder überlebt hatten.

Erleichterung durchströmte ihn, als er sah, daß sein Haus auch diesmal zu den gehörte, die noch standen. Seine Frau und sein ältester Sohn hielten sich im Freien auf und gaben ihr Bestes, um ein Loch in der Wand mit Platten zu verschließen.

Als sie ihn kommen sah, erhellte sich ihr Gesicht.

Er würde ihren Blick nie vergessen.

Ihr Blick würde ihn für sein Heim und seine Familie kämpfen lassen, bis er nicht mehr stehen konnte oder zur Schlacht kriechen mußte.

Sie drückte ihn an sich, und er erwiderte ihre Umarmung. Dann klopfte er seinem sehr aufgeregten Ältesten auf den Rücken. »Habt ihr Wasser?« fragte er.

»Wir waren schon zweimal am Hauptbrunnen«, sagte sie. »Kommen die feindlichen Maschinen etwa zurück?«

»Ja«, sagte Kerdoch. »Aber diesmal holen wir sie vom Himmel.«

Sie nickte, sagte aber nichts.

Kerdoch wandte sich an seinen Sohn. »Hol meinen Werkzeuggürtel. Schnell.«

Der Junge tauchte in der Kuppel unter. Während Kerdoch wartete, hielt er seine Gattin an den Schultern fest und wünschte sich, es könne immer so bleiben. Sie hatten den letzten Angriff beide überlebt. Er hoffte, daß das Glück ihnen auch weiterhin hold blieb. Viele seiner Freunde hatten Pech gehabt.

Kurz darauf erschien sein Sohn mit einem schweren Werkzeuggürtel und einer Feldflasche. Kerdoch nickte und nahm beides an sich. »Ich danke dir, mein Sohn. Hilf deiner Mutter. Bereitet euch auf den nächsten Angriff vor. Bringt mehr Platten ins Haus; bildet mit ihnen eine zweite Schicht über der Wandung.«

Der Junge nickte.

»Er ist meine rechte Hand«, sagte Kerdochs Gattin.

»Ihr beide seid mein Herz«, sagte Kerdoch. Er drückte leicht den Arm seiner Gattin, dann drehte er sich um und lief zum Intervallergeschütz. Den schweren Werkzeuggürtel und die volle Feldflasche hielt er in den Händen.

Auf dem Rückweg rekrutierte er noch mehr Kolonisten.

10

Kirk, Sulu, Rathbone, Fähnrich Adaro und Kors Begleiter Kahaq arbeiteten, so gut sie konnten, als sie die feuerfesten Platten einsammelten. Wenige Minuten nachdem Kerdoch gegangen war, tauchten noch drei Kolonisten mit Werkzeug auf. Kor wies sie von seinem Platz auf dem Boden des Erdloches an, Kirks Befehlen zu gehorchen. Minuten später ließ dieser sie den Unterstand tiefer graben, in dem Kor sich aufhielt, und eine doppelte Plattenschicht über ihn legen.

Kirk wollte Kor unter allen Umständen am Leben erhalten. Der Bau von Unterständen, die für alle groß und tief genug waren, um den nächsten Angriff zu überstehen, hatte höchste Priorität. Er wollte auf keinen Fall, daß sie so endeten wie Fähnrich Chop.

Zehn Minuten später kam Kerdoch mit drei weiteren Kolonisten zurück und unterwarf sich auf Kors Befehl hin Kirks Plänen. Mit sieben Kolonisten, Sulu, Kahaq, Fähnrich Adaro und Rathbone schritt die Arbeit schnell voran.

Kirk sah zwar, daß Sulu und der noch neben Kor hockende McCoy sich nicht groß darum scherten, daß der Klingone zu allem seine Zustimmung erteilen mußte, doch ihm selbst war dies völlig egal. Solange die Unterstände gebaut wurden, die Geschützabschirmung fertig wurde und man auf den nächsten Angriff vorbereitet war, spielte es keine Rolle, wer die Befehle erteilte. Wichtig war, die Angriffe aufzuhalten und später vielleicht herauszukriegen, welchem Zweck sie überhaupt dienten.

Unter Kirks Leitung hob die Gruppe rechts und links vom ersten Unterstand weitere Löcher aus und deckte sie mit Platten ab. An vier Stellen neben den drei Löchern ließ man eine Öffnung frei, so daß man von der Betonplatte aus in den jeweiligen Unterstand schlüpfen konnte, um in Deckung zu gehen. Da die Maschinen der Fremden so schnell angriffen, war nach Kirks Ansicht ein solcher Fluchtweg eventuell notwendig.

Als die Gruppe anfing, die Wand um das Geschütz zu errichten, schnippte Kirk seinen Kommunikator auf. »Kirk an *Enterprise.*«

»Hier ist Spock, Captain.«

»Ist die *Farragut* schon eingetroffen?«

»Sie ist in zwölf Minuten hier«, sagte Spock.

»Machen die Fremden irgendwelche Bewegungen?«

»Nein, Captain. Wir funken sie pausenlos an, haben aber keine Antwort erhalten.«

»Gehen Sie sie erst an, wenn's nicht mehr anders geht, Spock.«

»Es wäre unlogisch, eine Streitmacht ›anzugehen‹, die einem überlegen ist, Captain. Wir werden das tun, was wir tun müssen.«

»Mehr erwarte ich nicht. – Kirk, Ende.«

Er klappte das Gerät zu und schaute sich um. Die Wand um das Intervallergeschütz wuchs schneller als angenommen. Er hoffte nur, daß Spock und Captain Bogle etwas einfiel, das die Fremden aufhielt, bevor sie den nächsten Angriff auf die Kolonie inszenierten.

Als er einem Kolonisten auf der Geschützplattform eine Platte gereicht hatte, sah Kirk, daß Rathbone innehielt und sich den Schweiß von der Stirn wischte. Sie und McCoy wirkten ziemlich fertig. Sulu hatte das Hemd ausgezogen, sein Körper glänzte vor Schweiß.

Die Zwillingssonnen laugten die Kräfte der Arbeitenden eindeutig aus – fast so schnell wie die Hitze der Plasmastrahler der Fremdlinge.

»Pille, Rathbone«, sagte Kirk und winkte den beiden, damit sie zu ihm kamen.

»Heiß genug, um Fische zu grillen«, murmelte McCoy, als er bei Kirk stand.

»Heißt es nicht: ›um Eier zu braten‹?« sagte Kirk.

»Nicht da, wo ich herkomme«, sagte McCoy.

»Tja«, sagte Dr. Rathbone, »ich komme von den britischen Inseln. Da kennt man solche Redensarten nicht, weil es da nie *so* heiß wird.«

McCoy schnaubte nur. Kirk lachte.

»Gehen Sie beide mit Fähnrich Adaro los und besorgen mehr Wasser«, sagte er. »Bringen Sie so viel mit, wie Sie tragen können, aber kommen Sie so schnell wie möglich zurück. Ich möchte nicht, daß Sie irgendwo im Freien hocken, wenn der nächste Angriff anrollt.«

McCoy schüttelte den Kopf. »Nachdem ich euch beim Ausheben der Löcher zugeschaut habe, will ich auch drinsitzen, wenn es soweit ist.«

»Ganz meine Meinung, Dr. McCoy«, sagte Rathbone.

Die beiden drehten sich um und sammelten leere und halbleere Wasserbehälter ein. Dann holten sie den Fähnrich von der Arbeit am Unterstand und eilten ins Zentrum der Ortschaft.

Kirk trat an die Wand heran, die das Geschütz nun von drei Seiten umgab. Die Kolonisten hatten die Unterseiten der Platten auf dem Betonfundament befestigt und Kuppelträger verwendet, um die oberen abzustützen. Dann hatten sie eine zweite Plattenschicht hinzugefügt.

Als Kirk die schnelle Inspektion beendete, befestigten die Kolonisten gerade eine dritte überlappende Schicht. Die Wand war nun sehr stark. Er zweifelte nicht daran, daß sie einem Angriff von drei Seiten widerstand.

Wenn die Fremden jedoch von ihrer Angriffstaktik abwichen und aus der Gegenrichtung angriffen, würde jeder, der sich innerhalb der Abschirmung aufhielt, sofort wie eine Kartoffel gebraten werden.

»Was halten Sie davon, Captain?« fragte Sulu, der eine Platte neben der vorderen Öffnung befestigte.

»Ich schätze, ich muß der Konstruktion mein Leben anvertrauen«, sagte Kirk.

Sulu nickte. »Sie brauchen einen zweiten Mann am Geschütz.«

Kirk musterte Sulus verschwitztes Gesicht. »Ja, so ist es.«

»Es wäre mir eine Ehre, Sir.«

»Es wäre mir eine Ehre, Ihre Unterstützung zu haben, Lieutenant«, sagte Kirk.

Plötzlich erfüllte das Piepsen seines Kommunikators die Luft. Kirk hörte, daß Kors Gerät im Inneren des Unterstandes vergleichbare Geräusche machte.

Es war kein gutes Zeichen. Im Gegenteil.

Kirk schnippte sein Gerät auf. »Kirk hier.«

»Captain«, sagte Spock, »Shuttles verlassen zwei der Mutterschiffe. Sie werden Ihren Standort in fünf Minuten und sieben Sekunden erreichen.«

»Wo ist die *Farragut,* Spock?«

»Sie kommt gerade aus dem Warp.«

»Halten Sie so viele Shuttles auf wie möglich, Spock. Und viel Glück.«

»Glück wird uns nicht weiterbringen, Captain. – *Enterprise,* Ende.«

Kirk schloß den Kommunikator und warf einen Blick auf Sulus besorgte Miene. »Hoffen wir, daß wir diese Stimme nicht zum letzten Mal hören.«

»Ganz meine Meinung, Captain«, sagte Sulu.

Kirk erkannte, daß Sulu nicht weniger besorgt war als er selbst. Aber zur Besorgnis hatten sie jetzt keine Zeit. Sie mußten handeln.

»Die Angreifer sind unterwegs, Leute«, sagte Kirk und wandte sich zu den Arbeitenden um. Die Kolonisten hielten inne und beobachteten ihn.

Kirk deutete auf Kahaq. »Gehen Sie zu Commander Kor hinunter und bleiben Sie bei ihm. Und nehmen Sie alles Wasser mit, das noch da ist.«

Kahaq nickte und sprang zum Unterstand hinab.

Kirk wandte sich an die Kolonisten. »Sie sind in fünf Minuten hier. Verteilt euch in der Ortschaft und warnt die Bewohner. Sie sollen in Deckung gehen. Dann geht ihr selbst in Deckung. Kommt erst raus, wenn ihr hört, daß die Luft wieder rein ist.«

Diesmal brauchten die Kolonisten Kors Befehl nicht, um sich in Bewegung zu setzen. Sie sprangen wie ein Mann von der Plattform, rannten auf die noch stehenden Kuppelbauten zu und stießen laute Warnschreie aus.

Nur Kerdoch blieb stehen. »Ich bin hier, um zu kämpfen«, sagte er. »Ich helfe Ihnen am Geschütz.«

Kirk musterte kurz die ernste Miene des Kolonisten, dann nickte er. »Nehmen Sie etwas Wasser mit hinter die Abschirmung.«

Kerdoch handelte sofort, er nickte nicht einmal.

»Geschütz bereitmachen, Mr. Sulu.« Kirk warf einen Blick auf die nackte Brust des Offiziers; er dachte an die Hitzewellen des bevorstehenden Angriffs. »Und ziehen Sie sich an, um Ihre Haut zu schützen.«

Sulu nickte und befolgte seinen Befehl.

Kirk packte eine Platte und warf sie innerhalb der Geschützabschirmung auf den Boden. Schließlich holte er zwei weitere und tat das gleiche mit ihnen. Es war zwar nicht viel, aber vielleicht konnten sie ihnen in dem Fall, daß der Angriff aus der falschen Richtung erfolgte, als Ein-Mann-Schutz dienen.

Erst als er auf die Betonplattform sprang und sich innerhalb der Abschirmung bewegte, dämmerte ihm, daß McCoy, Rathbone und Adaro nicht zurückgekehrt waren.

Er schaute in Richtung Ortschaft. Das Trio war nirgendwo zu sehen. Sie hatten noch knapp zwei Minuten. Hatten sie die an die Kolonisten gerichteten Warnungen etwa nicht gehört?

Während die Sekunden vertickten, ohne daß sein Freund McCoy auftauchte, machte sich in Kirks Magen ein mulmiges Gefühl breit.

Noch eine Minute. Er trat an den Plattformrand, wandte der Ortschaft den Rücken zu und suchte am westlichen Horizont den Himmel nach Angreifern ab.

McCoy war klug. Er und die anderen würden schon Obdach finden. Sie würden es schaffen.

Irgendwie.

Im gleichen Moment, in dem McCoy mit Rathbone und dem jungen Fähnrich den Hauptplatz der Ortschaft mit dem Brunnen betrat, wußte er, daß etwas nicht stimmte. Eine große Klingonin lag, alle viere von sich gestreckt, am Brunnenrand. Eine ihrer Hände baumelte ins Wasser. Ein Junge von kaum zwei Jahren lag mit dem Kopf an ihrem Bauch. Ein Säugling in einem Korb regte sich verhalten.

McCoy lief zu der Frau hin, ließ die Wasserbehälter fallen und riß seinen medizinischen Tricorder vom Gürtel. Die Frau war mehr tot als lebendig. Es war erstaunlich, daß sie es bis hierher geschafft hatte, denn sie war fast völlig dehydriert.

Da der Säugling sich regte, untersuchte er ihn zuerst. Er lebte und war ebenfalls dehydriert, aber nicht so schlimm wie die Frau. Auch der kleine Junge lebte noch.

»Geben Sie den Kindern Wasser«, sagte er zu Rathbone. Er gab der Frau rasch eine Flüssigkeitsinjektion und hoffte, sie dem Tod soweit zu entreißen, daß er ihr auf natürliche Weise Wasser einflößen konnte.

Sie rührte sich nicht.

»Verdammt«, sagte McCoy leise.

»Kommt sie durch?« fragte Rathbone. Sie nahm den Säugling auf den Arm und schob eine befeuchtete Ecke ihrer Uniform zwischen seine Lippen. Fähnrich Adaro legte die Arme um den kleinen Jungen und hob ihn hoch. Er stöhnte. Adaro hielt den Jungen an die Quelle, und er trank, als hätte er in seinem Leben noch nie Wasser zu sich genommen.

»Ich weiß nicht, ob sie durchkommt«, sagte McCoy. Er wußte, er hätte auf dem Weg hierher die begrenzten Unterlagen der Föderation über klingonische Physiologie studieren sollen, statt die medizinischen Lagerbestände zu überprüfen. »Wir müssen Sie irgendwie aus der Hitze rausbringen und mit Wasser übergießen.«

Rathbone stand mit dem Säugling auf und schaute sich schnell auf dem Platz um. »Nirgendwo ist Hilfe in Sicht«, sagte sie. Sie klang ziemlich verdutzt.

Keine Hilfe in Sicht. Es gefiel McCoy zwar ganz und gar nicht, aber er hatte jetzt keine Zeit, darüber nachzudenken.

Er prüfte die Lebenszeichen der Frau. Nicht die geringste Veränderung. Er wußte eigentlich gar nicht, ob es richtig gewesen war, ihr Flüssigkeiten direkt zu verabreichen. Es war durchaus möglich, daß Dinge, die einem Menschen halfen, für Klingonen tödlich waren. Er war nie auf die Idee gekommen, den Flüssigkeitsbedarf von Klingonen bei übermäßiger Hitze zu studieren. Er hatte sich nicht mal in seinen schlimmsten Alpträumen vorgestellt, je in die Lage zu kommen, derlei Einzelheiten wissen zu müssen.

Plötzlich kamen drei der Kolonisten, die mit dem Captain zusammengearbeitet hatten, auf den Platz gerannt. »Sie greifen an!« schrien sie. »Alles in Deckung!«

»Das paßt ja *wunderbar*!« sagte McCoy. Er stand auf und rief den heraneilenden Kolonisten entgegen. »Wir brauchen Hilfe!« Er deutete auf die Frau und die Kinder.

Einer der Kolonisten bog ab, während die beiden anderen Warnungen rufend weiterrannten. »Mein Haus ist gleich da drüben«, sagte er.

»Schön«, sagte McCoy. »Bringt sie hier weg. Fähnrich, helfen Sie ihm.«

Fähnrich Adaro setzte den kleinen Jungen ab und trat an McCoys Seite. Er und der Kolonist hoben die große, besinnungslose Frau hoch.

»Wir kommen mit Wasser und den Kindern nach«, sagte McCoy.

Der Klingone, der seine Hilfe angeboten hatte, nickte nur.

McCoy packte schnell drei Behälter und füllte sie, dann nahm er den kleinen Jungen an die Hand und eilte hinter den beiden Männern her. Rathbone folgte ihm mit dem Säuling und den vollen Wasserflaschen.

Als sie am Rand des Dorfplatzes hinter den beiden Männern einen Kuppelbau betraten, fielen McCoy seine Worte ein: Er hatte gesagt, den nächsten Angriff wolle er im Unterstand erleben. Doch zurück konnten sie nun nicht mehr; sie mußten ausharren, bis der Angriff vorbei war.

Er hoffte, daß der Captain ihn überlebte.

Als die beiden Männer die Frau auf eine Koje legten, stöhnte sie, und McCoy war zu beschäftigt, um über den Captain nachzudenken – bis der erste Schlag das kuppelartige Bauwerk erschütterte und die Hitze den Raum so schnell erfüllte, daß er kaum noch atmen konnte.

»Hat sich was mit Planung«, murmelte Captain Bogle vor sich hin, als die *Farragut* aus dem Warp kam. »Alle Mann auf Kampfstation!«

Die Alamsirenen heulten. Die Beleuchtung wurde matter, als sein Schiff in den Alarmzustand überging.

Bogle zwang sich dazu, tief Luft zu holen und sich auf die Ereignisse zu konzentrieren, die ihn erwarteten. Sie wurden nicht zum ersten Mal in einen Kampf verwickelt. Auf einen mehr oder weniger kam es nicht an. Auch wenn es fünf zu drei stand und jedes feindliche Schiff doppelt so groß war wie das seine. Es war ein ganz normaler Kampf.

Auf dem Hauptbildschirm öffneten zwei der fünf riesigen fremden Schiffe ihre Hecksektionen. Kleine, dünne, keilförmige Shuttles purzelten aus den Schiffen hervor und strebten der planetaren Atmosphäre entgegen. Sie hatten allem Anschein nach vor, einen neuen Angriff gegen die Kolonie der Klingonen zu fliegen.

Die *Enterprise* und der klingonische Schlachtkreuzer hatten gewendet und kamen näher. Sie feuerten Phaserstrahlen auf die kleinen Schiffe ab, die sich hinter den großen Raumern verteilten. Es sah so aus, als feuerten sie auf einen Schwarm großer Fliegen, die um eine Kuh herumsummten.

»Fähnrich Summer, bringen Sie uns über den Planeten«, sagte Bogle.

Er ging nach oben und legte seine Hand fest auf Lieutenant Michael Books Schulter. »Die Shuttles anvisieren, Lieutenant! Schießen Sie sie ab, wenn wir in Reichweite sind.«

»Jawohl, Sir«, sagte Book.

Bogle ließ die Schulter des Lieutenants los und trat neben den Kommandosessel.

Die nächsten Sekunden, bis die *Farragut* in Reichweite kam, vergingen langsam. Dann feuerten die Phaser dreimal, und eins der großen Schiffe kam schießend auf sie zu. Zwei der Shuttles explodierten.

»Erwischt«, sagte Lieutenant Book.

»Weiterfeuern, Mr. Book«, sagte Bogle.

Die *Enterprise* hatte drei Atmosphärenshuttles vernichtet; der Schlachtkreuzer hatte zwei erwischt. Doch mindestens fünfzehn Shuttles fielen noch immer der Oberfläche des Planeten entgegen.

Die *Farragut* bebte unter den Aufschlägen des Phaserfeuers des großen Schiffes.

»Schutzschirme halten«, sagte Lee, der Erste Offizier.

»Weiter auf die Shuttles feuern!« befahl Bogle. »Sonst sind sie bald außer Reichweite.«

Weiterer Phaserbeschuß seines Schiffes erfolgte und ließ noch einmal zwei kleine Einheiten in roten Feuerbällen vergehen.

Der große Schiff der Fremdlinge feuerte laufend seine Phaser ab, und alle trafen die Schutzschirme der *Farragut*.

Die *Farragut* bebte so heftig, daß Bogle zu Boden geworfen wurde.

Wütend auf sich selbst, daß er sich nicht mehr im Sessel befand, fing er den Sturz ab, kam auf ein Knie und hielt sich am Geländer fest.

Irgendwie war es Lieutenant Book gelungen, auf seinem Sitz zu bleiben, aber alle anderen lagen am Boden und rappelten sich wieder hoch, um an ihre Stationen zurückzukehren.

»Torpedos scharfmachen«, schrie Bogle. »Das große Schiff ins Ziel nehmen und selbständig feuern!«

Kurz darauf erzitterte die *Farragut*. Vier Torpedos wurden abgeschossen, und alle explodierten an den Schutzschirmen des Feindes.

»Ausweichmanöver«, sagte Bogle, als Fähnrich Summer wieder Platz genommen hatte.

Das Schiff schoß nach links oben, aber nicht schnell genug, denn es fing sich drei weitere Treffer der Fremden ein. Diesmal blieb Bogle in einer knienden Position. Sein Blick war auf den Bildschirm gerichtet, als die *Farragut* sich schüttelte und unter den Aufschlägen ächzte.

Als das Beben abgeklungen war, kam er schnell wieder auf die Beine und ließ sich in seinen Sessel fallen.

»Schutzschirme bei vierzig Prozent«, meldete Lee. »Schäden auf Deck acht und zehn.«

»Und die *Enterprise*?« fragte Bogle.

»Unter schwerem Beschuß«, sagte Lee. »Aber sie erwidert das Feuer. Der klingonische Kreuzer steckt zwischen zwei Feindschiffen fest. Ein Mutterschiff ist ausgeschert und scheint zu beobachten.«

Bogle nickte. Schön, eine Pause.

»Die Klingonen müssen sich einen Augenblick um sich selbst kümmern«, sagte er mehr zu sich selbst als zu seinen Leuten. Dann wandte er sich an Fähnrich Summer. »Bringen Sie uns an das Schiff heran, das die *Enterprise* beschießt. Ignorieren sie das, das hinter uns ist.«

Der Hauptbildschirm schaltete um und zeigte den Kampf zwischen der *Enterprise* und dem viel größeren fremden Schiff. Selbst von seinem Standort aus konnte Bogle sehen, daß die *Enterprise* unter dem Beschuß der gegnerischen Waffen wankte.

»Lieutenant Sandy – Sprechverbindung mit der *Enterprise*.«

»Steht, Sir«, sagte Sandy fast im gleichen Augenblick.

»Spock, hier ist Bogle.« Bogle wartete nicht auf eine Antwort. »Nehmen Sie die rechte Sektion ins Ziel. Ich geb das Zeichen.«

Dann wandte er sich an seine Mannschaft. »Wir machen das gleiche«, sagte er. »Auf mein Zeichen hin. Alles klar, Lieutenant?«

»Bereit, Sir«, sagte Book.

»Jetzt!« sagte Bogle zu ihm und zu Spock.

Die Phaserstrahlen beider Raumschiffe konzentrierten sich eine ganze Weile auf den Schutzschirm an der rechten Seite des feindlichen Schiffes, dann brachen sie durch und schnitten in den darunter befindlichen Rumpf.

Dann erzitterte die *Farragut* wie bei einer holperigen

Fahrt auf einer Achterbahn, denn das Schiff hinter ihr nahm sie unter massiven Beschuß.

Es gelang Bogle zwar, im Sessel zu bleiben, aber gerade nur eben so.

»Heckschirm bricht zusammen«, rief Lee.

»Wenden«, befahl Bogle. »Feuer erwidern!«

Weitere Treffer warfen ihn hin und her.

Hinter ihnen feuerte die *Enterprise* über den Bug der *Farragut* hinweg und griff das Schiff an, das sie aufs Korn genommen hatte.

»Sehen Sie, Mr. Spock?« sagte Bogle durch die Zähne, als sein Schiff erneut bebte. »Wir haben eine Chance, wenn wir die Riesen zusammentreiben.«

»Schutzschirme brechen zusammen!« schrie Lee.

»Volle Feuerkraft!« rief Bogle. »Mit allen Waffen! Sofort!«

Wenn wir schon sterben müssen, dachte er, werden wir dem Schiff, das uns umbringt, zumindest ein paar Dellen verpassen. Vielleicht hat die *Enterprise* dann eine Chance.

Ihm fiel auf, daß die *Enterprise* ebenfalls aus allen Rohren auf das Schiff der Fremden feuerte. Dann schien auf dem Bildschirm und um ihn herum alles zu explodieren.

Er wurde wie eine Puppe von einem zornigen Kind seitwärts aus dem Sessel geschleudert.

Im Flug erwischte er das Geländer, überschlug sich einmal und knallte mit Schultern und Kopf gegen die Tür des Turbolifts.

Das letzte, was er hörte, war das Zischen der sich öffnenden Aufzugtür, dann trug die Schwärze ihn fort.

11

Kirk stand vor der Öffnung über dem Intervallergeschütz. Er packte den Rand der dicken, dreischichtigen Platte und spähte zum Horizont. Beide Sonnen standen niedrig am Himmel. Das Licht schien in den Hitzeschlieren über dem flachen geschwärzten Land zu flimmern.

Dann, genau zu der Zeit, die Spock vorausgesagt hatte, tauchten die Flugmaschinen wie dünne Striche am Himmel auf. Sie kamen aus der gleichen Richtung wie bei den ersten beiden Malen. Wer die Fremdlinge auch waren, sie hatten nicht nur eindeutig Geduld, sie folgten auch der Macht der Gewohnheit. Diese Tatsache konnte sich vielleicht als günstig erweisen, falls es zu einer Begegnung kam. Vorausgesetzt, er lebte lange genug.

Kirk zählte in der ersten Welle sieben Maschinen. Immerhin drei weniger als beim letzten Mal. Vielleicht war es Spock und Bogle gelungen, ihre Anzahl zu reduzieren.

»Fertigmachen!« rief er Sulu und Kerdoch zu, die sich hinter ihm befanden. Aber er meinte auch Kor und den klingonischen Offizier im Erdloch.

Er duckte sich hinter die Abschirmung und nahm eine Position neben Sulu ein, der die Zieleinrichtung des Geschützes bemannt hatte.

»Sobald sie an uns vorbei sind, zielen und feuern«, sagte Kirk. »Vielleicht reicht die Zeit für zwei Schüsse, bevor sie außer Reichweite sind.«

Sulu nickte.

Kirk hob eine Platte hoch und schob sie dem neben Sulu stehenden Kerdoch zu. Dann nahm er eine zweite. »Halten Sie sie vor sich, um den Hitzerückstrom zu dämpfen«, sagte er. »Aber achten Sie darauf, daß Sie Sulus Ziel nicht verdecken.«

Kerdoch nickte. Er brachte die erste Platte in Stellung, und schon explodierte rings um sie her die Welt.

Die sie umgebende Abschirmung bebte, die Hitze fegte wie ein unter voller Befeuerung stehender Hochofen über Kirk hinweg. Die Welt schien sich zu röten, der Boden zitterte, der Wind peitschte fast mit Hurrikanstärke heiße Luft durch die Abschirmung.

Es gelang Kirk eben noch, sich an der Platte festzuhalten, dann krachte sie auch schon gegen seinen Brustkorb.

Kerdoch hatte keine Chance, die seine zu halten. Sie flog aus seinen Händen und der Abschirmung heraus, als sei sie von irgendeiner fremdartigen Kanone abgefeuert worden. Sie wirbelte wie eine Feder durch die Luft, als hätte ein vorbeifliegender Vogel sie verloren.

Irgendwie überlebte der Unterstand, den die Kolonisten errichtet hatten, den Angriff.

Fast im gleichen Moment waren die Flugmaschinen über dem Rand der Kolonie.

Sulu feuerte.

Der Knall des in dem beengten Raum des Unterstandes sich entladenden Intervallergeschützes war wie eine in einem kleinen Raum gezündete Bombe. Die Erschütterung erfüllte die Luft und ließ den Unterstand zittern.

Kirks Ohren klingelten. Er hoffte, daß seine Trommelfelle nicht beschädigt waren.

Genau hinter dem Rand der Ortschaft explodierte die

dritte Flugmaschine von rechts und verging in einem roten Ball.

Sulu feuerte erneut.

Es war Kirk in der kurzen Zeit zwischen den beiden Schüssen gelungen, sich die Ohren zuzuhalten. Das Geräusch der Entladung ließ das Klingeln in seinem Schädel auf ein schmerzhaftes Niveau ansteigen.

Die zweite Maschine auf der rechten Seite explodierte.

»Ausgezeichnet, Mr. Sulu«, rief Kirk, um das Klingeln in seinem Kopf zu übertönen. Dann rannte er zur Vorderseite des Unterstandes. Falls die fremden Maschinen nach der gleichen Taktik wie am Morgen vorgingen, würde es genau sechzig Sekunden bis zur nächsten Angriffswelle dauern.

Er schob den Kopf langsam um die Ecke und blickte durch die Hitzewellen nach Westen.

Er hatte recht. Es waren noch keine weiteren angreifenden Maschinen zu sehen. Die fünf übriggebliebenen der ersten Welle waren längst außer Sichtweite.

»Fertigmachen«, sagte Kirk. Sulu und Kerdoch nickten und überprüften das Geschütz.

Kirk trat weiter auf die Betonplattform hinaus, um bessere Aussicht auf die geschwärzte Landschaft zu haben. Er suchte alle Seiten gleichzeitig ab, um sicherzugehen. Dann erblickte er die nächste Angriffswelle.

Er schaute noch einmal in die anderen Richtungen. Doch er sah nur die Angreifer, die sich an der gleichen Stelle wie zuvor formierten. Schon wieder sieben Maschinen. Sie blieben bei ihrer Methode. Es würde zu ihrem Untergang führen.

Kirk zog sich in den Unterstand zurück. »Nächster Angriff in etwa fünfzehn Sekunden.«

»Soll ich mal drei versuchen?« fragte Sulu.

»Haben Sie genug Zeit?«

»Kann man nicht genau sagen«, sagte Sulu.

»Sein zweiter Schuß«, sagte Kerdoch, »war noch gut innerhalb der Geschützreichweite.«

Kirk nickte dem Klingonen zu, dann schaute er Sulu an. »Warum nicht? Ich glaube, meine Ohren halten es noch aus. Festhalten.«

Als das letzte Wort über seine Lippen kam, schien der Unterstand erneut in einem Wirbelwind aus Hitze, Donnerklängen und dem Beben des Bodens zu explodieren.

Dann feuerte Sulu.

Die Erschütterung, die das Geschütz hervorrief, warf Kirk zwar an die Wand, aber es gelang ihm, auf den Beinen zu bleiben.

Die mittlere Maschine explodierte.

Sulu feuerte erneut.

Die Maschine rechts von der mittleren explodierte.

Sulu feuerte zum dritten Mal.

Die nächste Maschine in der Reihe explodierte.

Drei waren weg, vier flogen noch.

»Großartige Arbeit«, rief Kirk über das betäubende Klingeln in seinen Ohren hinweg. Er war zwar überzeugt, daß sie alle einen Gehörschaden davontragen würden, aber es war ein geringer Preis fürs Überleben.

Kerdoch klopfte Sulu lachend auf den Rücken.

Sulu tätschelte die Handgriffe des Geschützes. »So was sollten wir uns auch zulegen«, sagte er. »Fühlt sich gut an. Aber wahrscheinlich werde ich nie wieder was hören.«

Kirk mußte ihm zustimmen. Es war ein gutes Gefühl, wenn man sich zur Wehr setzen konnte. Viel besser, als sich in einem Erdloch zu verstecken. Auch ihn überraschten die Fähigkeiten des klingonischen Geschützes. Eine sehr beeindruckende Waffe.

Er schaute sich nach Wasser um. Zwei der Behälter

waren von der Druckwelle umgeworfen worden, aber eine große Kanne war noch voll. Er hob sie hoch und reichte sie Sulu.

»Wenn die Fremden weiterhin so starr vorgehen wie bisher«, sagte Kirk, »bleiben uns bis zum nächsten Angriff vier Minuten.«

»Vielleicht haben sich meine Ohren bis dahin wieder erholt«, sagte Sulu, als er Kirk die Kanne aus der Hand nahm und einen großen Schluck trank. Dann gab er sie an Kerdoch weiter, der das gleiche tat und sie über das Ende des Geschützes an Kirk weiterreichte.

Kirk schüttete das warme Wasser in seine Kehle. Jeder Quadratzentimeter seiner Haut war in Schweiß gebadet. Selbst der heiße Wind des Nachmittags fühlte sich im Vergleich zu den hochofenartigen Temperaturen, die die Plasmastrahlen der Fremden erzeugten, kühl an.

Er gab Sulu die Kanne zurück und ging hinaus, um seinen Posten wieder einzunehmen. Nirgendwo waren Maschinen in Sicht. Wenn sie nach dem gleichen Muster vorgingen, hatten sie noch ein paar Minuten.

Kirk trat ans Ende der Plattform über dem Erdloch und inspizierte die Abdeckplatten. Wie beim Geschützunterstand waren alle an Ort und Stelle geblieben.

»Kahaq? Kor?« rief er. »Sind Sie in Ordnung?«

»Wir leben«, meldete sich Kahaqs Stimme laut und trotzig aus dem Inneren des Erdloches.

»Wir haben fünf Maschinen abgeschossen«, sagte Kirk. »Aber in ein paar Minuten erfolgt der nächste Angriff.«

»Wir kommen rauf«, meldete sich Kors Stimme, doch sie klang viel schwächer als die Kahaqs.

»Hier oben ist kein Platz«, sagte Kirk. »Wenn wir umkommen, müssen Sie unsere Stelle einnehmen. Bleiben Sie bis dahin, wo Sie sind. Ruhen Sie sich aus und sammeln Sie Kräfte für den Kampf.«

»Kirk«, sagte Kor, »manchmal kennen Sie uns wirklich zu gut. Wir bleiben hier unten.«

Kirks Kommunikator piepste plötzlich und bat um Beachtung. Das Instrument Kors rührte sich diesmal nicht. Die *Enterprise* existierte also noch, aber konnte man das auch vom Schlachtkreuzer der Klingonen sagen?

Kirk schnippte sein Gerät auf. »Kirk hier.«

»Captain«, sagte Spock, »neun Angreifer-Shuttles sind zurückgekehrt. Es fehlen noch fünf.«

»Die hat Mr. Sulu auf dem Gewissen, Mr. Spock. Wie geht's der *Enterprise*?«

»Wir haben schwere Schäden auf sieben Decks. Mr. Scott hat die Schutzschirme wieder auf achtzig Prozent gebracht. Alle Waffen sind einsatzbereit.«

»Gut«, sagte Kirk. Er war sehr erleichtert, daß die *Enterprise* die Schlacht überstanden hatte. »Und die anderen Schiffe?«

»Die *Farragut* hat schwere Schäden und Verluste. Ihr Warp-Antrieb, ihre Waffensysteme und Schutzschirme sind außer Betrieb, aber Chefingenieur Projeff hat mich informiert, daß die Schirme in zwei Minuten wieder stehen. Bei den Waffen dauert es etwas länger. Captain Bogle ist verletzt. Er ist besinnungslos, aber er lebt.«

Daß sein Freund Bogle verletzt sein sollte, gefiel Kirk zwar weniger, aber im Moment konnte er nichts für ihn tun. »Und der Schlachtkreuzer?«

»Ebenfalls schwer beschädigt, aber noch waffen- und warpfähig. Ein gegnerisches Schiff wurde vollständig vernichtet, ein weiteres schwer beschädigt. Die restlichen Schiffe der Fremden stehen in Position zwischen der *Enterprise* und dem Planeten und halten uns außerhalb der Transporterreichweite.«

»Gute Arbeit, Spock«, sagte Kirk. »Halten Sie die Position und unterrichten Sie mich über Lageveränderungen. – Kirk, Ende.«

Er schloß den Kommunikator und stieß einen dumpfen Seufzer aus. Im Augenblick war der Angriff jedenfalls zu Ende. Es war an der Zeit, den Leuten zu sagen, daß die Luft rein war.

Er schaute sich um und musterte die geschwärzten Gebäude hinter den Feldern. Irgendwie hatte die Kolonie auch diesmal überlebt; sie machte weiter und setzte sich zur Wehr.

Es war nun an der Zeit nachzuschauen, ob McCoy und Rathbone den Angriff überstanden hatten.

McCoy kniete neben der Koje und tat sein Bestes, um sein Gesicht und das der bewußtlosen Klingonin zu schützen, als die zweite Angriffswelle gegen den Kuppelbau krachte, ihn erschütterte und Wellen starker Hitze hereinwirbeln ließ.

Während der ersten Attacke hatte die Kuppel gebebt, ein Ansturm brennender Luft hatte den Raum erfüllt und das Mobiliar umgeworfen, als hätte jemand einen irdischen Tornado in den Raum hineingelassen. McCoy hatte die brennende Hitze auf Gesicht, Händen und anderen nicht geschützten Stellen der Haut gespürt. Es war ihm gelungen, sein Gesicht schnell hinter den Hemdärmeln zu verbergen. Wahrscheinlich zog er sich so nicht mehr als einen Sonnenbrand zu.

Rathbone, die den Säugling auf den Armen trug, war es gelungen, ihr Gesicht und das des Kindes zu schützen, indem sie sich über das Kind beugte und ihr Gesicht in eine Decke drückte. Zwischen den Angriffen hatte das Kind geweint, doch McCoy wußte, daß es ein gesundes Weinen war.

Fähnrich Adaro hatte Gesicht und Arme unter die

Decke an den Füßen der Frau geschoben. Er saß auf dem Boden.

Die Familie, die den Kuppelbau bewohnte, hatte an einer Wand eine schützende Barriere aus Möbeln errichtet. Der kleine Junge und die anderen hielten sich dahinter auf. Nur McCoy, Rathbone, Fähnrich Adaro, die kranke Klingonin und der Säugling waren im Hauptraum verblieben.

Als der zweite Angriff die Kuppel zum Beben brachte, gelang es McCoy, das Gesicht in seinem Hemd zu verbergen und das der besinnungslosen Frau sowie ihre Arme mit einer Decke zu schützen, die er dicht über sie hielt. Das letzte, was ihnen noch fehlte, waren weitere Hitzeschäden.

Wenige Sekunden später flaute die Hitze ab. McCoys Tricorder scannte rasch die Frau. Sie lebte, atmete noch, aber unter diesen Bedingungen würde sie es nicht mehr lange machen. Draußen warfen drei Explosionen Echos zwischen den Kuppeln der Kolonie.

»Hoffen wir, daß sie von Jim kommen«, sagte McCoy zu Rathbone.

Sie nickte, dann schluckte sie wortlos. Ihr Gesicht war rot und schweißbedeckt. Ihr Blick besagte, daß sie kurz vor einem Schock stand. McCoy hatte diesen Blick mehr als einmal gesehen, wenn unerfahrene Angehörige der Mannschaft zum ersten Mal mit Gewalt konfrontiert wurden. Es bestand kein Zweifel daran, daß Dr. Rathbone Dinge dieser Art zum ersten Mal erlebte. Und wenn man bedachte, daß sie Fähnrich Chops Leiche gefunden hatte, hielt sie sich besser als erwartet. Doch nun mußte er sie dazu kriegen, daß sie sich bewegte, etwas unternahm.

Er schaute sich um. Die Kolonisten, die die Frau in den Kuppelbau getragen hatten, tauchten hinter einem Stapel von Möbeln auf. Hinter der Barrikade hörte McCoy leise ein Kind weinen.

»Alles in Ordnung bei Ihnen?« fragte McCoy.

»Wir leben noch«, sagte der Mann.

»Gut. Wir müssen jetzt alle etwas trinken«, sagte McCoy und bemühte sich, wie jemand zu klingen, der es gewohnt war, Befehle zu geben. »Und zwar sofort. Vor dem nächsten Angriff. Rathbone, trinken sie etwas Wasser. Dann versorgen Sie den Säugling.«

Rathbone schaute ihn eine Weile mit leerer Miene an. Dann klärte sich ihr Blick. Sie nickte und kümmerte sich um das Wasser.

McCoy deutete auf Adaro. »Helfen Sie mir, die Frau unter die Koje zu legen, Fähnrich. Wir müssen sie so gut wie möglich vor der verdammten Hitze schützen.«

Er stand auf, zückte den medizinischen Tricorder und überprüfte die Patientin erneut. Und während er damit beschäftigt war, stieß sie einen langen, bebenden Seufzer aus und starb.

Sie starb einfach. Bevor man sie verlegen konnte. Und er konnte nicht das geringste dagegen tun.

Nichts.

»Verdammt, verdammt, verdammt«, sagte McCoy leise. Dann scannte er sie erneut, um herauszufinden, ob vielleicht eine Chance bestand, sie zu reanimieren. Nichts. Wenn man von der Hitze absah… Er wußte nicht mal, woran sie gestorben war. Er wußte nicht genug über klingonische Physiologie. Er wußte zwar, daß auch Klingonen starben, aber sie waren so stark, daß er angenommen hatte, es brauche eine Menge, um sie umzubringen.

Andererseits hatte die Frau eine Menge mitgemacht.

Er hatte sich noch nie so hilflos gefühlt.

Adaro beugte sich über die Frau und wartete auf seine Instruktionen.

»Lassen Sie's bleiben«, sagte McCoy leise, damit die Kinder, die sich hinter den Möbeln versteckten, seine Worte nicht hörten. »Sie ist tot.«

Fähnrich Adaro schaute ihn kurz an, dann drehte er sich um. McCoy wurde klar, daß der junge Bursche auch noch nicht viele Tote gesehen hatte.

»O nein«, sagte Rathbone. Sie schaute den Säugling an, den sie in den Armen hielt, und warf McCoy einen fragenden Blick zu. Was wurde nun aus den Kindern der Frau?

McCoy wußte nicht, was er tun sollte. Es war ein klingonisches Kind. Was sollte er machen?

Der Klingone, dem die Kuppel gehörte, kam ruhig um die Koje herum und nahm Dr. Rathbone den Säugling vorsichtig ab. »Wir kümmern uns um die Kinder«, sagte er.

Er brachte das Kleine ohne ein weiteres Wort hinter den Wall aus Möbeln und tauchte unter. Das andere Kind der Toten hielt sich bereits dort auf.

McCoy war beeindruckt. Er hatte zwar schon oft gehört, daß den Klingonen die Familie sehr wichtig war, aber das Verhalten des Mannes, dem die Sache völlig normal schien, ließ ihn bezüglich der Zukunft der Waisen Hoffnung schöpfen. Vorausgesetzt natürlich, sie überlebten auch den Rest dieses Tages.

»Wir müssen uns auf den nächsten Angriff vorbereiten«, sagte McCoy. Er zog Dr. Rathbone am Ärmel sanft in die Nähe des Kopfes der Toten. Sie setzten sich beide auf den Boden und hielten die Hände bereit, um beim Rumpeln eines neuen Angriffs ihr Gesicht zu schützen.

»Hinsetzen, Fähnrich«, befahl McCoy. »Und bedekken Sie Kopf und Arme.«

Der Fähnrich nickte, setzte sich auf den Boden und zog den Kopf ein.

Drei Minuten später hörten sie Kerdoch draußen rufen, die Luft sei rein.

McCoy schaute den Leichnam der Frau nicht an, als er aufstand und Rathbone hochzog. »Kommen Sie«, sagte er zu ihr und dem Fähnrich. »Wir müssen Wasser holen und dann zum Captain zurückkehren.«

Er schob sie sanft zum Ausgang der Kuppel. Er kam sich vor, als schöbe er einen Zombie vor sich her. Sie traten in die kühleren Temperaturen der Abendluft hinaus.

Fähnrich Adaro folgte ihnen langsam.

Sie hatten einen weiteren Angriff überlebt.

Mit Mühe und Not.

12

Strahlend weißes Licht drang durch seine geschlossenen Lider. Captain Bogle taten alle Knochen weh. Er öffnete die Augen nicht. Das Licht war zu hell. Wo war er? Er hatte es vergessen. Ihm war so, als müsse er es wissen, aber es fiel ihm nicht ein. Er hörte nur ein mattes Summen, aber er wußte nicht genau, ob es aus seinem Schädel oder von außerhalb kam.

Blaue, gelbe und rote Sterne trieben in dem hellen Licht vor seinen Augen dahin. Und als sie umeinander herwirbelten, fiel es ihm allmählich wieder ein: der Angriff der fremden Schiffe und sein Versuch, sie daran zu hindern, die Kolonie anzugreifen.

Die Schutzschirme hatten versagt.

Das Schiff war ins Trudeln geraten, und dann war alles explodiert.

War es so, wenn man tot war?

Als ihm dieser Gedanke kam, zwang er sich, die Augen zu öffnen.

Das Licht der hellen Deckenleuchten führte dazu, daß sie sich sofort wieder schlossen. Doch ein Blick hatte ihm gereicht. Das Lazarett. Er lag im Lazarett der *Farragut*. Er spürte Erleichterung.

Bogle hielt den Kopf still und räusperte sich. »Ist das Schiff noch heil?«

Dr. Grayhawk, der Chefarzt, lachte. Er schien irgendwo rechts von ihm zu stehen. Bogle zwang sich erneut, die Augen zu öffnen. Das zerfurchte Gesicht Grayhawks schirmte ihn vor den Lichtern ab.

»Es ist noch heil«, sagte Grayhawk mit tiefer, sonorer Stimme. »Dank Commander Lee und Commander Spock. Nach allem, was ich weiß, sind unsere Schutzschirme zusammengebrochen, nachdem Sie das Bewußtsein verloren hatten.«

»Als ich das Bewußtsein verlor«, sagte Bogle, und es gelang ihm trotz seines schmerzenden Schädels diese Worte über seine Lippen zu bringen. »Jetzt fällt's mir wieder ein.«

Über ihm lachte Grayhawk erneut mit tiefer Stimme, wie immer. Er gehörte zu den Menschen, die auch in der haarigsten Situation nie den Humor verloren. Er schien ständig über irgend etwas zu lachen. Doch wenn man ihm auf die Nerven ging, konnte er so hart wie Wüstengestein werden. Er gehörte zu den besten Ärzten der Föderation.

»Gut«, sagte Grayhawk. »Die Schirme sind jedenfalls ausgefallen. Es ist dem Vulkanier gelungen, die *Enterprise* mit ihren Schutzschirmen zwischen uns und die feindlichen Schiffe zu manövrieren.« Während er redete, untersuchte er Bogles Schädel, und Bogle hatte den Eindruck, als nähmen seine Schmerzen um zwei Grad ab. »Commander Lee hat es fast ohne Energie geschafft, die *Farragut* irgendwie in den letzten Minuten der Schlacht in die schmale Schutzzone hinter der *Enterprise* zu schieben. Es war eine beachtliche Leistung, falls Sie meine Meinung dazu hören wollen.«

Dann hatte Kirks Schiff also die *Farragut* gerettet. Tja, so hatte es wohl kommen müssen.

»Ich muß wieder auf die Brücke«, sagte Bogle und machte Anstalten, sich hinzusetzen.

Welch blöde Idee.

Der stechende Schmerz in seinem Schädel verwandelte sich urplötzlich in gewaltige Blitzschläge, und er sackte nach hinten. An den Rändern seines Blickfeldes wurde es schwarz.

»Sie gehen auf die Brücke, wenn der Onkel Doktor es gestattet«, sagte Grayhawk mit sehr ernster Stimme. Nun wirkte er gar nicht mehr humorig. »Haben Sie schon mal von einem Aneurysma gehört? Nicht nicken; sagen Sie nur ja oder nein.«

»Ja«, sagte Bogle leise, wobei er sich Mühe gab, seinen Kopf nicht im geringsten zu bewegen. Die Schwärze zog sich langsam von den wirbelnden Sternen und Grayhawks Gesicht zurück.

»Der Schlag auf Ihren Schädel«, sagte Grayhawk, der Bogles Kopf nun weiter untersuchte, »hat ein Blutgefäß platzen lassen. Sie hatten im Grunde einen Schlaganfall. Ich habe den Schaden zwar repariert, aber es wird noch ein paar Stunden dauern, bis wir wissen, ob Sie noch irgendwelche Probleme haben. Ein weiterer Schlag könnte sich, wenn er an der falschen Stelle oder zur falschen Zeit erfolgt, als fatal erweisen oder so schlimm auswirken, daß ich die Zellen nicht mehr reparieren kann. Bewegen Sie sich also nicht, verstanden? Nicken Sie nicht mal.«

»Ja, Doktor«, sagte Bogle. »Aber können Sie mir einen Gefallen tun?«

»Falls Sie glauben, ich rufe Lee herunter, sind Sie schief gewickelt. Projeff und er geben ihr Bestes, um das Schiff wieder zum Funktionieren zu bringen. Wir dürfen sie jetzt nicht nerven, indem wir sie hin und her scheuchen.«

»Nein«, sagte Bogle. »Das wollte ich nicht.«

»Was wollen Sie also?« fragte Grayhawk.

»Können Sie das verdammte Licht ausschalten?«

Nun mußte Grayhawk wirklich lachen. Kurz darauf waren die Lampen aus, und Captain Bogle lag mit schmerzendem und schwindligem Schädel unter den wirbelnden Sternen da und fragte sich, wieviel Schaden der verfluchte Schlag in ihm angerichtet hatte.

Eins wußte er. Einen zweiten wollte er sich nicht einhandeln.

Als Kerdoch in der gesamten Ortschaft verbreitet hatte, daß die Luft rein war, suchte er seine Frau und seine Kinder. Sie hatten auch diesen Angriff überstanden. Er sorgte dafür, daß sie Wasser bekamen, dann erläuterte er ihnen, daß sie mit weitere Attacken rechnen mußten, und kehrte zum Brunnen auf dem Hauptplatz des Ortes zurück. Er trank eine Menge, füllte die Flasche, die seine Gattin ihm mitgegeben hatte und wandte sich dann um, um zum Intervallergeschütz zurückzugehen.

Vor ihm waren der Menschenarzt und zwei weitere Besatzungsmitglieder des Föderationsschiffes. Sie kamen langsam auf den Brunnen zu. Der Arzt schien die Frau zu stützen.

»Ihr Captain hat sich Sorgen um Ihr Wohlergehen gemacht«, sagte Kerdoch.

McCoy nickte. »Gut. Ich mach mir ständig Sorgen um das seine. Helfen Sie mir, ihr Wasser zu geben.«

McCoy führte die langsam gehende Frau auf den Brunnen zu, und Kerdoch übernahm ihre andere Seite. Er nahm vorsichtig ihren Arm und stützte sie. Sie konnte zwar gehen, aber nicht sehr gut, genauso wie der junge Mann.

»Ist sie verletzt?« fragte er.

»Sozusagen«, erwiderte McCoy, schob sie an den Brunnenrand und schöpfte mit den Händen Wasser, um sie trinken zu lassen.

»Nehmen Sie die«, sagte Kerdoch und reichte ihm seine Flasche. »Ich habe sie gerade erst gefüllt.«

McCoy schaute Kerdoch an, als sähe er ihn zum ersten Mal. Dann nickte er. »Danke.«

Kerdoch verstand den Blick, den der Arzt ihm gerade geschenkt hatte. Er selbst hatte die Menschen bisher immer für Feinde gehalten, aber heute, in Gesellschaft Kirks und Sulus, hatte er entdeckt, daß sie Ehre hatten – genauso wie die Klingonen. Er hatte Kirk so angesehen, wie McCoy ihn. Wie jeder Tag der Schlacht war auch dies ein Tag des Lernens. Sowohl für die Menschen wie auch für die Klingonen.

Nachdem die Frau eine Menge getrunken hatte, schien sich ihr Blick zu klären. Kerdoch schaute zu, als der Arzt ein Instrument einsetzte, um sie zu scannen.

»Können Sie gehen?« fragte McCoy, als er das Instrument zuschnappen ließ.

»Ich glaube schon«, sagte sie.

McCoy nickte und gab ihr einen weiteren Schluck aus Kerdochs Flasche. Dann trank er selbst einen großen Schluck, füllte die Flasche am Brunnen nach und gab sie Kerdoch mit einem dankenden Nicken zurück.

Kerdoch befestigte sie an seinem Gürtel und half der Menschenfrau auf die Beine. Er stützte sie von links, während der Arzt ihr auf der rechten Seite half.

»Schaffen Sie es, Fähnrich?« fragte McCoy den jungen Mann.

»Aber ja, Sir«, erwiderte er.

»Gut«, sagte der Arzt.

Dann setzten sie sich alle langsam Richtung Intervallergeschütz in Bewegung.

»Wie lange haben wir noch Licht?« fragte der Arzt nach einigen Schritten und musterte die beiden über dem Horizont stehenden Sonnen.

»Eine Stunde«, sagte Kerdoch. »Dann wird es sehr kalt werden.«

McCoy nickte. »Habe ich befürchtet. Wir müssen Feuer anzünden. Aber ich glaube, es ist nicht mehr viel Brennbares da.«

Kerdoch stimmte ihm zu. Fast alles war längst verbrannt. Man konnte nur den Brennstoff in den noch stehenden Kuppelhäusern verwenden. Er schaute sich die Schutzwände über dem Intervallergeschütz an.

Der Arzt hatte recht. Es würde eine lange, kalte Nacht werden.

Kirk kniete im matten Licht des Unterstandes neben Kor. Kahaq hockte auf der anderen Seite seines Vorgesetzten, und Kirk sah, daß er nicht weniger besorgt war als er. Kor schien zu schlafen, aber sein Schlaf war eindeutig kein Genesungsschlaf.

»Captain«, rief Sulu aus dem Hintergrund.

»Bleiben Sie bei Kor«, sagte Kirk leise zu Kahaq. »Ich hoffe, daß der Arzt bald wieder hier ist.«

Kahaq nickte, sagte aber nichts.

Kirk eilte auf Händen und Knien schnell aus dem Unterstand. Dann richtete er sich auf. Die Abendluft war nun kühler, da die Sonnen sich dem Horizont näherten. Sulu hatte das Hemd bei der Arbeit – die Abschirmung des Geschützes zu befestigen – anbehalten.

Er deutete auf das Zentrum der Ortschaft. McCoy, Rathbone, Fähnrich Adaro und Kerdoch kamen auf sie zu. Es sah so aus, als würden McCoy und Kerdoch Rathbone stützen.

Kirk trat vor, um sie zu begrüßen. »Sind Sie in Ordnung, Doktor?« fragte er Rathbone und schenkte McCoy einen kurzen Blick.

»Mir geht's gut«, sagte sie. »Bin nur etwas schwach und schwindlig.«

»Sie hat einen leichten Schock«, sagte McCoy, »aber in ein paar Stunden ist sie wieder fit.«

Kirk nickte. »Bei Kor im Unterstand ist noch Platz. Sie kann sich hinlegen.«

McCoy und Kerdoch halfen Rathbone ins Erdloch, und Kirk schaute ihnen dabei zu. Dann kam Kerdoch die wenigen Schritte zu ihm zurück. Er ging mit festen Schritten und wirbelte kleine Wölkchen schwarzer Asche und Staub auf.

»Captain Kirk«, sagte Kerdoch. »Die Nächte sind hier kalt. Wir müssen uns darauf vorbereiten.«

Kirk nickte. Er hatte schon befürchtet, daß es in dieser Gegend des Planeten so war. Lange, heiße, trockene Tage und ziemlich kurze, sehr kalte Nächte. Nach den glühend heißen Plasmaattacken des Tages würde ihnen die Nacht noch kälter erscheinen.

»Haben Sie einen Vorschlag?« fragte er.

Der Klingone deutete auf einen Kuppelbau, der etwa fünfzig Schritte vom Geschütz entfernt stand. »Da drin ist eine Heizung, die genug Brennstoff für ein oder zwei Nächte enthält.«

»Können wir sie ausbauen?« fragte Kirk.

»Nein«, erwiderte Kerdoch. »Sie ist zu schwer. Aber das Haus steht jetzt leer. Der Eigentümer ist beim ersten Angriff ums Leben gekommen.«

Kirk musterte die Kuppel und die Strecke, die sie vom Geschütz trennte. Wenn Spock sie warnte, hatten sie mehr Zeit als genug, um zurückzukehren – aber wenn nur die Tricorder sie vor einem bevorstehenden Angriff warnten, konnte es knapp werden. Aber knapp war noch immer besser, als im Freien zu erfrieren. Er und Sulu konnten sich für alle Fälle als Wache am Geschütz abwechseln.

»Können Sie die Kuppel in Ordnung bringen?« fragte Kirk. »Sorgen Sie für Wasser, Brennstoff und alle Nahrung, die Sie auftreiben können. Wir bringen Kor und Rathbone dann bei Sonnenuntergang hinüber.«

»Ich gebe Bescheid, wenn die Kuppel beheizt und fertig ist«, sagte Kerdoch.

Er drehte sich um und ging los.

Kirk schaute hinter ihm her. Diesmal hatte der Klingone nicht angezweifelt, daß er hier das Kommando hatte. Er wußte zwar nicht genau, was sich verändert hatte, aber irgend etwas war anders als zuvor.

Kirk schnippte seinen Kommunikator auf. »Kirk an *Enterprise.*«

»Hier ist Spock.«

»Wie läuft's da oben, Mr. Spock?«

»Mr. Scott hat das Schiff hundertprozentig operationsbereit gemacht, Captain. Die feindlichen Schiffe halten weiterhin ihre Position. Die *Farragut* verfügt nun wieder über Schutzschirme und kann Phaser und Impulstriebwerke einsetzen. Der Ingenieur hat gemeldet, daß sie in einer Stunde auch wieder über ihre Warptriebwerke verfügen kann.«

»Und die Klingonen?«

»Der Schlachtkreuzer nimmt ebenfalls Reparaturen vor«, sagte Spock. »Es heißt, man sei wieder kampfbereit.«

»Das würden die auch sagen, wenn das Schiff rings um sie her in Stücke fliegt.«

»Das verstehe ich, Sir.«

»Kann ich mir vorstellen«, sagte Kirk. Dann stellte er die Frage, vor deren Antwort er sich fürchtete. »Und Captain Bogle?«

»Noch immer im Lazarett der *Farragut,* Sir. Der Erste Offizier Lee meldet, daß er nicht in Lebensgefahr schwebt.«

»Gut«, sagte Kirk. Er spürte, wie die Erleichterung seine Rücken- und Schultermuskeln durchlief.

»Haben Sie irgendeine Vorstellung, gegen wen wir überhaupt kämpfen, Mr. Spock?«

»Nein, Captain«, sagte Spock. »Wir haben auch keinen Hinweis auf das Motiv der Fremden. Die Situation ist sehr unlogisch und verwirrend.«

»Und sehr tödlich«, sagte Kirk und dachte an Fähnrich Chop. »Ich nehme an, Sie kontaktieren sie noch immer erfolglos.«

»So ist es, Captain.«

»Tja, behalten Sie sie im Auge. Ich möchte es sofort wissen, falls sich irgendwelche Shuttles zu uns auf den Weg machen, die Sie und die *Farragut* nicht aufhalten können.«

»Verstanden, Captain.«

»Sie haben außerdem erwähnt, daß die Klingonen Unterstützung schicken, Mr. Spock.«

»In zwölf Stunden und sieben Minuten sind zwei weitere Schlachtkreuzer hier. Im Umkreis von sechsundzwanzig Stunden hält sich kein Föderationsschiff auf.«

»In zwölf Stunden also, was?« sagte Kirk. »Wer weiß, wie viele Schiffe der Fremden bis dahin noch hier auftauchen.«

»Ich habe keine Möglichkeit, dies einzuschätzen, Sir«, sagte Spock, »da wir nicht wissen, woher sie stammen.«

»Verstehe, Mr. Spock. Kirk, Ende.«

Kirk schaute sich im verblassenden Abendlicht in der ausgebrannten Kolonie um. Die Ortschaft widerstand der Belagerung nun seit dreißig Stunden. Zwölf Stunden hielt sie vielleicht noch durch. Aber nur, wenn die Fremdlinge ihre Taktik nicht änderten.

»Aber wenn sie es doch tun ...«, sagte er laut vor sich hin.

»Wenn *wer was* tut, Captain?« fragte Sulu.

Kirk schaute den Offizier an. »Hab nur Selbstgespräche geführt, Mr. Sulu.« Dann runzelte er die Stirn. Manchmal war es gut, wenn man laut dachte. »Glauben Sie, daß die Fremden beim nächsten Mal eine andere Taktik anwenden?«

Sulu zuckte die Achseln und blickte zum Horizont, wo eine der beiden Sonnen sich gerade anschickte, die Gipfel der Berge zu berühren. »Ich habe dies schon beim letzten Mal erwartet. Es ist doch unsinnig, fortwährend Angriffe mit Breitfächer-Plamastrahlen zu fliegen.«

»Aber nein«, sagte Kirk. »Es ist *nicht* unsinnig, wenn der Feind nur daran interessiert ist, das Land zu säubern und zu sterilisieren.«

»Ich kann Ihnen nicht folgen, Sir«, sagte Sulu.

Kirk deutete auf die verbrannten Felder. »Die ersten Angriffe haben das Land vom Getreide und von Klingonen gesäubert. Es war ihnen egal, wer ihren Strahlen im Weg stand. Aber das Intervallergeschütz und Sie haben diese Leute wach gemacht. Sie müssen sich fühlen wie ein Gärtner, der ein Beet von Unkraut befreien will, und das Unkraut setzt sich plötzlich zur Wehr. Von nun an werden sich die Dinge ändern.«

»Es klingt wahrscheinlich, Sir«, sagte Sulu. »Aber wenn sie eine andere Taktik anwenden, müssen wir darauf vorbereitet sein.«

Kirk schaute über die Kuppelbauten auf die Weite der schwarzen, abgebrannten Felder. Dann wurde ihm klar, was passieren würde. Die Politik der verbrannten Erde war eine klassische Militärstrategie. So klassisch, daß alle Prä-Warp-Kulturen sie dann und wann angewandt hatten. »Klassische Militärstrategie«, murmelte er vor sich hin.

Das war es. Das war der Schlüssel.

»Sir?« fragte Sulu.

»Militärstrategie, Mr. Sulu. Sie werden aus der Säuberungsmission ein militärisches Unternehmen machen. Wenn man seine Ziele mit Luftangriffen weichgeklopft hat – was folgt dann?«

»Der Einsatz von Bodentruppen«, sagte Sulu. Er schaute sich schnell um und versuchte einzuschätzen, aus welcher Richtung der Angriff erfolgen würde.

Kirk, neben ihm, tat das gleiche. Ihnen stand ein Angriff von Bodentruppen bevor. Höchstwahrscheinlich bei Sonnenaufgang. Er wußte es. Er spürte es. Er hätte sein Leben darauf verwettet.

Nun lautete die große Frage: Welche Maßnahmen sollten sie ergreifen? Und ... worauf genau mußten sie sich vorbereiten?

13

Scotty saß an der Konsole. Sein Haar war strubbelig, seine Uniform vom Schmutz technischer Gehäuse und von kleinen Metallsplittern bedeckt, zu deren Identifikation ihm die Zeit fehlte. Sein Ärmel war noch ausgefranst, obwohl die Wunde längst verheilt war. Er hatte in dem ganzen Durcheinander noch keine Zeit gehabt, das Hemd zu wechseln.

Er nahm mit einer Hand gerade einige schwierige mathematische Berechnungen vor, während er mit der anderen den Computer überwachte. Es ärgerte ihn, daß die fremden Schiffe ihre Schutzschirme so schnell beeinträchtigen konnten. Sie machten irgend etwas – irgend etwas, das er bisher nicht hatte nachvollziehen können.

Einige Angehörige seines Stabes arbeiteten an dem Schutzschirmproblem. Andere kümmerten sich um die Waffensysteme. Der Rest behielt die Materie-Antimateriebehälter im Auge und sorgte dafür, daß alles seinen normalen Gang ging. Die Fremdlinge waren auf gewisse Weise schwieriger als die Klingonen: Was Scotty von letzteren zu erwarten hatte, wußte er. Aber er wußte nicht mal, wie die Fremden aussahen.

Dann hallte Uhuras Stimme durch den Maschinenraum. »Mr. Scott, ich habe den Ingenieur der *Farragut* an der Strippe. Nehmen Sie das Gespräch an?«

»Klar, Mädel.« Scotty setzte sich vor seinem kleinen Monitor in Positur. Projeff saß an Bord der *Farragut* vor einem ähnlichen Instrument. Sein dunkles Haar war zerzaust, seine ansonsten herzlich blickenden Augen wiesen dunkle Ringe auf. Er sah aus wie ein Mensch, der seit Tagen ohne Schlaf arbeitete – und wahrscheinlich war es auch so.

»Ich hab da mal 'ne Frage«, sagte Projeff.

»Schieß los«, sagte Scotty.

»Erinnerst du dich noch an das Experiment, das wir auf Sternbasis 11 gemacht haben?«

»Wie sollte ich es je vergessen, alter Knabe? Wir haben den ganzen technischen Kram noch immer nicht geklärt. Aber im Moment haben wir keine Zeit für solche Spielchen.«

Projeff fuhr sich mit den Händen durchs Haar. »Ich bin nicht an Spielchen interessiert. Es hat aber den Anschein, als hätten die Fremden irgendeinen Trick auf Lager, um die Wirksamkeit unserer Schutzschirme zu unterlaufen und ...«

»Ist es dir *auch* aufgefallen? Ich bin gerade dabei, die Sache zu berechnen.«

»Ich dachte, wir könnten in dieser Sache vielleicht zusammenarbeiten.«

»Nee, Alter«, sagte Scotty, »wenn wir zwei zusammenarbeiten, kommt dabei nichts raus. Wir sind nur gut, wenn wir *gegeneinander* arbeiten.«

»Genau das hab ich auch vor«, sagte Projeff grinsend.

»Na schön«, sagte Scotty. »Laß hören, was du auf dem Herzen hast.«

»Du zuerst«, sagte Projeff.

Sie mußten beide lachen, weil es sie freute, daß sie auf der gleichen Wellenlänge funkten. Man hielt sie für die besten Ingenieure der Flotte. Beide waren bekannt dafür, daß sie Wunder wirken konnten.

Sie waren einander ebenbürtig, das war ihnen bewußt. Zusammen würde ihnen schon etwas einfallen.

»Also gut«, sagte Scotty. »Ihre Waffen machen offenbar etwas mit unseren Schirmen, wogegen wir uns nicht schützen können.«

»Irgend etwas Neues«, sagte Projeff.

Scotty musterte erfreut das kleine Monitorbild. »Du bist noch jung, Alter«, sagte er, »aber hier geht's um was Altes.«

»Was Altes?« sagte Projeff.

»Aye. Schau mal in deine Computerdateien. Wir hatten mal 'ne ähnliche Bewaffnung. Unsere neuen Schirme wurden auf der Grundlage neuer Techniken konstruiert, nicht auf der von alten.«

Projeff schien etwas einzufallen. Er wurde zunehmend nervöser. »Weil die Konstrukteure der Meinung waren, die Schirme reichen aus, auch älteren Waffen zu widerstehen.«

»Sie haben auch geglaubt, unsere Raumschiffe können mit älteren Waffensysteme fertig werden.«

»Sie haben nicht damit gerechnet, daß ältere Waffentechnik mit einer fremden Technik verknüpft wird«, sagte Projeff.

»Richtig, alter Junge.« Scotty lächelte. »Wir sehen allmählich Licht.«

Projeff grinste. »Dann machen wir also 'n Wettrennen. Ein Wettrennen zwischen uns, bei dem es darauf ankommt, wer die Schirme als erster entsprechend anpassen kann.«

Scotty wurde plötzlich ernst. »Ich glaube nicht, daß Wettrennen der richtige Ausdruck ist, alter Junge. Ich glaube, wir müssen alles Wissen miteinander teilen, sobald es uns zur Verfügung steht. Wir haben hier einen ernsthaften Konflikt…«

»Weiß ich«, sagte Projeff. »Aber das kann uns doch nicht daran hindern herauszukriegen, wer von uns die richtige Feinabstimmung zuerst vornimmt.«

»Ach, das steht sowieso schon fest«, sagte Scotty. »Es ist natürlich die *Enterprise.* Wie immer.«

Dann schaltete er, trotz der Ernsthaftigkeit des Unternehmens, lächelnd ab. Es war tatsächlich so, wie er zuvor gesagt hatte: Sie waren besser, wenn sie miteinander wetteiferten. Es machte ihm Spaß, die Ehre der *Enterprise* zu verteidigen. Doch beide Ingenieure wußten, daß sie zusammenarbeiteten. Der Wettstreit trug dazu bei, daß sie schneller, härter und konzentrierter zur Sache gingen.

Aber Scotty wußte auch tief in seinem Inneren, daß sie dabei alle Hilfe brauchten, die sie kriegen konnten.

Vivian Rathbone stützte sich auf einen Ellbogen und schaute sich im Inneren des Erdlochs um. Das durch die beiden Seiteneinstiege eindringende Licht wurde matter, und zum ersten Mal seit scheinbar endloser Zeit war ihr kalt. Auf ihren roten, verbrannten Armen bildete sich eine Gänsehaut.

Dr. McCoy beugte sich über Kor und untersuchte ihn langsam mit einem medizinischen Tricorder. Kurz darauf stieß er einen Seufzer aus, setzte sich hin, klappte das Gerät zu und setzte eine ziemlich verärgerte und verwirrte Miene auf.

Kahaq, der klingonische Offizier, musterte McCoy in der Finsternis. »Kommt er durch?«

McCoy seufzte noch einmal. »Ich weiß es wirklich nicht«, sagte er. »Seine gebrochenen Rippen heilen gut, aber Verbrennungen und Dehydrierung bei Klingonen sind eigentlich nicht mein Fachgebiet. Das habe ich an diesem verfluchten Tag schon ein halbes Dutzendmal gesagt.«

»Er kommt durch«, sagte Kahaq. Er beantwortete seine Frage mit der Antwort, die er offenbar hören wollte.

McCoy schüttelte, wütend über seine Machtlosigkeit, den Kopf, rührte sich aber nicht.

Vivian war von der Loyalität, die Kahaq Kor gegenüber zum Ausdruck brachte, beeindruckt. McCoy warf ihr einen Blick zu. Im matten Licht konnte sie ihn lächeln sehen.

»Geht's besser?« fragte er.

Sie nickte. »Viel besser.«

Und es stimmte. Sie hatte nur noch schwache Erinnerungen an den letzten Angriff, Fähnrich Chops Leiche, die intensive Hitze, die sterbende Klingonin und McCoy und Kerdoch, die sie hierhergebracht hatten. Doch sie fühlten sich an, als gehörten sie jemand anders, als hätte sie alles nur in ihrer Kabine sitzend auf einem Monitor mit angesehen.

»Gut«, sagte McCoy. Er rutschte auf Händen und Knien zu ihr herüber und hob erneut den medizinischen Tricorder. Kurz darauf klappte er ihn lächelnd wieder zu. »Es geht Ihnen wirklich besser. Aber sie sollten ständig etwas trinken.«

»In Ordnung, Doktor.«

»Ich muß aus diesem Rattenloch raus«, sagte McCoy. Er klopfte ihr auf die Schulter und kroch zum offenen Ende des Erdloches. »Haben Sie Lust zu einem Spaziergang?«

»Ja.« Sie folgte ihm ins Freie, richtete sich vorsichtig auf und füllte ihre Lunge mit kühler Abendluft. Das leichte Schwindelgefühl in ihrem Kopf legte sich. Kurz darauf folgte sie McCoy auf die Betonplattform, auf der sich das Geschütz in seiner Verkleidung befand. Kirk und Sulu kramten etwa dreißig Schritte entfernt in den Überresten eines Kuppelbaus. Sonst war niemand zu erblicken.

McCoy, der neben ihr stand, holte lang und tief Luft. Sie tat das gleiche und schaute hinaus auf die geschwärzten Felder hinter der Ortschaft. Dann wandte sich ihr Blick den Überresten des Getreides und der einheimischen Vegetation zu. Die Fremdlinge hatten sich größte Mühe gegeben, nichts zu beschädigen, was auf natürliche Weise auf diesem Planeten wuchs. Und irgend etwas daran war ihr nicht ganz geheuer.

»Geht's Ihnen gut?« fragte McCoy und berührte ihren Ellbogen.

»Es geht mir immer besser, Doktor«, erwiderte sie. Dann wurde ihr klar, daß ihm ihre Geistesabwesenheit aufgefallen war. »Ich frage mich nur, warum die Angreifer ausschließlich das ausradieren, was die Klingonen angepflanzt haben. Sie rühren die heimische Vegetation nicht an. Es kommt mir vor wie Punktbeschuß. Es muß doch einen Grund haben.«

»Das habe ich mich auch schon gefragt«, sagte Kirk.

Seine Stimme ließ sie zusammenzucken, und sie fuhr herum. Während sie die Felder begutachtet hatte, waren Kirk und Sulu mit weiteren feuerfesten Platten an den Rand der Geschützplattform zurückgekehrt.

»Es kommt mir auch komisch vor«, sagte McCoy. »Sie müssen die Klingonen wirklich hassen.«

»Vielleicht steckt aber auch mehr dahinter«, sagte Kirk. »Mir erscheinen die Angriffe völlig sinnlos.«

»An diesem Planeten ist nicht viel, das Sinn macht«, sagte Sulu.

Kirk schaute auf die verbrannten Felder, dann fiel sein Blick auf Rathbone. »Fühlen Sie sich stark genug für ein kurzes Unternehmen?«

»Sie können mit mir rechnen«, sagte sie. Sie meinte es ernst. Irgendwie hatte sie den Eindruck, bisher nur eine Last für die Landeeinheit gewesen zu sein. Sie wollte auch ihren Beitrag leisten.

»Gut«, sagte Kirk. »Ich möchte, daß Sie und Mr. Sulu noch mal auf die Felder rausgehen und nach allem Ausschau halten, was uns vielleicht einen Hinweis darauf geben kann, warum man die klingonische Vegetation vernichtet, die einheimische aber ungeschoren läßt. Die Sache ist einfach zu auffällig, um sie unbeachtet zu lassen. Und in unserer Lage kann uns sogar der allerkleinste Hinweis dienlich sein.«

»Einverstanden, Captain«, sagte Sulu. »Wir werden etwas finden.« Er trat vor und zückte seinen Tricorder.

»Falls es etwas zu finden gibt«, sagte Vivian mit der Vorsicht der Wissenschaftlerin.

McCoy reichte ihr seinen Tricorder. »Trinken Sie noch was, bevor Sie gehen.«

»Zu Befehl«, sagte sie lächelnd. Sie trat rasch an die Seite der Geschützverkleidung, nahm eine volle Wasserflasche und trank in großen Schlucken. Dann gab sie die Flasche an Sulu weiter, der das gleiche machte.

»Mr. Sulu«, sagte Kirk, »gehen Sie auf keinen Fall weiter fort, als sie in zwei Minuten bei schnellem Lauf zurücklegen können. Verstanden?«

»Jawohl, Sir«, sagte Sulu.

Er drehte sich um, winkte Rathbone, daß sie ihm folgen solle, und führte sie an den Rand der abgefackelten Felder. Sie spürte, daß ihr Herz wieder raste, aber es war ein gutes Gefühl, etwas zu tun, was allen weiterhalf.

Hinter sich hörte sie Captain Kirk sagen: »Wie geht's Kor, Pille? Ist er transportfähig?«

Vor ihr tauchte Sulu am Rand eines zerschossenen Kuppelbaus unter. Er legte ein ordentliches Tempo vor. Vivian beschleunigte ihren Schritt, um ihn nicht zu verlieren.

Vor ihr erstreckten sich verbrannte Felder und dahinter die trockene, braune natürliche Vegetation des Planeten. Erneut überfiel sie der quälende Eindruck, daß die Antwort sich irgendwo dort hinten befand.

Das Problem bestand darin, sie zu finden. Und zwar sehr schnell.

Nachdem Kerdoch die Notheizung des Kuppelbaus eingeschaltet hatte, durchsuchte er den Rest des Gebäudes. Das Haus hatte Kablanti gehört. Er spürte seine Anwesenheit. Die Essenz des Mannes befand sich noch immer in seinem Heim. Kablanti war zwar viel zu alt gewesen, aber er hatte es geschafft, auf den Planeten zu gelangen, denn er hatte einem Angehörigen des Hohen Rates einen Gefallen getan. Wie sich erwiesen hatte, war er ein wertvolles Mitglied der Gemeinschaft, ein guter Kämpfer und ein ausgezeichneter Sänger gewesen. Er würde den Leuten fehlen.

Kerdoch überprüfte den Wasservorrat. Er reichte. Morgen würde man mehr brauchen. Ein ganzer Schrank war mit Kolonisten-Rationen gefüllt. Es war mehr, als man für eine Nacht brauchte.

Er beendete die Inspektion mit einer schnellen Suche nach Waffen oder anderen Dingen, die beim Kampf nützlich sein konnten. Nichts. Der alte Kablanti war mit der Waffe in der Hand gestorben – draußen, als er beim ersten Angriff die Felder verteidigt hatte. Ein stolzer Tod.

Ein ehrenhafter Tod.

Kerdoch hob einen Krug auf, der Kablantis Familienwappen zeigte. Er hob ihn in einem schweigenden Salut für seinen toten Freund hoch. »Danke, Kablanti«, sagte er, »daß wir dein Haus verwenden dürfen, um unseren Kommandanten zu schützen.«

Er stellte den Krug auf ein hohes Regalbrett. Die Kuppel würde Kor willkommen heißen.

Er bückte sich durch den Notausgang und brachte die kurze Strecke zum Intervallergeschütz hinter sich. Vor ihm unterhielt sich Kirk mit dem Menschenarzt. Auf dem Feld hinter der Ortschaft entfernten sich Sulu und die Frau mit schnellen Schritten vom Geschütz. Sie hatten offenbar etwas vor. Kerdoch hatte keine Ahnung, was der Menschen-Captain plante. Dort hinten existierte nichts außer Kablantis verbrannten Feldern und den einheimischen Gewächsen.

Aber Kirk war listig. Er hatte, dessen war Kerdoch sich gewiß, seine Gründe.

Kirk sah ihn kommen. »Ist die Kuppel fertig?« fragte er. Er befleißigte sich eines Kommandotons, den Menschen und auch Klingonen gleichermaßen verstehen mußten.

»Sie ist bereit«, sagte Kerdoch.

»Gut«, sagte Kirk »Wir müssen Kor wegbringen, solange wir noch Licht haben.«

»Und bevor der nächste Angriff kommt«, sagte der Arzt.

»Wahrscheinlich«, sagte Kirk. »Obwohl ich bezweifle, daß er vor dem Morgen erfolgt.«

»Wie kommen Sie darauf?« fragte Kerdoch. »Der erste Angriff hat bei Sonnenuntergang stattgefunden. Und in der Nacht haben sie auch schon zugeschlagen.«

Kirk schaute Kerdoch an. Er hielt seinem Blick stand. Kerdoch empfand Verwunderung. Der Mensch wich ihm weder aus, noch schaute er weg. Bei den seltenen Gelegenheiten, bei denen er Menschen begegnet war, war dies nicht der Fall gewesen.

»Weil ich wette«, sagte Kirk, »daß der nächste Angriff vom Boden aus erfolgt. Sie werden keine weiteren Maschinen dem Geschützfeuer aussetzen. Und die logische Zeit für einen Angriff vom Boden aus ist der Sonnenaufgang. Er wird aus der gleichen Richtung erfolgen wie die Luftangriffe.«

Kerdoch musterte den Captain einen Moment, dann sagte er: »Falls Sie recht haben ... Haben Sie einen Plan, wie wir ihn aufhalten können?«

Kirk lächelte Kerdoch an. »Noch nicht.« Er drehte sich um und ging zum Erdloch. »Bringen wir erst Kor weg.«

Der Menschenarzt lachte und raunte Kerdoch zu: »Keine Bange. Die besten Dinger dreht er ohne Plan.«

Kerdoch stand am Rand der Geschützplattform und

schaute den beiden Menschen zu, die zum Ende des Erdloches gingen. Er hatte Menschen bisher immer für Feinde des Imperiums gehalten. Und doch kämpften sie, um eine klingonische Kolonie zu erhalten und das Leben seines Vorgesetzten zu retten. Wenn Menschen Feinde waren, waren sie sehr ehrenwerte Feinde.

Er folgte den beiden und fragte sich, warum nicht alle Klingonen über diese Tatsache informiert wurden.

Kirk fand es interessant, daß es weder ihm noch McCoy gestattet wurde, dabei zu helfen, Kor in den Kuppelbau zu tragen. Kerdoch und Kahaq zogen ihn aus dem Erdloch, hoben ihn auf und stützten ihn, als wäre er tatsächlich wach und ginge zwischen ihnen. Am Ende zogen und trugen sie ihn mehr oder weniger. Die Spitzen von Kors Stiefeln hinterließen parallele Spuren in dem Staub, der vom Erdloch zur Kuppel führte.

McCoy protestierte zwar gegen den ungewöhnlichen Transport, aber nicht laut. Er wußte zu wenig über klingonische Physiologie, um genau zu wissen, ob sie Kor auf diese Weise Schaden zufügten. Er wußte nur, daß es einem Menschen an Kors Stelle nicht gut bekommen wäre.

Die Klingonen ignorierten ihn, und Kirk ließ sie machen. Ihre Gebräuche basierten auf Dingen, die er nicht verstand. Oftmals waren ihre Bräuche von mehr als nur symbolischer Wichtigkeit. Oft basierten sie tatsächlich auf physischen Gründen.

Auch McCoy wußte davon. Wahrscheinlich fiel sein Protest deswegen so leise aus.

McCoy ging vor den Klingonen her. Kirk folgte ihnen. Er setzte seine Stiefel dazu ein, die Spuren zu verwischen, die Kor hinterließ. Falls es zu einem Bodenangriff kam, konnte es von Vorteil sein, keine direkten Spuren vom Geschütz zur Kuppel zu hinterlassen, dem Angreifer folgen konnten. Wenn sie jedoch bis hierher kamen, war sein Tun freilich sinnlos. Aber er verwischte die Schleifspur trotzdem. Und er fühlte sich besser dabei.

Als Kor auf einer Koje an der Mittelwand der Kuppel lag, ging Kirk wieder hinaus und trat auf die Geschützplattform. Die Luft hatte nun einen kalten Biß. Die Verbrennungen an seinen Armen und in seinem Gesicht stachen. Über ihm tauchten schon die ersten Sterne auf.

Als auch die zweite Sonne hinter dem Horizont verschwand, sahen Sulu und Rathbone aus wie Schatten in dem verblassenden Licht. Kirk nahm an, daß sie am Rand der verbrannten Getreidefelder und an den unberührten einheimischen Gewächsen arbeiteten. Er hoffte, daß sie etwas fanden, das ihnen einen Hinweis darauf gab, was hier geschehen war. In ihrer Lage würde ihnen alles helfen.

Er wandte sich in die Richtung, aus der die Schiffe angegriffen hatten. Über tausend Schritte weit erblickte er nur flache, abgefackelte Felder. Höchstwahrscheinlich würden die Maschinen außerhalb der Geschützreichweite landen, am Rand der niedrigen Hügel. Dann konnten sich die Truppen der Ortschaft entgegenarbeiten. Man würde sie zwar irgendwie abschirmen, aber er war sich ziemlich gewiß, daß sie nicht genug Abschirmung bekamen, um vor dem Geschütz sicher zu sein.

Kirk umrundete die Geschützverkleidung und musterte sie eingehend. Wenn es zu einem Bodenangriff kam, mußten sie eine Möglichkeit finden, das Geschütz herumzudrehen und auf die angreifenden Streitkräfte zu richten. Am besten so, daß man die Verkleidung anschließend wieder verwenden konnte. Aber das war von einer solchen Heimwerkerkonstruktion vielleicht etwas zuviel verlangt. Wenn Sulu zurückkam, mußten sie sich überlegen, wie sie das hinbekamen.

Im verblassenden Licht musterte er den Rand des Ortes. Fünf Kuppeln am Rand waren zerstört. Die Ruinen waren ein logischer Platz, um Bodentruppen abzuwehren, die über die Felder marschiert kamen. Vorausgesetzt, es waren genügend Kolonisten da, um dabei zu helfen.

Er trat an den Rand der Kuppel und schaute über das offene, verbrannte Feld. Er hoffte, daß es zu keinem Angriff über dieses Feld kam. Falls doch, würden sie mit Sicherheit alle sterben.

Es sei denn, Spock fand eine Möglichkeit, sie rechtzeitig von diesem Planeten fortzuholen.

Er schnippte seinen Kommunikator auf. »Kirk an *Enterprise*.«

»Hier ist Spock.«

»Irgendwelche Veränderungen, Mr. Spock?«

»Keine, Captain.«

»Besteht irgendeine Chance, daß Sie nahe genug an uns rankommen, um uns an Bord zu beamen?«

»Nicht, ohne die fremden Schiffe direkt anzugreifen, Captain. Ich habe siebzehn Simulationen durchgeführt, doch alle haben in einer vollständigen Niederlage geendet.«

»Arbeiten Sie weiter daran, Mr. Spock.«

»Mache ich, Captain.«

»Ich rechne im Morgengrauen mit einem Bodenangriff auf die Kolonie, Spock. Seien Sie bereit.«

»Sind wir, Sir«, sagte Spock. »Wir werden alles tun, um den Angriff schon in der Kreisbahn zurückzuschlagen.«

»Und uns gleichzeitig hier herauszuholen«, sagte Kirk.

»Natürlich, Captain«, sagte Spock.

Kirk glaubte einen Moment lang, einen leichten Hinweis in Spocks Stimme zu hören: daß er seine Gefühle durch seinen Kommentar verletzt hatte. Dann wurde ihm klar, daß er es sich nur einbildete.

»Danke, Spock. – Kirk, Ende.«

Er klappte den Kommunikator zu und eilte zu der Kuppel zurück, in der Kor schlief.

Im Inneren des warmen Raumes hielt Kerdoch neben dem Commander Wache. Kahaq saß neben ihm. McCoy hockte zwei Meter weiter an einem großen Eisentisch. Es kam Kirk wie eine Totenwache vor.

»Kerdoch«, sagte Kirk, »ich könnte Ihre Hilfe brauchen.«

Kerdoch nickte Kahaq zu und drehte sich um. »Ja, Captain.«

»Wenn unser Gegner im Morgengrauen angreift, und davon gehe ich aus, müßte die Ortschaft eine Verteidigungslinie organisieren.«

Kerdoch nickte zustimmend. »Was schlagen Sie vor?«

Kirk hatte gehofft, daß der Kolonist diese Frage stellte. Er gab Kerdoch einen Wink, damit er ihm in das verblassende Licht hinaus folgte.

Kirk blieb einige Schritte vor dem Kuppelbau stehen und deutete auf die fünf vernichteten Häuser am Rand des Ortes. »Wir richten dort eine Verteidigungsstellung ein und nutzen die Trümmer als Barrikaden.«

Kerdoch schaute die Häuser kurz an, dann wandte er sich zu Kirk um. »Wie viele Verteidiger brauchen wir?«

»So viele, wie bewaffnet sind«, sagte Kirk. »Falls die feindlichen Bodentruppen diese Linie durchbrechen, sind wir ohnehin alle tot. Dann können wir auch hier unsere letzte Stellung beziehen.«

Kerdoch nickte. »Wenn es heute nacht keine Luftangriffe mehr gibt, gehe ich davon aus, daß Sie mit den Bodentruppen recht haben. Jeder Kolonist, der sich bewegen und eine Waffe abfeuern kann, wird dort sein.«

»Sie sollen sich eine Stunde vor Sonnenaufgang versammeln«, sagte Kirk, »damit wir Zeit haben, uns einzugraben und darauf vorzubereiten.«

»Eine Stunde«, sagte Kerdoch.

Ohne Kirk oder der Tür, hinter der Kor lag, noch einen Blick zu schenken, drehte Kerdoch sich um und schritt dem Zentrum der Ortschaft entgegen. Mit hoch erhobenem Kopf und festen, langen Schritten.

Kirk schaute ihm zu. Er war froh, daß Kerdoch half. Bauern aller Kulturen waren in der Regel stark, robust, verläßlich und stolz auf ihre Arbeit und ihre Lebensweise. Ihm war zuvor nie der Gedanke gekommen, daß klingonische Bauern außerdem geschickte und furchtlose Kämpfer sein konnten.

Sie gaben nicht so ohne weiteres auf, das würden die Fremdlinge bald erfahren. Sie würden ihnen eine Lehre erteilen, die auch die Föderation zukünftig beherzigen mußte.

14

Es wurde zu dunkel zum Arbeiten, und die Kälte lähmte allmählich Vivians Finger.

Sie richtete sich langsam auf, um den schwarzen Ruß von ihren schmerzenden Knien und Händen abzuwischen. Sie wechselte den Tricorder in die linke Hand und schob die rechte unter die Armbeuge, um sie zu wärmen. Sie konnte sich nicht erinnern, je so gefroren zu haben und so schmutzig und müde gewesen zu sein.

Sulu kniete etwa zehn Schritte von ihr auf dem Boden und musterte in dem matten Licht die Anzeigen seines Tricorders.

Keiner von ihnen wußte genau, wonach sie suchten. Sie hofften nur, irgendwelche Hinweise auf das zu finden, was hier geschehen war. Stellten die Klingonen mit ihrem Getreide irgend etwas an, daß das andere Volk dazu trieb, sie anzugreifen? Als sie auf das Feld gekommen waren, war dies ihr weit hergeholt erschienen. Aber sowohl der Captain als auch Sulu hielten es für wahrscheinlich genug, um Ermittlungen anzustellen, und so hatte sie es ebenfalls versucht.

Sie hielt nach etwas Ausschau, das es nicht gab.

»Glück gehabt?« fragte Sulu. Er stand auf, trat neben sie und hauchte auf seine Hände, um sie zu erwärmen.

»Ich habe nichts Neues gefunden«, sagte Vivian.

»Ich auch nicht«, sagte er. »Falls auch Sie glauben, daß wir nicht noch länger hier draußen bleiben sollten, werden wir dem Captain jetzt Meldung erstatten.«

»Was gibt es denn da zu melden?« fragte sie. »Es gibt ja nicht mal was zu finden.«

Sie schaute sich ein letztes Mal um, hoffte, auf etwas zu stoßen, daß ihnen vielleicht half, als könne dieses Etwas irgendwo im Freien hocken. Aber da waren nur die Stoppeln und die Asche des verbrannten Getreides.

Es gefiel ihr nicht, mit leeren Händen zurückzukehren. Auf diesem Planeten schien sie einmal mehr zu versagen. Sie wußte noch, wie sie sich damals gefreut hatte, als sie nach Signi Beta versetzt worden war. Nun wünschte sie sich, sie hätte nie von diesem elenden Ort gehört.

»Gehen wir zurück«, sagte sie.

Sie gingen in der zunehmenden Dunkelheit, die aufgrund der verbrannten Felder noch finsterer wirkte, in Richtung Kolonie davon. Hin und wieder blitzte vor ihnen im Ort ein Licht auf und erlosch wieder.

Ansonsten waren sie allein im Dunkeln unter den Sternen. Sterne, von denen sie sich wünschte, zwischen ihnen zu reisen, statt unter ihnen zu gehen.

Ihr war, als sei der Weg endlos. Ihre Schritte schienen miteinander zu verschmelzen. Sulu wurde neben ihr zu einem matten Gespenst, das schweigend durch die Dunkelheit schritt. Einen Moment lang glaubte sie, einen Alptraum zu haben und jeden Moment in ihrem warmen Bett auf der *Enterprise* zu erwachen.

Als sie wieder zu sich kam, trat sie über irgendwelche Trümmer eines beschädigten Kuppelbaus, und sie folgte Sulu zu einer Gestalt, die in der Nähe des riesigen klingonischen Geschützes stand.

»Captain?« sagte Sulu.

»Haben Sie etwas gefunden?« fragte Kirk. Seine vertraute Stimme brachte sie in die Wirklichkeit zurück. Es war nicht einfach nur ein Traum. Es war real, sehr real. Und wieder blitzte das Bild Fähnrich Chops in ihrem

Geist auf. Sie konzentrierte sich auf den Captain und schob die Erinnerung beiseite.

»Keinerlei neue Erkenntnisse, Sir«, sagte Sulu.

»Das habe ich befürchtet«, sagte Kirk.

Rathbone sah, daß er müde war. Seine Stimme war kraftloser als heute morgen.

»Commander?«

»Ich fürchte, ich kann nur bestätigen, was Sulu bereits gesagt hat«, sagte Vivian und gab ihr Bestes, um ihre Stimme fest klingen zu lassen. »Sämtliche klingonischen Gewächse, die ich gefunden habe, waren ganz normale tIqKa SuD. Es ist eine Art Hybride, eine Mischung aus klingonischem Doctuq und dem hier vorkommenden Korn.«

»Was ich noch immer interessant finde«, sagte Sulu, »ist die hybride Natur der einheimischen Pflanzen. Es ist, als seien sie vor Jahren mit anderen gekreuzt worden.«

»Die Botaniker der Föderationskolonie fanden es auch sehr interessant«, sagte Vivian. »Wir haben fünf Jahre damit zugebracht, sie zu studieren, aber am Ende haben wir nicht mehr darüber gewußt als am ersten Tag.«

Kirk schien sein Gewicht zu verlagern. Er drehte sich um und schaute sie an, damit er sie im Finsteren besser sah. »Die einheimischen Pflanzen sind Hybriden?« fragte er. »Wann ist es dazu gekommen?«

»Es ist mindestens achthundert Jahre her«, sagte Sulu. »Vielleicht sogar tausend.«

»Die Kolonisten haben neunhundert errechnet«, sagte Vivian. »Und sie meinten, es seien weniger Hybriden als genetische Manipulationen. Sämtliche Forschungsergebnisse sind in den Datenbanken der Föderation verfügbar, Captain.«

Sie schaute ihn an, als er in die Dunkelheit starrte und nachzudenken schien. Natürlich war diese Vorstellung faszinierend, aber sie hatte keine Ahnung, inwiefern es wichtig sein konnte, die Angriffe der Fremden aufzuhalten.

»Mr. Sulu«, sagte der Captain, »Spock soll sich so schnell wie möglich die Daten unserer ehemaligen hiesigen Kolonie anschauen. Außerdem soll er von seiner Position aus so gewissenhaft wie möglich nach etwaigen früheren Kulturen auf diesem Planeten Ausschau halten.«

»Das haben wir schon gemacht, Captain«, sagte Rathbone. »Ebenso wie das allererste Untersuchungsteam auf dieser Welt. Es gibt hier keine Spuren untergegangener Zivilisationen. Und existierende schon gar nicht.«

»Außer den hybriden Pflanzen«, sagte Kirk.

»Captain«, sagte sie, »es könnte hundert natürliche Ursachen für eine solche genetische Veränderung geben. Eine Asteroidenkollision könnte sie hervorgerufen haben. Oder starke Sonnenflecken. Das sind nur zwei Beispiele. Es könnte auch ...«

Sogar in der zunehmenden Dunkelheit erkannte sie, daß er lächelnd eine Hand hob. »Wir wollen nur nichts auslassen. Hier ergibt nichts einen Sinn. Es liegt mir einfach nicht, irgend etwas auszulassen, solange wir noch Zeit für Ermittlungen haben.«

Rathbone spürte, daß die Verlegenheit über ihren Rücken zu ihrem Hals hochkroch. »Verzeihung, Captain. Ich bin nur frustriert, weil wir nichts Neues gefunden haben.«

Kirks Lächeln verblaßte. »Vielleicht haben Sie schon genug gefunden. Nur die Zeit wird es erweisen.« Er legte eine Hand auf ihre Schulter und schob sie auf die Kuppel zu. »Gehen Sie jetzt beide rein und wärmen Sie sich auf. Ich übernehme die erste Geschützwache. Mr. Sulu, lösen Sie mich ab, nachdem Sie Spock Bescheid gegeben und sich aufgewärmt haben.«

»Jawohl, Sir«, sagte Sulu.

Ohne zu wissen, was sie sonst noch sagen sollte, drehte Vivian sich um und folgte Sulu in die finstere Kuppel und die darin herrschende Wärme. Plötzlich war ihr ganz klar, warum Kirk ein so guter Captain war. Er übersah nie etwas. Er hatte die Fähigkeit, aus einer Situation herauszutreten und sie deutlich zu betrachten.

Erneut hatte der Captain sie beeindruckt. Sie würde ihn nicht wieder in Frage stellen.

Dr. Grayhawk, der Chefmediziner der *Farragut,* schnaufte, dann wandte er Captain Bogle den Rücken zu und arbeitete an einem medizinischen Tisch. Bogle lächelte, denn er wußte genau, was diese Handlung bedeutete. Grayhawk konnte ihn zwar nicht mehr im Lazarett festhalten, doch andererseits paßte es ihm nicht, jemanden zu entlassen, dessen Gesundheit noch nicht perfekt war.

»Dann ...«, sagte Bogle, »darf ich also weiterleben?« Er griff nach oben und betastete seinen Schädel. Der starke Schmerz war weg, aber dort, wohin er faßte, war er noch sehr empfindlich.

»Irgendwann fallen Sie wieder auf den Kopf, aber dann übernehme ich keine Garantie mehr«, sagte Grayhawk. »Im Moment entlasse ich Sie jedoch zu Ihren Pflichten, Captain.«

Bogle rutschte vom Behandlungstisch und richtete sein Uniformhemd. »Danke, Doktor.«

»Schnallen Sie sich beim nächsten Mal gefälligst an«, sagte Grayhawk.

»Ich werde es in Erwägung ziehen«, sagte Bogle und lachte, denn er und der Arzt wußten natürlich, daß es an Bord von Raumschiffen keine Sicherheitsgurte gab.

Er drehte sich um und ging langsam zur Tür des Lazaretts. Als er im Korridor war, ging es schon besser. Als er auf der Brücke ankam, hatte er den dumpfen

Kopfschmerz schon vergessen und konzentrierte sich auf die aktuelle Lage.

Kom-Offizier Sandy nickte ihm lächelnd zu. »Willkommen daheim, Sir.«

»Freut mich, daß es Ihnen wieder gutgeht«, sagte Lieutenant Michael Book an der Navigation.

Der Erste Offizier Lee stand vor seinem Betrachter und schaute sich intensiv etwas an. Als er Bogle hörte, hob er den Kopf und lächelte ihm zu.

»Gute Arbeit, Leute«, sagte Bogle und baute sich neben dem Kommandosessel auf. Es war ein verdammt gutes Gefühl, wieder hier zu sein, er konnte es nicht leugnen. Und er war stolz auf seine Mannschaft – speziell auf Mr. Lee –, weil sie das Schiff gerettet hatte, damit er wieder auf die Brücke zurückkehren konnte. Falls sie dieses Unternehmen überlebten, wollte er die Brückenmannschaft für eine Belobigung vorschlagen.

Er atmete tief ein, trat neben den Sessel und schaute nach vorn. Auf dem Hauptbildschirm bot sich ihm ein erstaunlicher Anblick: Fünf fremde Schiffe schwebten in recht enger Gruppierung über dem Planeten. Der klingonische Schlachtkreuzer stand links von der *Farragut,* die *Enterprise* an der rechten Seite. Es stand drei zu fünf zu ihren Ungunsten.

»Mr. Lee«, sagte Bogle, »wie ist unser Zustand?«

»Die Warptriebwerke funktionieren wieder. Die Schutzschirme sind bei neunzig Prozent, und laut Projeff sollen sie ihn zehn Minuten auf hundert sein. Alle Waffensysteme sind aktiviert und bereit.«

»Gut gemacht«, sagte Bogle. »Und die anderen Schiffe?«

»Die *Enterprise* ist hundertprozentig einsatzfähig«, sagte Lee. »Wie es bei den Klingonen aussieht, ist schwer zu sagen. Sie haben bei der letzten Schlacht ebenso böse Prügel bezogen wie wir, aber eigentlich müßten sie inzwischen mit den Reparaturen fertig sein.«

»Wie sieht's beim Gegner aus?«

Lee kam herunter und stellte sich neben Bogle. »Das Schiff rechts außen hat von der *Enterprise* und uns die meisten Prügel bezogen. Es erstaunt mich, daß es noch existiert. Seine Schirme sind zusammengebrochen, und wir haben seinen Rumpf an einem Dutzend Stellen durchbohrt.«

»Bild des Schiffes vergrößern«, sagte Bogle. Fast im gleichen Augenblick füllte das Schiff den Bildschirm aus. Bogle konnte erkennen, daß es beträchtliche Schäden aufwies. Es hing leicht schräg, was bedeutete, daß es mehr oder weniger bewegungslos war. In seiner Umgebung schwebten Trümmer, die andeuteten, daß im Inneren des Wracks keine Gravitationsfelder mehr existierten.

»Eins der anderen Schiffe hat Traktorstrahlen eingesetzt, um die lahme Kiste in ihre momentane Position zu ziehen«, erläuterte Lee. »Es gibt kein Lebenszeichen von sich und hat keinen Schutzschirm mehr. Es ist nur noch ein nutzloser Metallklotz.«

»Dann bleiben also noch vier«, sagte Bogle und beschloß, das fünfte Schiff auf der Stelle zu vergessen.

Der Hauptbildschirm blendete wieder um und zeigte erneut die fünf Schiffe in ihrer Gesamtheit.

»Die restlichen vier Schiffe sind, nach allem, was wir messen können, voll einsatzfähig«, sagte Lee. »Auf eins haben wir kräftig eingedroschen, aber wir sind nicht durch die Schutzschirme gekommen.«

»Was ist aus den Landeeinheiten der *Enterprise* und der Klingonen geworden?«

»Sie halten die Stellung«, sagte Lee. »Kor ist zwar ernstlich verletzt, lebt aber noch. Captain Kirk glaubt, daß der nächste Angriff auf die Kolonie bei Sonnenaufgang erfolgt. Bis dahin sind es noch vier Stunden. Sie bereiten sich so gut wie möglich darauf vor.«

»Ist Hilfe unterwegs?«

»Die Flotte ist zwar über die Lage informiert«, sagte Lee, »aber keins unserer Schiffe befindet sich in der Nähe. Die Klingonen haben allerdings Verstärkung in Marsch gesetzt. Wir haben erfahren, daß zwei Schlachtkreuzer auf dem Weg sind, aber sie treffen erst in neun Stunden hier ein.«

»Wer weiß, wie viele feindliche Schiffe dann hier sind«, sagte Bogle.

»Wir tasten den Raum fortwährend im Fernbereich ab, Sir«, sagte Book, »weil wir diese Möglichkeit auch nicht ausgeschlossen haben.«

»Gut«, sagte Bogle. Er stand da und musterte den hinter den feindlichen Schiffen liegenden Planeten. »Wenn Kirk recht hat, ist es unsere Aufgabe, die Mutterschiffe aufzuhalten, bevor die Angreifer in die Atmosphäre eintauchen«, sagte er leise vor sich hin.

»Falls wir es können«, sagte Lee ebenso leise.

Bogle musterte weiterhin die fremden Schiffe und fragte sich, warum sie diesen Kampf überhaupt führten.

Kirk hauchte auf seine Hände, um sie zu wärmen. Die Nacht war bitterkalt geworden und bildete einen starken Kontrast zu der großen Hitze, die sie während des Tages erlebt hatten. Er fragte sich, wieviel von der Kälte, die er spürte, auf die Verbrennungen zurückzuführen war, die er sich bei den Angriffen zugezogen hatte. Falls er es nicht vergaß, wollte er sich bei Pille danach erkundigen, und wenn auch nur aus Neugier.

Kirk nickte Sulu in dem matten Licht zu, als dieser durch die Dunkelheit kam und ihn bei der Bewachung des klingonischen Intervallergeschützes ablöste.

Jeder von ihnen hatte nun drei Wachperioden durchgestanden. Nichts hatte sich geändert. Er hatte viermal mit Spock gesprochen, aber auch in der Kreisbahn war alles beim alten geblieben. Sie befanden sich in einer Sackgasse. Keiner verständigte sich mit dem anderen. Eigentlich waren es nur die Fremden, die sich zu reden weigerten. Die *Enterprise* funkte sie pausenlos auf allen Frequenzen an. Aber wenn die andere Seite nicht reden wollte, kam eben kein Gespräch zustande.

Kirk kehrte in die Wärme des Kuppelbaus zurück. Er ging langsam, um in der Finsternis nicht zu stolpern.

Noch eine Stunde bis Sonnenaufgang. Es war an der Zeit, die Verteidiger zu sammeln. Er war überzeugt, daß der nächste Angriff am Boden stattfand, denn in den letzten Stunden waren keine Luftangriffe mehr erfolgt. Nur ein Bodenangriff machte Sinn – falls an dieser Situation überhaupt irgend etwas Sinn ergab.

Im Inneren des Kuppelbaus wurde er von einer Wärme überspült, die der Kälte ihren scharfen Biß nahm. Als seine Arm- und Nackenmuskeln sich erwärmten, entspannten sie sich.

An der rechten Wand wachten Kahaq und McCoy über den auf einer Koje ausgestreckten Commander Kor. Der Kolonist Kerdoch saß allein an einem eisernen Eßtisch. Rathbone döste auf einem großen Stuhl. Sie hatte den Kopf zurückgelegt, ihr Mund stand leicht offen. Fähnrich Adaro lehnte an der Wand und war im Stehen eingeschlafen.

Kirk durchquerte den Raum und ging dorthin, wo McCoy neben Kor saß. Er konnte sich nicht erinnern, seinen alten Freund je so müde und niedergeschlagen gesehen zu haben. Er war eindeutig unzufrieden über den Zustand des klingonischen Offiziers und schien sich irgendwie die Schuld daran zu geben, daß er nicht mehr für ihn tun konnte.

Kirk kniete sich neben Kor hin, und McCoy schüttelte verhalten den Kopf, als wolle er dadurch zum Ausdruck bringen, wie es dem Mann ging. Kor war allem Anschein nach noch immer besinnungslos, sein

Zustand unverändert. Kirk wünschte sich, sein alter Rivale würde sich erholen. Im Moment konnten sie jede Hilfe brauchen, die sie kriegen konnten, um so besser standen dann ihre Überlebenschancen.

Außerdem – dies gestand er nur sich selbst ein, und auch das nur im Dunkeln – war Kor ein würdiger Gegenspieler. Die Vorstellung, sich dem klingonischen Imperium ohne Kor zu stellen, war einfach keine Herausforderung.

Kirk klopfte auf McCoys Knie. »Bleib bei ihm, Pille.«

McCoy nickte, ohne aufzuschauen.

Kirk wandte sich um und ging hinüber zu Kerdoch an den Tisch. Der klingonische Kolonist wirkte so zielbewußt und wütend wie in dem Augenblick, als er ihm an Bord des Schlachtkreuzers begegnet war.

»Zeit für die Vorbereitungen?« fragte Kerdoch.

Kirk ließ sich ihm gegenüber auf einen Stuhl fallen. »Ich fürchte, ja.«

»Was brauchen wir?« fragte Kerdoch so offen heraus wie die meisten Klingonen, die Kirk kannte.

»Jeden Kolonisten, der eine Waffe bedienen kann. Wenn die Angreifer es bis hierher schaffen, ist dies wahrscheinlich unsere letzte Verteidigungsstellung.«

»Man müßte sie in der Kreisbahn abfangen«, sagte Kerdoch ziemlich gelassen.

»Ganz meine Meinung«, sagte Kirk. »Kors Schiff und die beiden aus der Föderation werden alles tun, um jedes Shuttle aufzuhalten, das in unsere Richtung fliegt. Aber es ist ihnen schon beim letzten Mal nicht gelungen, sie völlig auszuschalten, also müssen wir damit rechnen, daß es ihnen auch diesmal nicht gelingt.«

»Einverstanden«, sagte Kerdoch. Er legte die Hände flach auf den Tisch und richtete sich auf. Er holte tief Luft, allem Anschein nach, um sich vorzubereiten. »Ich versammle die Krieger am Geschütz.«

Kirk schaute dem klingonischen Bauern hinterher, als

er sich umdrehte und den Kuppelbau verließ. Dann saß er allein am Tisch. Es mußte eine Möglichkeit geben, den Kampf zu verhindern. Hätten sie doch nur gewußt, warum die Angriffe erfolgten und wer die Angreifer waren.

Er kam sich so hilflos vor wie McCoy bei Kor. Er wußte, es mußte irgend etwas geben, das er tun konnte.

Aber was?

15

»Ich hab's!« sagte Scotty und schlug mit der Faust auf die Konsole. »Das ist es, Jungs!«

Die Technikertruppe schaute ihn an und lächelte. Es spielte keine Rolle, daß die Hälfte von ihnen Frauen waren: Wenn Scotty aufgeregt war, neigte er dazu, alle ›Jungs‹ zu nennen.

Und jetzt war er aufgeregt. Er hatte die Schirmmodifikationen berechnet, ohne sich Projeffs Zahlen auch nur anzuschauen. Projeff hatte bisher offenbar noch nichts gefunden, sonst hätte er sich längst gemeldet, um mit seinem Wissen zu prahlen...

Und um es ihm mitzuteilen.

»Es ist ganz einfach«, sagte er zu dem weiblichen Fähnrich neben ihm. Sie hatte langes schwarzes Haar und ähnelte seiner Mutter – solange sie sich nicht umdrehte und eine Augenfarbe zeigte, die bei Menschen normalerweise nicht vorkam. »Wir erzeugen Geisterschirme, harmonische Echos, die... Ach, machen Sie's einfach.« Er reichte ihr seine Berechnungen, und die anderen versammelten sich um sie.

Dann drückte er den Kommunikationsknopf. »Scott an Brücke.«

»Hier ist Spock.« Die Antwort des Vulkaniers kam, wie immer, sofort und trocken.

»Mr. Spock, ich habe das Schutzschirmproblem gelöst.«

»Ich wußte gar nicht, daß wir ein Schutzschirmproblem hatten, Mr. Scott.«

Scotty blinzelte. Normalerweise wußte Spock stets als erster von derlei Dingen. Aber nun, da der Captain nicht mehr an Bord war, mußte er natürlich über viele andere Dinge nachdenken. »Ist Ihnen nicht aufgefallen, wie schnell die Fremden unsere Schirme geschwächt haben – und das auch noch mit altmodischen Waffen?«

»Nun«, sagte Spock, »jetzt, da Sie es erwähnen, fällt mir ein, daß ich gefragt habe, wie schnell unsere Schirme nachgegeben haben. Aber ich habe es nicht für übermäßig ungewöhnlich gehalten.«

»Nicht für übermäßig ungewöhnlich? Mr. Spock, dieses Schiff kann uns gegen die Feuerkraft der Klingonen und jede romulanische Hinterlist beschützen, und ebenso gegen ...«

»Ich nehme an, Sie haben das Problem gelöst, Mr. Scott«, sagte Spock mit noch trockenerer Stimme als üblich.

»Natürlich habe ich es gelöst, Mann! Und sogar noch um eine Sekunde schneller als der junge Projeff von der *Farragut*.«

»Ich bin sicher, daß der Captain sich freuen wird. Wie lange brauchen Sie für die Modifikationen?«

»Es könnte ein oder zwei Stunden dauern, Sir«, sagte Scotty.

»Eine präzisere Einschätzung wäre mir lieber«, sagte Spock.

»Meine Einschätzung *ist* präzise«, sagte Scotty.

»Vielleicht brauchen wir die Schutzschirme aber früher«, sagte Spock.

»Wenn Sie sie brauchen«, sagte Scotty, »geben Sie mir Bescheid. Wir arbeiten so schnell, wie wir können.«

Er schaltete ab. Dann bat er Uhura, ihn mit Projeff zu verbinden.

Als Projeff auf dem Monitor erschien, beugte er sich gerade über seine Konsole. Sein Haar stand in alle Richtungen ab, und er hatte einen Schmutzfleck unter dem Auge.

»Wir haben die Lösung, alter Knabe«, sagte Scotty ganz schön stolz. »Ich schick dir jetzt die Daten.«

»Ich hoffe, du hast nicht vor, die harmonischen Oberschwingungen aufzudrehen«, sagte Projeff. »Das haben wir doch schon mal versucht, und …«

»Nein, mein Junge. Es ist eine elegante Lösung.« Scotty grinste. »Mit freundlicher Genehmigung der *Enterprise.*«

Spock schaute auf die Uhr.

Es war eine Stunde her, seit er mit Scott gesprochen hatte. Bisher hatte er noch kein Wort über die Schirmmodifikation vernommen.

Falls der Captain recht hatte und der Bodenangriff auf die Kolonie bei Sonnenaufgang erfolgte – zuzüglich der entsprechenden Zeit, die eine Landeeinheit brauchte, um aus der Kreisbahn auf den Planeten zu gelangen –, würde der Feind seine Streitkräfte innerhalb der nächsten 62 Sekunden in Marsch setzen.

Er betätigte den Komknopf. »Mr. Scott, wie kommt Ihre Arbeit an den Schutzschirmen voran?«

»Wir sind sozusagen gleich fertig.«

»Gut«, sagte Spock. »Denn ich glaube, ich werde sie in sechzig Sekunden brauchen.«

»Sie *glauben* es?«

Spock konnte ja wohl kaum sagen, daß er es *wußte.* »Aufgrund der Berechnungen des Captains und der meinen …«

»Ich wollte Sie nur aufziehen, Sir«, sagte Scotty. »Sie kriegen Ihre Schutzschirme schon. Hätten Sie etwas dagegen, wenn wir sie vorher ein wenig testen …?«

»Das werden wir sofort tun«, sagte Spock und unterbrach die Verbindung.

Die fünf feindlichen Schiffe auf dem Bildschirm blieben in Position. Zwar schien sich nichts geändert zu haben, aber Spock war mit dem Captain einer Meinung. Unter diesen Umständen bestand der nächste logische Schritt für die Angriffsstreitmacht in einer Bodenattacke.

Und zwar bald.

»Alarmstufe Rot«, sagte Spock und trat von der wissenschaftlichen Station herunter, um sich neben dem Kommandosessel des Captains aufzubauen. Er hielt sich mit einer Hand an der Rückenlehne fest.

Rings um ihn her gingen rote Lampen an, und die Sirene erfüllte die Brücke mit einem schrillen Hintergrundklang.

»Photonentorpedos scharfmachen, Fähnrich Haru«, sagte Spock zu dem jungen Mann am Geschützstand.

»Jawohl, Sir«, sagte Haru.

Spock wandte sich dem Bildschirm zu. »Mr. Chekov, die Entfernung zwischen der *Enterprise* und den Feindschiffen um genau fünfzig Prozent verringern.«

»Aye, Sir«, sagte Chekov.

»Aber langsam, Fähnrich«, sagte Spock. »Ein Zehntel Impulskraft.«

»Aye, Sir«, sagte Chekov, ohne den Blick von seiner Konsole zu heben.

Die fünf Feindschiffe auf dem Bildschirm wurden schrittweise größer.

»Funkspruch von der *Farragut*, Sir«, meldete Lieutenant Uhura.

»Nur Tonübertragung«, sagte Spock. »Und kodieren Sie das Gespräch, Lieutenant.«

Er wollte sichergehen, daß er die vor ihm befindlichen Schiffe nicht aus den Augen verlor. Er hatte einen möglichen Angriffspunkt, eine Schwachstelle bei den Schiffen ausgemacht. Im Moment des Einsatzes der Atmosphärenshuttles mußten die Mutterschiffe die Hangartore öffnen. Dann waren sie weniger manövrierfähig und verletzlicher. Er hatte vor, den Vorteil dieser Schwäche zu nutzen, aber dazu mußte die *Enterprise* zuerst in Position sein.

»Spock«, sagte Captain Bogles Stimme mit voller Kraft über den Lautsprecher, »was machen Sie da?«

»Wir bereiten uns vor, Sir.«

»Auf was denn?« fragte Bogle. »Auf die ewigen Jagdgründe?«

»Darauf, den bevorstehenden Angriff auf die planetare Kolonie aufzuhalten, Sir. – Spock, Ende.«

Auf dem Bildschirm tauchte plötzlich eine Öffnung über dem Heck von zweien der keilförmigen Schiffe auf. Die Hangartore standen offen. Captain Kirk hatte sich hinsichtlich des Zeitpunkts des Angriffs nicht verrechnet.

»Mr. Haru«, sagte Spock, ohne den Blick von den offenen Hangartoren zu nehmen. Er hatte die Aufzeichnung der letzten Ausschleusung studiert und wußte genau, was er dort zu sehen bekommen würde. »Ziel ist die Mitte beider Öffnungen. Torpedos abfeuern.«

Die *Enterprise* ruckte leicht, als die vier Torpedos auf ihre Ziele zujagten – zwei auf jedes Schiff.

»Lieutenant Uhura, informieren Sie den Captain über die Lage.«

»Jawohl, Sir«, sagte sie.

»Weiter auf die Ziele feuern, Mr. Haru«, sagte Spock, als der nächste Angreifer seine Waffen auf die *Enterprise* richtete.

Das Schiff ruckte leicht unter den Volltreffern, aber die Stabilisatoren hielten es aufrecht.

Spock sah, daß die Treffer wenig Schaden angerichtet hatten. Offenbar hatten sich Scotts Schutzschirmmodifikation als wirkungsvoll erwiesen. Wenigstens im Moment.

»Schutzschirme bei sechsundneunzig Prozent und stabil«, meldete Chekov.

Spock beobachtete, wie die *Farragut* volles Phaserfeuer auf das Schiff eröffnete, das die *Enterprise* angriff. Sie lenkte es kurz ab, richtete aber nur wenig Schaden an.

Der klingonische Schlachtkreuzer stürzte sich in den Kampf, führte einen Standardangriff gegen das ihm nächste fremde Schiff durch und feuerte seine Intervaller ab.

Die beiden Hangartore auf dem Rücken der gegnerischen Schiffe öffneten sich weiter.

Haru feuerte zwei weitere Torpedos auf jedes Schiff ab. Alle vier Torpedos verschwanden in den Hangaröffnungen der Schiffsseiten. In den Hangaren flammten rote und gelbe Explosionen auf.

Kurz darauf ließ Haru der ersten und zweiten Salve eine dritte folgen. Auch sie fanden ihr Ziel.

Als die Hangare von hellrotem und gelbem Feuer erfüllt wurden, schienen die Feindschiffe im All zu schaukeln.

Spock hatte sich ausgerechnet, daß die schwächste Zone der Angreiferschiffe innerhalb der Hangarräume lag. Und nun sah es so aus, als hätte er recht gehabt. »Weiterfeuern«, befahl er.

Die *Enterprise* erbebte unter Treffern, die aber von ihren Schutzschirmen neutralisiert wurden. Spock hielt sich an der Lehne des Kommandosessels fest und bewahrte sein Gleichgewicht.

Vier weitere Torpedos verließen die *Enterprise* in dem Moment, in dem der Feind sie mit seinen Phasern traf.

Aus den Flammen und Explosionen der Hangare der Fremden tauchten zwei große Truppentransporter auf. Sie waren zehnmal so groß wie die kleinen Angriffsmaschinen, die sie zuvor ausgespuckt hatten.

»Schutzschirme bei sechzig Prozent«, rief Chekov, um das Gekrache des die Schirme treffenden Phaserfeuers zu übertönen.

»Truppentransporter anvisieren, Mr. Haru«, befahl Spock. »Phaser abfeuern.«

Sofort zuckte das Phaserfeuer aus der *Enterprise* hervor, und einer der Truppentansporter erhielt einen Volltreffer. Sein Schutzschirm leuchtete wie ein roter Ball um das Schiff auf.

Im gleichen Moment feuerte die *Farragut* eine volle Salve auf den gleichen Transporter ab.

Der rote Schirm des kleinen Schiffes blitzte hellrot auf, wurde dann blau und verschwand in einer Explosion.

»Erwischt«, sagte Chekov.

»Aber das andere ist entkommen«, sagte Spock. Im gleichen Augenblick tauchte es in die Lufthülle des Planeten ein und war außer Reichweite.

Erneut bebte die *Enterprise* unter dem Aufschlag weiterer Phasertreffer. Spock hielt sich fest und ließ den Bildschirm nicht aus den Augen.

»Schutzschirme bei dreißig Prozent«, meldete Chekov.

»Feuer erwidern, Mr. Haru«, befahl Spock. »Mr. Chekov: Ausweichmanöver. Suchen Sie einen möglichen Kurs, der uns in Transporterreichweite zum Captain bringt.«

»Jawohl, Sir«, sagte Chekov.

»Sir, wir haben eine Nachricht von der *Farragut*«, sagte Lieutenant Uhura. »Ihre Schirme geben gleich nach. Sie ziehen sich zurück.«

Spock stellte fest, daß sich auch der klingonische Schlachtkreuzer bedeckt hielt.

»Mr. Chekov, wir gehen in eine Position, die die *Farragut* schützt, und bleiben dort.«

»Aber, Sir«, sagte Chekov, »der Captain ...«

»Berechnen Sie weiter einen Kurs, Fähnrich«, sagte Spock. »Aber zuerst bringen Sie uns vor die *Farragut*.«

»Aye, Sir«, sagte Chekov.

Spock blieb am Kommandosessel des Captains stehen und beobachtete, wie die fremden Schiffe sich wieder zu einer Gruppe formierten. Die Situation war verfahren.

Der Angriff hatte einen Truppentransporter vernichtet und zwei der großen Schiffe beschädigt. Doch es reichte nicht aus, um die Kräfteverhältnisse entscheidend zu verändern. In diesem Moment bestand die einzige Hoffnung für das Überleben der *Enterprise* und der *Farragut* darin, daß die klingonische Verstärkung in sechs Stunden und sieben Minuten eintraf.

Aber wie sollte der Captain einem Angriff am Boden so lange widerstehen? Die Möglichkeiten waren zu vielfältig, als daß sie hätten berechnet werden können.

»Mr. Spock«, sagte Lieutenant Uhura, »Captain Bogle bedankt sich für die gute Arbeit.«

Spock nickte. Er hatte die Zeit richtig berechnet. Aber er hatte einen Fehler gemacht: Er hatte die Verteidigung der feindlichen Schiffe unterschätzt. Er würde diesen Fehler nicht noch einmal machen.

»Haben Sie den Captain über die Ankunftszeit des Feindes informiert, Lieutenant?«

»Jawohl, Sir«, sagte Uhura.

»Gut. Mr. Scott soll auf die Brücke kommen.« Spock hatte eine Theorie, die noch der Ausarbeitung bedurfte. Und falls sie funktionierte, konnte er vielleicht lange genug in Transporterreichweite kommen, um den Captain und seine Leute an Bord zu holen.

»Wir haben Gesellschaft, Sir«, meldete Chekov.

»Gesellschaft, Mr. Chekov?« Spock stellte die Frage und schaute auf den Bildschirm. In der Nähe der großen fremden Schiffe schoben sich drei weitere in Position.

»Sie waren auf der Rückseite des Planeten«, sagte Chekov. »Dadurch haben unsere Sensoren sie nicht erfaßt.«

»Hoffen wir, daß die Klingonen bald hier sind«, sagte Fähnrich Haru.

Spock sagte nichts. Er hatte gerade schnell berechnet, wie die Chancen standen, den Captain jetzt zu retten. Doch sie waren so gering, daß nicht einmal Kirk einen Versuch gemacht hätte.

Vivian Rathbone stand im matten Licht des Morgens vor dem Kuppelbau und schob ihre Hände unter die Achseln, damit sie warm blieben. Ihr Atem bildete silberne Kristalle vor ihrem Mund. Sie wußte, in wenigen Stunden würde sie sich – falls sie dann noch lebte – die Kälte zurückwünschen. Aber der Gedanke half ihr jetzt auch nicht. Tagsüber hatte sie den Eindruck gehabt, sie würde sich nie wieder abkühlen; jetzt glaubte sie, ihr würde nie wieder warm werden. Falls es für sie einen Planeten gab, der die Hölle symbolisierte, dann dieser.

Die klingonischen Kolonisten versammelten sich allmählich in der Umgebung des Intervallergeschützes: Männer, Frauen, Heranwachsende, sogar Kinder, die ihr kaum älter als zehn erschienen. Alle trugen irgendwelche Waffen; alle waren bereit, für ihre Heimat zu kämpfen.

In dieser Hinsicht waren die Klingonen wie die Menschen und die meisten anderen Völker, die sie kannte. Sie fochten für ihre Heimat. Aber der Anblick bewaffneter Kinder gefiel ihr nicht. Daran schien ihr irgend etwas nicht richtig zu sein.

Captain Kirk und Lieutenant Sulu traten von der Geschützplattform herunter und kamen auf sie zu. Sie dermaßen zielgerichtet auf sich zukommen zu sehen, verursachte ihr ein mulmiges Gefühl.

Sie nahm einen tiefen Atemzug der kalten Luft und beschwor sich, ihre Angst zu beherrschen. Sie war offizielle Angehörige einer Landeeinheit der Raumflotte.

Sie war ausgebildet worden, das zu tun, was getan werden mußte. Und sie würde es tun.

»Geht's besser?« sagte Captain Kirk.

»Viel besser«, sagte sie.

»Gut«, sagte er. Er warf einen Blick auf die versammelten Klingonen. »Ich schicke die Kinder zurück. Wenn die Fremden uns überrennen, können wir nur hoffen, daß sie sie verschonen.«

»Eine gute Entscheidung«, sagte sie. Innerlich seufzte sie erleichtert, weil der Captain ebenso empfand wie sie.

Kirk lächelte sie an. »Für Sie habe ich auch etwas zu tun.«

Das mulmige Gefühl in ihrem Magen war wieder da, aber es gelang ihr »Was Sie wollen, Sir« zu sagen.

»Für den Fall, daß wir angegriffen werden«, sagte der Captain, »gehen Sie und Sulu an der Seite der Ortschaft in irgendeinem Graben in Deckung. Graben Sie sich irgendwo hinter den feindlichen Linien ein.«

»Und wer bedient das Geschütz?« fragte Sulu.

Kirk lächelte ihn an. »Ich war zu meiner Zeit ein guter Schütze. Kerdoch wird mir helfen.«

In diesem Moment piepste sein Kommunikator. Vivian schaute zu, als er ihn mit geübter Entspanntheit aufschnippte und sich meldete.

»Captain«, sagte Lieutenant Uhura, deren Stimme sehr deutlich zu hören war, »die Hangartore von zwei Feindschiffen öffnen sich. Mr. Spock ordnet an, sie anzugreifen und sich dabei auf die Hangartore zu konzentrieren.«

Kirk nickte. »Gut mitgedacht. Sagen Sie mir Bescheid, wenn irgendwelche Angreifer es bis in die Atmosphäre schaffen.«

Er klappte den Kommunikator zu. »Über uns geht die Schlacht los. Gehen Sie in Stellung. Wir müssen davon ausgehen, daß Spock und Bogle sie nicht aufhalten können.«

»Jawohl, Captain«, sagte Sulu. »Hier entlang, Commander.«

Er drehte sich um und verschwand in dem matten Licht. Einen Moment lang konnte Rathbone ihre Beine nicht bewegen.

»Gehen Sie«, sagte Kirk. Er schenkte ihr einen Blick voller Verständnis. »Ich muß die Kinder aus der Schußlinie nehmen.«

»Verstanden, Captain«, sagte sie. Sie legte ihre tauben Finger auf den Phaser, nickte dem Captain zu und eilte hinter Sulu her.

Kurz darauf betrat sie wieder die geschwärzten Felder. Diesmal war sie nicht darauf aus, Gewächse zu studieren. Diesmal mußte sie sich hinter den feindlichen Linien verstecken, um einen Planeten zu verteidigen, den sie nicht ausstehen konnte – und eine klingonische Kolonie, die sie und ihre Arbeit übertrumpft hatte.

Manchmal war das Leben wirklich eigenartig.

Kirk hatte nur eine Minute gebraucht, um Kerdoch zu überzeugen, daß Kinder nicht an die Front gehörten. Und daß die bestmögliche Überlebenschance für die Kleinen darin bestand, daß sie sich ohne Waffen in die Kuppeln zurückzogen.

Zuerst hatte Kerdoch zwar argumentiert, so sei nun mal die klingonische Lebensweise, aber er schien selbst nicht ganz davon überzeugt zu sein. Nach einem kurzen Wortwechsel hatte er Kirk zugestimmt. Kurz darauf hielten sich nur noch Erwachsene und Halbwüchsige in der Umgebung auf.

Kirk stand da und schaute zu, als die klingonischen Kolonisten im schwachen Morgenlicht Positionen am Rand der Kolonie bezogen. Alle trugen Kuppelplatten, für den Fall, daß sie wieder mit Plasmastrahlen angegriffen wurden.

Kirk blies, in dem müßigen Versuch sie zu wärmen, auf seine Hände. Er wäre jetzt am liebsten an Bord der *Enterprise* gewesen, mitten in der Schlacht, die nun dort oben tobte. Doch statt dessen war er hier und hatte fast keine Waffen. Und nur eine sehr geringe Chance, den Kampf zu gewinnen.

Sein Kommunikator piepste. Er schnippte ihn auf. »Also los.«

»Captain«, meldete sich Spocks Stimme laut und deutlich. In diesem Moment wurde Kirk klar, daß er sich um sein Schiff und seine Mannschaft Sorgen gemacht hatte. Große Sorgen. Er war nur zu beschäftigt gewesen, darüber nachzudenken.

»Zwei Truppentansporter haben versucht, die fremden Schiffe zu verlassen. Wir haben einen vernichtet, aber dem anderen ist es gelungen, in die Atmosphäre einzutauchen. Er müßte in zwölf Minuten und zehn Sekunden auf dem Planeten sein.«

»Verstanden«, sagte Kirk.

Sie kamen also, wie er es befürchtet hatte. Es mußte eine Möglichkeit geben, sie aufzuhalten.

»Wie ist der Zustand der *Enterprise*?«

»Die *Enterprise* und die *Farragut* haben den Kampf ohne Schaden überstanden, Captain. Mr. Scott arbeitet fortwährend daran, unsere Schutzschirme gegen ihre Waffen zu präparieren.«

»Die anderen Schiffe?«

»Wir haben keine Meldung vom Kreuzer *Klothos* erhalten. Es haben sich drei weitere Schiffe zur feindlichen Streitmacht gesellt. Sie haben nun sieben funktionierende Schiffe und ein Wrack in der Kreisbahn.«

»Ich nehme an, Sie haben sich zurückgezogen«, sagte Kirk.

»Im Moment ja«, sagte Spock. »Wir hatten keine andere Wahl.«

Das wußte Kirk. Trotzdem war es überraschend, so

etwas aus Spocks Mund zu hören. »Wann kommt die Verstärkung, die die Klingonen angekündigt haben?«

»In vier Stunden und einer Minute, Sir.«

Doch selbst dann war es noch kein ausgewogener Kampf. Allem Anschein nach waren die fremden Schiffe ebenso stark wie die ihren. Sieben gegen fünf ...

»Geben Sie mir Bescheid, wenn Sie etwas Neues wissen, Mr. Spock. – Kirk, Ende.«

Er klappte den Kommunikator zu und ging zu Kerdoch ans Intervallergeschütz. Wenn ihm nicht schnell etwas einfiel, würde es ein sehr langer Tag werden. Und vielleicht sogar sein letzter.

16

Kerdoch stand auf der Plattform des Intervallergeschützes hinter den schützenden Kuppelplatten und schaute über die schwarzen Felder in das orangenfarbene Licht des Sonnenaufgangs. Nun war es endlich soweit. Bald stand er ihnen von Angesicht zu Angesicht gegenüber: jenen, die für die Vernichtung des Getreides und den Tod seiner Freunde verantwortlich waren.

Das feindliche Schiff war gelandet. Kurz bevor die Sonne K'Tuj aufgegangen war.

Rings um die Ortschaft hatten sich seine Nachbarn aufgereiht und hielten die Waffen im Anschlag. Heute würden sie alle bei der Verteidigung ihres Besitzes umkommen. Es war eine ehrenwerte Art des Sterbens.

Neben ihm im Unterstand stand der Mensch namens Kirk. Seine Hand lag auf dem Geschütz. Auch er war bereit, um diesen Planeten und um ihre Kolonie zu kämpfen oder zu sterben. Kerdoch hatte die Nacht damit zugebracht, sich über sein Tun zu wundern. Man hatte ihm die Menschen stets als Feiglinge beschrieben, als Schlächter, als ehrlose Tiere. Und doch gab es hier einen Captain, der wußte, was Ehre war. Er und seine Leute hätten sich irgendwo in den Bergen verstecken können. Er brauchte nicht zu bleiben, um klingonische Heimstätten zu schützen. Aber er tat es trotzdem. Ohne sich zu beschweren. Und mit großem Mut.

Der Menschen-Captain hatte Ehre.

In der Ferne konnte Kerdoch das Schiff der Feiglinge

groß und glänzend hinter den verbrannten Feldern erkennen. Eine Reihe von Gestalten schaute in Richtung Kolonie. Soldaten, die sich für einen Angriff aufstellten.

Sie gingen auf zwei Beinen, wie Klingonen.

»Wie viele sind es Ihrer Meinung nach?« fragte der Menschen-Captain.

»Dreihundert«, sagte Kerdoch. »Und sie tragen Rüstungen.«

Während Kerdoch sprach, setzte sich die Reihe in Richtung auf die Kolonie in Bewegung.

Der Menschen-Captain schnippte seinen Kommunikator auf. »Spock, sie kommen. Können Sie irgend etwas unternehmen?«

Kerdoch hörte die Antwort aus dem Schiff der Menschen deutlich. »Nein, Captain. Sie halten uns außer Reichweite.«

»Verstanden. – Kirk, Ende.«

Der Menschen-Captain klappte den Kommunikator zu und packte die Griffe des Geschützes fest mit beiden Händen.

»Das Geschütz hat eine Reichweite bis zum Feldrand«, sagte Kerdoch zu ihm. »Es war eine Überlegung bei der Feldgestaltung.«

»Gut ausgedacht«, sagte der Mensch. »Ich warte, bis sie die Linie überschritten haben, dann eröffne ich das Feuer.«

Kerdoch sagte nichts. Er zog langsam seinen Intervaller und überprüfte ihn noch einmal. Er war geladen und feuerbereit. Er würde viele Gegner mit ins Grab nehmen. Die sich nähernden Feiglinge hatten für den Angriff auf sein Heim und seine Familie den Tod verdient. Heute würde die Rache süß schmekken.

Er warf einen Blick auf die Linie der Verteidiger. Seine Gattin und sein ältester Sohn duckten sich hinter eine Kuppelbauplatte. Beide hielten Waffen in den

Händen und musterten den sich nähernden Feind. Er spürte, daß der Stolz seine Brust schwellen ließ.

Die Linie der feindlichen Gestalten überquerte die schwarzen Felder. Ihre glänzendblauen Rüstungen reflektierten das Licht der frühen Sonnenstrahlen.

Der Menschen-Captain wartete.

Kerdoch drehte sich zu ihm um. War er vor Furcht erstarrt? Nein, er schien die Szene in ihrer Gesamtheit zu studieren. Sein Blick war kalt und abschätzend. Dieser Mensch würde in einer Schlacht nicht leicht erstarren.

»Okay«, sagte der Mensch. »Jetzt!« schrie er dann.

Dann feuerte Kirk das Intervallergeschütz ab, und das Krachen betäubte alle im Inneren des Unterstandes.

Dann feuerte er erneut.

Und noch einmal.

Und noch einmal.

Kerdoch stand, ignorierte den Schmerz in seinen Ohren, als der erste Schuß des Menschen zwei Soldaten in der Mitte der Linie fällte. Die Kraft des Stoßes warf einige weitere nach hinten.

Sein zweiter Schuß hatte den zehn Gestalten daneben gegolten. Auch diesmal hatte er nicht gefehlt.

Sein dritter Schuß richtete sich auf die nächsten zehn, und auch diesmal schoß er nicht vorbei.

Die feindlichen Truppen rückten weiter vor.

Kirk feuerte weiter, und der Beschuß riß rechts und links große Löcher in die feindliche Front.

Plötzlich, bevor die gegnerischen Soldaten in Phaserreichweite der Kolonisten kamen, hielten sie an. Sie wandten sich wie ein Mann um und marschierten mit dem gleichen trottenden Schritt zu ihrem Schiff zurück.

Der Menschen-Captain stellte das Feuer sofort ein, auch wenn er zahlreiche Gegner auf dem Rückzug von hinten hätte treffen können.

Kerdoch nickte zustimmend. Es war unehrenhaft,

einem Feind in den Rücken zu schießen. Die Menschen verhielten sich in der Schlacht tatsächlich ehrenhaft. Er wollte dies nie vergessen.

»Sie wissen mit dem Geschütz umzugehen«, sagte Kerdoch.

Der Menschen-Captain nickte und rieb sich die Ohren. »Danke. Aber ihr solltet diese Dinger mit Schalldämpfern versehen.«

»Schalldämpfer?« fragte Kerdoch. Er hatte das Wort noch nie gehört.

»Schon gut«, sagte Kirk, als die gegnerischen Truppen sich hinter die Feldgrenze zurückzogen. Sie ließen zahlreiche in glänzende Rüstungen gekleidete Leichen auf dem schwarzen Boden zurück.

Kerdoch spürte das Gefühl der Rache in seinem Blut, als er die Leichen musterte. Es war gut, daß der Feind auf den Feldern gefallen war, die er vernichtet hatte. Es war irgendwie richtig. Er hätte sich noch besser gefühlt, wenn er sie mit bloßen Händen hätte umbringen können.

Vivian Rathbone lag mit dem Gesicht nach unten in einem tiefen Graben und bemühte sich, ihren Körper noch tiefer in die harte Erde zu pressen.

Feine schwarze Asche bedeckte den gesamten Graben, sie eingeschlossen. Ihre geschwärzten Hände hielten den Phaser schußbereit. Sie schüttelte sich und bemühte sich, sich einzureden, daß es an der Kälte lag. Aber sie konnte sich nichts vormachen.

Sie hatte Angst. Große Angst.

Während sämtlicher Übungen auf den Schießplätzen ihrer Jugend hatte sie sich stets gefragt, wie wohl ein echter Kampf aussah. Nun würde sie es bald erfahren.

Ihr gegenüber lag Lieutenant Sulu ebenso flach im Graben, den Tricorder unters Kinn geklemmt. Er hatte ihn während der letzten fünf Minuten fortlaufend studiert, aber ihr war es eher wie eine Stunde vorgekommen.

»Sie bewegen sich«, sagte Sulu leise. »Sie müßten in etwa sechzig Sekunden rechts an uns vorbeikommen.«

Rathbone nickte nur, denn sie hatte zu wenig Vertrauen in ihre Stimme, um etwas zu sagen. Es war ihr unverständlich, wie der Captain, Sulu und andere Angehörige einer Landeeinheit sich je an Gefahren dieser Art gewöhnen konnten. Die Furcht hatte ihren Magen irgendwie verknotet, und sie hatte keine Ahnung, wie sich bewegen sollte, wenn sie tatsächlich kämpfen mußte.

Sie holte tief und bebend Luft und hielt sich an ihrem Phaser fest. Nicht mal die Fähigkeit, ein Ziel aus fünfzig Schritt Entfernung zu treffen, trug im Moment zu ihrer Beruhigung bei. Sie hatte gehört, daß manche Menschen in Situationen, bei denen es um Leben und Tod ging, erstarrten, während es anderen gelang, ihre Angst zu überwinden und zu kämpfen. Sie hoffte zwar, daß sie zu letzteren gehörte, aber noch mehr als den Tod fürchtete sie, sie könne zu denen gehören, die erstarrten.

Es sah so aus, als würde sie es bald in Erfahrung bringen.

Plötzlich bebte der Boden von einer Explosion.

Sie zuckte zusammen, aber Sulu legte eine Hand auf ihren Arm. »Das Intervallergeschütz«, sagte er, als die nächste Explosion den Boden unter ihrem Bauch erzittern ließ. Sie kam ihr näher vor.

»Der Captain?« hauchte sie.

Sulu nickte, ohne den Blick vom Tricorder zu nehmen.

Eine dritte und eine vierte Explosion ließen den Boden unter ihr erzittern. Dann krachte es pausenlos weiter.

Der Boden schien fortwährend unter ihr zu beben, als wären die Explosionen miteinander verbunden.

Dann war urplötzlich alles still.

Unnatürlich still.

War der Captain umgekommen?

Hatten die Truppen die Kolonie schon erreicht? Sie wäre am liebsten aufgesprungen, um sich umzuschauen, aber sie blieb am Boden und traute sich kaum zu atmen.

»Sie ziehen sich zurück«, sagte Sulu leise. Er schaute zu ihr auf und lächelte durch den schwarzen Ruß, der sein Gesicht bedeckte. »Der Captain hat sie mit dem Geschütz in die Flucht geschlagen.«

Rathbone fühlte sich plötzlich schwerer, als wolle ihr Körpergewicht ein Loch in den unter ihr befindlichen Boden bohren.

»Dem Himmel sei Dank«, brachte sie heraus. Dann nahm sie den ersten echten Atemzug seit geraumer Zeit, atmete langsam aus und wieder ein.

Es freute sie zu sehen, daß Sulu das gleiche tat.

Kirk stand neben Kerdoch am Rand der Geschützplattform und musterte die Angreiferleichen, die auf den verbrannten Feldern lagen. Es waren mindestens fünfzig, aber er bezweifelte, daß sie alle tot waren. Viele waren wahrscheinlich nur verletzt.

Was würden die Angreifer nun tun? Bargen sie die Verletzten? Griffen sie erneut an?

Und warum hatten sie sich zurückgezogen? Wenn sie die Kolonie überrennen wollten, warum marschierten sie dann nicht einfach weiter? Sie hatten zwar Verluste gehabt, aber doch nie im Leben so hohe, um den Erfolg ihres Unternehmens zu verhindern.

Doch bei einem Beschuß unter einem Intervallergeschütz hätte er an ihrer Stelle ebenfalls zum Rückzug geblasen. Vielleicht lag darin der Schlüssel. Was den Bodenangriff anbetraf, hatte er sich nicht geirrt. Und ihren Rückzug hätte er ebenso veranlaßt. Vielleicht unterschied sich ihre Denkweise nicht sehr von der eines Föderationsmilitärs.

Er schnippte seinen Kommunikator auf. »Mr. Sulu, wo sind Sie?«

»In einem Graben. Rechts von dort, wo sie den Rückzug angetreten haben.«

Kirk schaute in die angegebene Richtung. Einer seiner Schüsse hatte gleich neben Sulus Stellung vier Angreifer niedergemäht. Vielleicht konnte er die Angreifer zu einem Gespräch bewegen, wenn er ihre Verwundeten zurückgab.

»Mr. Sulu, prüfen Sie mit Rathbone neben ihrer Stellung die feindlichen Verluste. Falls Sie einen verwundeten Soldaten finden, bringen Sie ihn her.«

»Verstanden«, sagte Sulu.

Kirk drückte seinen Kommunikator. »Pille, ich brauche dich sofort am Geschütz.«

»Bin unterwegs«, sagte McCoy.

Draußen auf dem geschwärzten Feld erhoben sich zwei Gestalten aus einem Graben und robbten auf einen gestürzten feindlichen Soldaten zu.

»Was scheren Sie die Toten?« fragte Kerdoch. »Im Kampf fällt man eben. Sie haben ihre Ehre.«

»Weil Sie vielleicht, ebenso wie Kor dort in der Kuppel, gar nicht tot sind.«

»Aber sie sind unsere Feinde«, sagte Kerdoch, als sei dies genug; als müsse Kirk seine Einstellung dazu kennen.

»Ja, das sind sie«, sagte Kirk und fügte stumm hinzu: *Aber du bist es auch.*

Nach dem Befehl des Captains war es Rathbone gelungen, sich aufzurichten und neben Lieutenant Sulu aus dem Graben zu klettern. Die zweite Sonne war gerade im Begriff, über den Horizont zu kriechen, und sie spürte schon jetzt die Hitze des kommenden Tages. Sie vertrieb die Kälte, die sich in ihrem Körper eingenistet hatte.

Zwanzig Schritte vor ihr lag ein blaugepanzerter Soldat mit dem Gesicht auf dem Boden. Das Licht wurde von seiner Rüstung wie von einem Spiegel zurückgeworfen.

Sie schaute sich um. Rechts von ihr befanden sich das feindliche Schiff und die gegnerischen Truppen. Links von ihr lag die Kolonie. Sie kam sich vor, als stünde sie vor der ganzen Welt nackt auf einer Bühne. Auch wenn Sulu neben ihr war, sie hatte sich noch so verletzlich und zur Schau gestellt gefühlt.

Sie schlichen beide geduckt voran und achteten darauf, kein Ziel abzugeben. Dann erreichten sie den gefallenen Fremdling, der auf der Seite lag und ihnen den Rücken zudrehte. Ohne seine Rüstung zu berühren, bewegten sie sich um ihn herum, bis sie ihn von vorn sahen.

Das Gesicht im Inneren des Helms war humanoid und wurde von langem schwarzem Haar umrahmt. Das Wesen hatte dichte schwarze Brauen. Dicke Haarsträhnen hingen in seine Stirn. Die Nase lag flach am Gesicht an und verlieh ihm das Aussehen eines Löwen.

Außerdem war der Soldat eindeutig tot.

Sulu nahm die gewehrähnliche Waffe des Toten an sich und pirschte sich an den nächsten Gefallenen heran. Er war im Gesicht weniger behaart und eindeutig jünger. Er war auch noch am Leben, denn seine Augen funkelten grün auf, als er sie anschaute.

Seine Augen überraschten Rathbone. Aus irgendeinem Grund hatte sie in ihrer Gedankenwelt kein lebendiges Geschöpf hinter der Rüstung erwartet. Bis jetzt hatte der Feind nur aus sich schnell bewegenden Flugmaschinen und Wellen tödlicher Hitze bestanden. Doch nun hatte er Augen und ein Gesicht.

Als Sulu ihm die Waffe aus der Hand nahm, rührte

sich der Soldat nicht. Er tat nichts, um ihn daran zu hindern.

Sulu untersuchte den Fremdling mit seinem Tricorder. »Sieht so aus, als hätte er sich beide Beine gebrochen«, sagte er zu Rathbone.

Sie hatte es auch schon vermutet, denn seine Beine waren unter ihm auf groteske Weise verdreht. »Ist er transportfähig?«

»Ich weiß nicht«, sagte Sulu. Er schaute sich um, dann beugte er sich über den Soldaten. »Können Sie mich hören?«

Der Fremdling nickte hinter der Helmscheibe. Sein Blick huschte von Sulu zu Vivian, dann wieder zurück.

»Haben Sie Schmerzen?« fragte sie. »Bluten Sie?«

Er schüttelte den Kopf. »Die medizinische Funktion der Rüstung hat die Blutung gestillt und den Schmerz betäubt.«

Sie empfand Erstaunen über die sonore Stimme des Fremden. Vielleicht war aber auch nur der Lautsprecher seiner Rüstung dafür verantwortlich.

»Gut«, sagte sie. »Zu welchem Volk gehören Sie?«

»Ich bin ein Karr«, sagte er.

»Wir werden Ihnen helfen«, sagte Sulu.

Der Karr schüttelte den Kopf. »Sie können mich nicht bewegen«, sagte er. Seine Stimme kam deutlich durch die Helmscheibe.

»Warum nicht?« fragte Rathbone. »Sie brauchen doch medizinische Hilfe.«

»Sie können meine Rüstung nicht heben.«

»Wird sie sich selbst zerstören?« fragte Sulu.

Der Fremde schüttelte erneut den Kopf. »Sie ist schwer. Beim Kampf wurden die Schwerkrafteinheiten beschädigt.«

Sulu trat zurück, schaute den gestürzten Soldaten an und nickte. »Sie haben sich die Beine gebrochen, als die

Antischwerkrafteinheiten der Rüstung versagten. Die Rüstung hat ihre Beine zerquetscht.«

»So ist es«, sagte der Soldat.

Rathbone traute ihren Ohren nicht. »Soll das bedeuten«, sagte sie, »daß sie so schwere Anzüge tragen, daß sie nicht mehr aufstehen können, wenn sie versagen?«

Sulu nickte. »Das haben wir schon mal erlebt.«

Rathbone schaute in die grünen Augen des verletzten Soldaten, dann berührte sie vorsichtig den Ärmel seiner Rüstung am Handgelenk. Er fühlte sich starr an.

Sie machte vorsichtig einen Versuch, den Arm des Wesens zu heben. Es war, als zöge sie an einer festen Stahlwand – sie konnte ihn nicht mal um einen Millimeter bewegen. »Unglaublich«, sagte sie.

»Bei manchen Kulturen ist so was Standard«, sagte Sulu. »Außerdem hindert es ihre Gegner daran, Gefangene zu machen.«

Der Fremdling hinter der Helmscheibe nickte. »Man wird mich bergen, wenn die Schlacht gewonnen ist. Bis dahin warte ich.«

»Hoffen wir, daß es keine weiteren Kämpfe gibt«, sagte Sulu und öffnete seinen Kommunikator. »Captain?«

»Hier ist Kirk.«

Aus irgendeinem Grund entspannte sich Vivian bei der Vorstellung, daß der Captain ihnen so nahe war.

»Captain, wir haben einen Verletzten in einer beschädigten mobilen Rüstung gefunden. Sie ist viel zu schwer, um ihn zu transportieren.«

»Das habe ich befürchtet«, sagte Kirk.

Vivian schaute sich auf dem offenen Feld um und musterte die anderen reglosen Gestalten, die überall auf dem schwarzen Boden lagen. Wie viele lebten noch im Inneren ihrer schweren Hüllen?

»Kehren Sie zur Kolonie zurück. – Kirk, Ende.«

»Aber was ist mit dem Soldaten?« fragte Vivian erschreckt. Wie konnte Captain Kirk einfach ein verletztes Lebewesen ignorieren, ob es nun ein Feind war oder nicht?

Sulu stand auf. »Im Moment können wir nichts für ihn tun. Kommen Sie mit.« Er drehte sich um und setzte sich in Richtung Kolonie in Bewegung.

Vivian blieb neben dem Karr und schaute in seine grünen Augen. Dann lächelte er sie an. »Befolgen Sie Ihre Befehle, Soldat«, sagte er. »Sie können nichts tun, um mir zu helfen.«

Sie nickte langsam.

»Commander Rathbone!« rief Sulu.

Sie schaute noch einmal in die dunkelgrünen Augen des Karr-Soldaten. »Viel Glück.«

»Wünsche ich Ihnen auch«, sagte der Soldat.

Mit einem Gefühl, als sei ihr ganzer Körper taub, stand Rathbone auf und stolperte hinter Sulu her auf die Kolonie zu, ohne einen Blick zurückzuwerfen.

17

Scotty schaute den jungen weiblichen Fähnrich an. Sie war schlank, und ihr dunkles Haar war zu einem ordentlichen Knoten zusammengebunden. Sie hatte seit dem Verlassen von Sternbasis 11 pausenlos im Maschinenraum geschuftet und möglicherweise die längste Schicht ihrer Laufbahn hinter sich.

»Ich habe gemeint«, stammelte sie, »ich bezweifle, daß wir sie verbessern können.«

Sie meinte die Schutzschirme. Scottys Modifikationen hatten zwar funktioniert, aber nicht so gut, wie er es gern gehabt hätte. Zwar war die Schirmenergie auch diesmal wieder gesunken, aber langsamer als vorher. Die feindlichen Waffen verfügten über ein Element, dem sie noch nicht auf die Spur gekommen waren – und das hatte er Mr. Spock während ihres kurzen Gesprächs auf der Brücke zu verstehen gegeben.

»Sie bezweifeln es, Mädel?« sagte Scotty leise. Die schon länger in seinen Diensten stehenden Techniker traten zurück. Sie wußten, was nun kam. Sie arbeiteten lange genug für ihn, um zu wissen, daß man lieber aufpaßte, wenn er leiser wurde.

»Jawohl, Sir«, sagte sie. »Ich habe Ihre Berechnungen zweimal überprüft.«

»Sie haben *meine* Berechnungen zweimal überprüft?« Seine Stimme wurde noch leiser.

»Sie haben es mir doch aufgetragen, Sir«, sagte das

Mädchen, ohne sich Scottys Tonfalls bewußt zu werden. »Und ich habe keine Fehler gefunden.«

»Sie haben keine Fehler gefunden«, sagte er.

»Nein«, sagte sie.

»Haben Sie etwa welche erwartet, Mädel?«

Hinter ihm brach jemand in brüllendes Gelächter aus. Scotty wandte sich um und brachte den Störenfried mit einem Blick zum Schweigen.

Das Mädchen schien endlich zu kapieren, daß eventuell doch etwas nicht stimmte. Es errötete. »Nun, Sir, Sie haben mich gebeten, Ihre Zahlen zu überprüfen, und da habe ich natürlich angenommen, Sie befürchteten, sie könnten fehlerhaft sein.«

»Haben Sie angenommen«, sagte Scotty.

»Jawohl, Sir«, sagte sie.

Scotty nickte nachdenklich. »Aber Sie sind nie auf die Idee gekommen, ich hätte Sie darum gebeten, damit Sie herauskriegen, ob Sie vielleicht eine andere Modifikation austüfteln könnten?«

»Wie bitte, Sir?«

»Wissen Sie denn nicht, daß die Ingenieurswissenschaft keine mathematische Wissenschaft ist?«

Das Mädchen mit den außergewöhnlichen Augen blinzelte ihn an. »Aber natürlich gehört Mathematik dazu«, sagte es. »Berechnungen ...«

»... bedeuten nichts ohne die dahinterliegende Kreativität«, sagte Scotty. Er wurde nun lauter. »In ihren schöpferischen Fähigkeiten kommen die Ingenieure auf diesem Schiff nach dem Captain, Mädel. Genaugenommen ist die Fähigkeit, mit den Beinen zu denken und mit Lösungen aufzuwarten, die nicht in den Handbüchern stehen, das Kennzeichen des Chefingenieurs.«

»Aber ich bin doch kein Chefingenieur«, sagte das Mädchen leise.

»Aye, Sie sind keiner und werden wahrscheinlich auch keiner werden.« Scotty hob den kleinen Datenblock hoch, den sie verwendet hatte, und knallte ihn auf die Konsole. Dann wurde er noch lauter. »Der *Computer* kann meine Mathematik überprüfen. Aber kann er etwa auch mein schöpferisches Denken überprüfen, hm?«

»Nein, Sir.« Sie schaute die anderen hilfesuchend an, aber niemand schenkte ihr einen Blick. Jeder von ihnen war irgendwann selbst in dieser Lage gewesen. Dies war eine von Scottys Ausbildungsmethoden. Er mußte ihnen die Starrheit nehmen – die Starrheit, die ihnen wohlmeinende Lehrer auf der Akademie eingetrichtert hatten. »A-aber, ich bin doch nur Fähnrich, Sir.«

»Glauben Sie etwa, ich sei durch Zauberei Chefingenieur geworden?« fragte Scotty. »Glauben Sie etwa, ich wäre nicht auch mal Fähnrich gewesen?«

»Ähm ... ich ... ähm ... Darüber habe ich nicht nachgedacht«, sagte sie und fügte dann ein ›Sir‹ hinzu.

Scotty wollte ihr gerade zeigen, wie man das neue Problem anging, als Uhura sich meldete. »Was ist denn, Lieutenant?« fauchte er und vergaß einen Moment, daß sie nicht zu seinen Auszubildenden gehörte.

»Projeff von der *Farragut*«, sagte sie. »Soll ich ihm sagen, daß Sie beschäftigt sind?«

»Nein, stellen Sie durch.« Scotty deutete auf den weiblichen Fähnrich. »Seien Sie kreativ«, sagte er und reichte ihr den Block. »Versuchen Sie's noch mal.«

Sie nickte, offensichtlich erleichtert, nicht mehr im Mittelpunkt der Beachtung zu stehen.

Scotty schaute auf den Monitor. Projeff grinste ihn an.

»Machste wieder Kinder zur Schnecke?« fragte er.

»Nur *deswegen* sind meine Leute fleißiger als deine«, sagte Scotty.

Projeff schüttelte leicht den Kopf. »Die Modifikationen haben zwar funktioniert, aber ich glaube, nicht ausreichend.«

Der weibliche Fähnrich neben Scotty versteifte sich.

Offenbar erwartete sie einen erneuten Ausbruch. Aber Scotty wußte, daß Projeffs Aussage stimmte.

»Finde ich auch«, sagte er. »Wir basteln hier gerade an weiteren Verbesserungen, aber bisher haben wir noch nicht viel gefunden.«

»Ich glaube, es gibt noch ein drittes Element der gegnerischen Waffensysteme, die deine Berechnungen nicht erfaßt haben«, sagte Projeff.

»Und das wäre?«

»Die harmonischen Oberschwingungen.«

»Das hast du schon mal gesagt, alter Knabe. Aber du hast keine Beweise.«

»Jetzt aber doch«, sagte Projeff. »Deine Modifikationen haben zwar die neuen und alten Waffensysteme einbezogen, aber die Systeme verwenden außerdem eine Schwingungssequenz, die außerhalb der Reichweite der unseren liegt. Dies ist, glaube ich, das ...«

»... was sie wirklich fremdartig macht«, sagte Scotty, der plötzlich alles verstand. »Du hast recht, alter Knabe; die Sache ist es wert, überprüft zu werden. Schick mir deine Daten.«

»Mach ich«, sagte Projeff. »Und meine Ideen, die das Problem lösen werden.« Dann grinste er. »Mit freundlicher Genehmigung der *Farragut*.«

Captain Bogle schritt vor seinem Sessel auf und ab. Er hatte die Arme auf dem Rücken verschränkt. Seine Augen beobachteten die fremden Schiffe auf dem Hauptbildschirm. Nun hatte der Feind wenigstens einen Namen.

Karr.

Im letzten Jahrhundert hatte es Gerüchte über ein Volk gegeben, das sich so nannte, aber es gab keine Aufzeichnungen über eine Begegnung mit ihm, und niemand hatte eine Vorstellung, wo ihre Heimatwelt lag und wie sie aussahen. Man wußte nichts. Es gab nur Gerüchte.

Ab heute war das anders.

Nun bildeten sieben keilförmige Schiffe dieses Volkes eine wirkungsvolle Blockade vor dem unter ihnen liegenden Planeten – dem Planeten, den die Karr aus unbekannten Gründen angriffen.

Es war Kirk und den Kolonisten zwar gelungen, den ersten Angriff der Karr-Bodentruppen abzuschlagen, aber Bogle zweifelte daran, daß es ihnen auch ein zweites Mal gelingen würde.

»Sie setzen sich wieder in Bewegung«, sagte Lee.

»Alarmstufe Rot«, sagte Bogle.

Rings um ihn her wurden die Lichter gedämpft, und die Sirenen heulten auf.

Auf dem Hauptschirm wechselten die beiden Karr-Schiffe, aus deren Hangaren die Boote gekommen waren, in eine Position, die näher an der *Enterprise* und der *Farragut* lag.

Gleichzeitig wechselten die drei Neuankömmlinge die Stellung so, daß sie sich näher an dem Planeten befanden. Sie waren nun vor den Föderationseinheiten besser geschützt und wandten die Hangartore von ihnen ab.

Bogle wußte sofort, was sie vorhatten. Die Schiffe würden gleich weitere Einheiten ausspucken, um die Einheit auf dem Planeten zu verstärken. Sie wollten dafür sorgen, daß die Kolonisten den nächsten Angriff nicht überlebten.

»Torpedos scharf machen«, sagte er. »Lieutenant Book, bringen Sie uns über die Karr-Schiffe. Ich möchte genau sehen, was ihre Hangare verläßt.«

»Jawohl, Sir«, sagte Book.

»Die *Enterprise* bewegt sich unter ihnen, Sir«, sagte Lee. »Und die beiden angekündigten klingonischen Schlachtkreuzer treten gerade ins System ein.«

»Jetzt geht's rund, Leute«, sagte Bogle und ließ sich in seinen Kommandosessel sinken. »Seid auf der Hut.«

Die beiden ersten Karr-Schiffe eröffneten plötzlich das Feuer. Ihre Phaserstrahlen schlugen der *Farragut* und der *Enterprise* entgegen, als diese versuchten, sich über sie zu setzen, um einen besseren Schußwinkel auf die drei neuen Schiffe zu erhalten.

Die Schutzschirme der *Farragut* blitzten hellweiß auf. Das Schiff erbebte leicht.

»Schirme halten«, meldete Lee. »Die Modifikationen scheinen zu funktionieren.«

Bogle nickte. Die Veränderungen, die Projeff und Scott an den Schutzschirmen vorgenommen hatten, schienen sich zu bewähren. So hatten sie mehr Spielraum, um einen Versuch zu machen, die Menschen auf dem Planeten zu retten.

»Erst schießen, wenn wir den ersten Truppentransporter sehen«, sagte Bogle.

Er musterte die Ränder der drei Karr-Schiffe, als bemühe er sich zu sehen, was hinter ihnen stattfand. Er war bereit, Geld darauf zu setzen, daß ihre Hangartore sich öffneten.

Erneut schüttelte sich die *Farragut* unter den Phasertreffern der Aliens.

»Schirme halten noch immer«, meldete Lee.

Die beiden neuen klingonischen Schlachtkreuzer kamen aus dem Warpflug und gesellten sich sofort zur *Klothos,* die den Karr-Schiffen gegenüberstand. Alle drei eröffneten fast zur gleichen Zeit das Feuer auf den Gegner.

Die Schutzschirme der Karr flammten zuerst orangefarben, dann rot auf.

»Truppentransporter«, sagte Lee im gleichen Moment, in dem Bogle den Bug der ersten Einheit aus dem Hangar eines Karr-Schiffes auftauchen sah. Dann kam eine zweite aus dem anderen Schiff. Alle drei neu eingetroffenen Schiffe spuckten Truppentransporter aus, und genau das hatte er befürchtet.

»Truppentransporter anvisieren und feuern«, sagte Bogle. »Sie dürfen nicht in die Atmosphäre eindringen.«

Photonentorpedo auf Photonentorpedo fegte aus der *Farragut* und krachte gegen die Schutzschirme des Gegners.

Auf der anderen Seite tat die *Enterprise* das gleiche; es war, als sei Mr. Spock ein genauer Spiegel dessen, was Bogle tat.

Erneut erbebte die *Farragut,* als zwei Phasertreffer ihre Schutzschirme trafen.

Bogle machte weiter.

»Schirme bei sechsundneunzig Prozent«, rief Lee, um den Krach zu übertönen.

»Weiterfeuern«, rief Bogle.

Auf dem Bildschirm flammte einer der Truppentransporter hellrot auf, verblaßte dann und verschwand. Eine Sekunde später signalisierte ein riesiger Lichtblitz das Ende des Schiffes.

»Das Schiff anvisieren, das der Atmosphäre am nächsten ist«, sagte Bogle. »Feuer!«

Erneut machte die *Enterprise* genau das, was die *Farragut* tat.

Die *Farragut* steckte einen weiteren Treffer ein, der Bogle fast aus seinem Sessel warf. Er hielt sich fest, und sein Blick wich nie von dem Transportschiff, auf das sie schossen.

Unter dem vollen Beschuß der beiden Föderationseinheiten flammten die Schutzschirme des Transportschiffes in allen Farben des Spektrums auf und verschwanden. Einen Augenblick später explodierte das Schiff wie eine kleine Nova.

»Dritte Transporteinheit hat die Atmosphäre schon erreicht«, meldete Lee.

»Verdammt«, sagte Bogle und schlug mit der Faust auf die Armlehne. Normalerweise konnte er seine Wut beherrschen, aber dieses Versagen machte ihn wütend.

Er saß da und beobachtete das Karr-Transportschiff, das wie ein Lichtstreifen aussah, als es durch die oberen Schichten der planetaren Lufthülle schnitt. Es war nun außerhalb seiner Reichweite.

Und wieder erbebte das Schiff unter einem Treffer.

»Mr. Book, zurück auf unsere vorherige Position.«

»Die *Enterprise* zieht sich ebenfalls zurück«, sagte Lee. »Und die Klingonen haben ihren Angriff abgebrochen.«

Bogle musterte das Abbild des Planeten auf dem Bildschirm. Nun, da sich ein zweiter Truppentransporter der Oberfläche näherte, hatten Kirk und die Kolonisten keine Chance mehr, einen Bodentruppenangriff zurückzuschlagen.

»Tut mir leid, Jim«, sagte er leise vor sich hin. »Einen Moment lang habe ich wirklich geglaubt, wir würden diese Runde gewinnen.«

»Wie bitte, Sir?« fragte Lee.

»Nichts, Commander«, sagte Bogle.

Dann sprach er lauter, damit ihm alle zuhörten. »Ich brauche Ideen, Leute. Wir müssen eine Möglichkeit finden, wie wir Kirk und die Kolonisten aus der Gefahrenzone retten können. Denkt nach, Leute, denkt nach!«

Ihm gelang ein Lächeln, als er die erschreckten Blicke seiner Mannschaft sah. Er fragte sie sonst fast nie nach ihrer Meinung, doch nun bat er sie sogar um Hilfe.

Er lehnte sich in den Sessel zurück und beobachtete die Karr-Schiffe und den dahinterliegenden Planeten. Die Stille auf der Brücke wurde fast betäubend. Wenn es nach ihm ging, würde sein Freund Jim Kirk nicht an so einem abscheulichen Ort sterben.

Kirk klappte den Kommunikator zu und nahm auf dem Rand der Geschützplattform Platz. Noch ein Truppentransporter war an der *Enterprise* und der *Farragut* vorbeigekommen.

Was nun? Er hatte sich seit Jahren nicht mehr so müde und entmutigt gefühlt.

Sulu, Dr. McCoy, Fähnrich Adaro und Rathbone standen in seiner Nähe. Rathbone und McCoy hielten sich im Schatten der Geschützverkleidung auf. Sie hatten alle die Nachricht gehört.

Kirk wischte sich den Schweiß von der Stirn. Der Tag war erst zwei Stunden alt, und schon war die Hitze kaum noch zu ertragen. In der Nacht fror man sich zu Tode, am Tag wurde man gebraten. Welch wundervollen Planeten sie doch verteidigten!

»Verdammt noch mal, Jim«, sagte McCoy, »wir müssen doch irgend etwas tun können. Wir sollten verhandeln.«

»Das ist nicht einfach, Pille – bei einem Volk, das nicht reden will.«

»Der junge Soldat hat mit uns geredet«, sagte Rathbone. »Er hat all unsere Fragen beantwortet.«

Kirk schaute sie an, dann wanderte sein Blick wieder über das verbrannte Feld, auf dem die gepanzerten Soldaten lagen. Er hoffte, daß ihre Rüstungen über einen Luftvorrat und ein Kühlsystem verfügten. Wer dort draußen lag, würde es nämlich brauchen.

Plötzlich verstand er Dr. Rathbones Worte. Der Karr hatte gesprochen. Das Problem war, sie dazu zu bewegen.

»Eins zu null, Dr. Rathbone«, sagte Kirk. »Vielleicht gibt es eine Möglichkeit, sie zum Reden zu bringen.«

Er stand auf und zog sein schweißdurchtränktes Hemd aus. Er hatte eine Idee, doch die einzige Möglichkeit, sie durchzuführen, bestand darin, den Karr zu zeigen, daß er keine Bedrohung darstellte.

»Was hast du vor, Jim?« fragte McCoy.

Kirk konnte die Skepsis in seiner Stimme jetzt schon hören.

»Ich organisiere eine kleine Friedenskonferenz«, sagte er.

Er setzte sich wieder auf den Rand der Geschützplattform, griff nach seinen Stiefeln und zog sie aus. Dann stand er wieder auf, zog seine Hosen aus und reichte sie dem verblüfften Arzt. Nun trug er nur noch die übliche Flottenunterhose. Die schmutzbedeckte und verbrannte rote Haut seiner Arme und Beine waren ein scharfer Kontrast zur blassen Haut seiner Beine. Er ging jede Wette ein, daß er äußerst komisch wirkte.

Dann schlüpfte er schnell wieder in seine Stiefel.

Rathbone verschluckte sich beinahe an einem Lachanfall, und Kirk schaute sie an. Sulu und sie bedeckten den Mund mit den Händen. Er hatte also recht.

»Dr. Rathbone«, sagte Kirk und setzte eine ernsthafte Miene auf, als er sie anschaute, »es ist dem männlichen Selbstbewußtsein nicht gerade förderlich, wenn eine Frau ihn beim Ausziehen auslacht.«

Sie hatte zwar so viel Feingefühl, um unter ihrer schmutzigen und verbrannten Haut zu erröten, aber das Lachen verschwand trotzdem nicht aus ihren Augen.

»Ich würde auch gern lachen«, sagte McCoy mit wütender Stimme, »wenn ich nicht wüßte, daß es dir verdammt ernst ist.«

»So ist es, Pille«, erwiderte Kirk. Er drehte sich zu Sulu um. »Informieren Sie Mr. Spock, daß ich einen Versuch mache, mit den Karr zu reden. Sollte ich nicht zurückkehren, haut sie zu Klump.«

»Aye, Captain«, sagte Sulu. Alles Lachen war aus seinem Blick verschwunden.

Kirk schenkte McCoy einen kurzen Blick. »Halt Kor am Leben, Pille.«

»Im Moment sieht's so aus, als würde er länger leben als du«, sagte McCoy.

Kirk lachte, dann wandte er sich um und schritt auf die schwarzen Felder und die gefallenen Karr zu. In der Ferne konnte er das feindliche Transportschiff sehen. In wenigen Minuten würde sich ein zweites dazugesellen. Wenn es jetzt nicht zu Gesprächen kam, würde es nie dazu kommen.

»Jim?« rief McCoy hinter ihm her.

Kirk blieb stehen und drehte sich um. Das Trio stand noch am Rand des Intervallergeschützes.

»Weißt du eigentlich, wie blöd du aussiehst?« fragte McCoy, und langsam legte sich ein Grinsen auf sein sonnenverbranntes Gesicht.

»Ja, Herr Doktor, weiß ich«, sagte Kirk. »Und ich hoffe, die Karr sehen es ebenso.«

»Tja«, sagte McCoy. »Aber laß um Himmels willen die Unterhose an. Du willst doch nicht, daß sie sich *totlachen,* wenn du mit ihnen zu reden versuchst.«

Rathbone und Sulu, die neben ihm standen, hatten Mühe, vor Lachen nicht loszuplatzen.

»Eins zu null für dich, Pille«, sagte Kirk. Dann lächelte er seinem alten Freund zu und schritt über das verbrannte Feld. Er hielt geradewegs auf den Truppentransporter der Karr zu und hob in der traditionellen Geste der Kapitulation die Hände über den Kopf.

Einen Moment lang traute Kerdoch seinen Augen nicht. Der Menschen-Captain marschierte, nur mit einer Unterhose und Stiefeln bekleidet, genau auf das Schiff der Karr zu. Was hatte er vor? Während der ersten Kämpfe war er ihm nicht wie ein Trottel erschienen. Hatte die Hitze ihn etwa geschafft?

Mehrere Kolonisten, die hinter den Barrieren standen, deuteten lachend mit dem Finger auf ihn. Es war ein komischer Anblick, na schön, aber über so was lachte man doch nicht in aller Öffentlichkeit.

Kerdoch schob sich rasch am Rand der Kolonie vorbei, bis er die drei restlichen Menschen am Intervallergeschütz erreichte.

»Ist Ihr Captain wahnsinnig geworden?« fragte er.

»Es mag vielleicht so scheinen«, sagte der Menschenarzt, »aber er glaubt, er kann die Karr so vielleicht zum Reden bringen. Ich weiß zwar nicht genau, wie er darauf kommt, aber ich habe schon vor Jahren aufgegeben, James Kirk verstehen zu wollen.«

»Reden?« sagte Kerdoch. »Zu welchem Zweck?«

Der Menschenarzt schaute ihn an. Kerdoch erkannte, daß er äußerst wütend war.

»Um Ihr dämliches, undankbares Leben zu retten, deswegen«, sagte er.

»Doktor!« sagte der Mensch namens Sulu.

Kerdoch schaute den Arzt an. Er empfand keinen Zorn über die Beleidigung; er war nur verdattert. »Wir sind auf den Kampf vorbereitet«, sagte er. »Es wäre ein ehrenhafter Tod, bei der Verteidigung unserer Heimstätten zu sterben.«

Der Menschenarzt schüttelte den Kopf. »Man kann Ehre auch erringen, ohne zu kämpfen und zu sterben.«

»Er ist jetzt am Feldrand«, sagte die Menschenfrau.

Kerdoch wandte sich von dem Arzt ab und schaute zu, wie der Captain stehenblieb und die Hände hoch in die Luft hob.

Sechs Minuten später, als der zweite Truppentransporter der Karr neben dem ersten landete, stand er noch immer da.

18

Kirk stand seit einer Stunde am Rand des verbrannten Feldes in der heißen Sonne und beobachtete die Transporter der Karr. Der Schweiß lief ihm in Strömen über Gesicht und Rücken. Er wußte, wenn er noch länger hier blieb, würde er zusammenbrechen, und dann war es aus mit dem Rückmarsch zu den anderen.

Er hatte in dieser einen Stunde alle paar Minuten die Arme gesenkt, damit sein Blutkreislauf wieder in Ordnung kam. Doch je länger es dauerte, desto größer wurden seine Probleme, die Hände auch nur für eine halbe Minute über den Kopf zu heben. Er gab dennoch nicht auf.

Schließlich geschah das, was er sich erhofft hatte.

Drei Karr in voller Rüstung trennten sich von den Transportschiffen und kamen auf ihn zu. Es gelang ihm irgendwie, die Arme in der Luft zu behalten, bis sie zehn Schritte vor ihm stehenblieben.

»Sie sind ein Mensch«, sagte der mittlere Karr-Soldat.

»Ja«, sagte Kirk und ließ die Arme sinken. »Ich bin Captain James T. Kirk vom Föderationsraumschiff *Enterprise.*«

Der Karr in der Mitte nickte langsam.

Kirk sah keinen Unterschied zwischen dem, der ihn angesprochen hatte, und den anderen. Hinter den Helmscheiben sah er langes schwarzes Haar, flache Nasen und eine behaarte Stirn. Sie glichen äußerlich auf eigenartige Weise Katzen, waren aber humanoid.

»Erheben die Menschen Anspruch auf diesen Planeten?«

»Nein«, sagte Kirk.

»Warum kämpfen Sie dann um ihn?«

»Wir kämpfen, weil man uns um Hilfe gebeten hat. Der Planet gehört den Klingonen.«

»Der Planet gehört uns«, sagte der Karr-Soldat. »Wir pflegen ihn seit Jahren und bereiten ihn vor. Wir wollen, daß Sie und jene, die sich Klingonen nennen, ihn verlassen.«

»Ich fürchte, die Klingonen geben normalerweise keinen Planeten auf, wenn man sie nur darum bittet.«

»Wir auch nicht«, sagte der Karr. »Wir bekommen ihn bei Sonnenuntergang zurück.«

Mit diesen Worten wandten ihm die drei Karr den Rücken zu.

»Warten Sie!« rief Kirk.

Die Karr blieben stehen und drehten sich langsam um.

»Die dort sind verletzt«, sagte Kirk und deutete auf die gepanzerten Soldaten, die auf dem Feld verstreut lagen. »Wenn Sie sie bergen möchten, werden wir nicht auf Sie schießen.«

Der Karr in der Mitte nickte. »Das tun wir.«

Erneut wandten sie ihm den Rücken zu.

Kirk stand da und schaute zu, wie sie sich in ihren schweren Rüstungen davonmachten. Er dachte nur an den Sonnenuntergang und den bevorstehenden Angriff. Wenigstens waren sie so vernünftig, während der Tageshitze nicht zuzuschlagen.

Er mußte sich bis dahin also etwas ausdenken.

Dr. Rathbone stand mit McCoy, Sulu und Kerdoch am Rand der Kolonie und schaute zu, wie der Captain sich mit den Karr unterhielt. Die Sonne knallte auf sie herab, und sie spürte, daß das Uniformhemd an ihrem nassen Rücken klebte. Dennoch trat sie nicht in den Schatten.

Sie wollte die anderen, die den Captain beobachteten, unter keinen Umständen allein lassen. Sie hätte gern gehört, worüber Kirk und die Karr sprachen.

Dann plötzlich endete das Gespräch. Die Karr wandten sich um und schritten langsam über die einheimische Vegetation in Richtung ihrer Raumfahrzeuge.

Kurz darauf drehte sich auch Captain Kirk um und kehrte zu ihnen zurück. Sie sah, daß die Sonne seine Haut hellrot gefärbt hatte. Er hatte eindeutig Probleme. Als er schließlich stolperte und hinfiel, liefen sie alle aufs Feld hinaus und auf ihn zu.

Während Kerdoch wachsam stehenblieb, setzte Vivian sich neben den Captain und hielt seinen Kopf.

Sulu half ihm, etwas Wasser zu trinken, das McCoy mit speziell zubereiteten Nährstoffen angereichert hatte.

Dann untersuchte der Arzt ihn mit seinem medizinischen Tricorder und grunzte.

»Komm ich durch?« fragte Kirk und lächelte McCoy an.

»Noch 'ne halbe Stunde, und du hättest dich neben Kor in die Kuppel legen können«, sagte McCoy. »Lieg jetzt still.«

Als Kirk sich etwas entspannte, wurde sein Kopf in Vivians Händen schwerer. Sein Haar war schweißnaß. Er war, wie sie, von schwarzem Ruß bedeckt.

McCoy zückte einen Injektor und gab dem Captain eine Injektion. Dann sprühte er einen feinen Nebel über die hellrote Haut seiner Schultern und Arme. Vivian half Kirk schließlich, sich hinzusetzen, und McCoy sprühte seinen Rücken und seine Beine ein.

Der Captain wollte etwas sagen, aber McCoy fiel ihm ins Wort. »Weitertrinken. Rühr dich erst, wenn du zwei Flaschen Wasser geschluckt hast.«

Kirk nickte, lehnte sich wieder an sie und trank. Dann hoben Vivian und Sulu ihn auf die Beine.

Er stützte sich auf Sulu. Kerdoch übernahm die andere Seite, und zusammen kehrten sie langsam in den Schatten der Geschützverkleidung zurück.

»Du bist verrückt, weißt du das?« sagte McCoy.

Der Captain wollte etwas sagen, aber McCoy schüttelte den Kopf. »Trink.«

Kirk lachte, aber er gehorchte. Nachdem er schließlich noch eine halbe Wasserflasche geleert hatte, sagte McCoy: »Erzähl uns, was passiert ist.«

»Kerdoch«, sagte Kirk. Seine Stimme war zuerst rauh, dann klang sie glatt.

Der große klingonische Kolonist kniete sich neben den sitzenden Captain hin.

»Sagen Sie Ihren Leuten, sie sollen nicht auf die Karr schießen«, sagte Kirk. »Sie werden in Kürze die Verwundeten vom Feld holen.«

Kerdoch nickte. »Ich sage es ihnen.« Er stand auf und eilte schnell fort.

McCoy schaute hinter ihm her, dann fiel sein Blick auf den Captain. Rathbone erkannte, daß McCoy irgend etwas wußte, das ihr entgegangen war. Sie wußte zwar nicht genau, was, aber dieser Blick war ihr bekannt.

»Was also soll er nicht wissen?« fragte McCoy.

Kirk trank lächelnd noch einen Schluck. »Die Karr beanspruchen diesen Planeten.«

»Was?« sagte Vivian verblüfft.

»Mehr haben sie nicht gesagt«, sagte Kirk. »Sie behaupten, daß sie ihn seit Jahren *vorbereiten.*«

Vivian schaute Sulu an. Er erwiderte ihren Blick. Ihr war klar, daß er das gleiche dachte, wie sie: daß die Karr die einheimische Pflanzenwelt modifiziert hatten.

»Terraforming«, sagte sie.

Sulu nickte.

»Was?« sagte McCoy und schaute sie an.

Vivian holte tief Luft. »Wissen Sie noch, daß wir Ihnen erzählt haben, daß das hiesige Pflanzenleben irgendwann in der Vergangenheit verändert wurde, Captain?«

»Aber ja«, sagte Kirk. »Jetzt weiß ich, was Sie meinen. Die Karr waren für die Veränderungen verantwortlich.«

»Die Möglichkeit besteht«, erwiderte sie. »Wir haben nie eine Erklärung für die Veränderungen gefunden.« Ihr Magen sagte ihr, daß die Antwort stimmte. Es war die Antwort auf eine Frage, die sie seit fast fünf Jahren beschäftigte. Alles paßte zusammen. Die Karr hatten den Planeten für sich verändert, wie auch die Menschen und Klingonen.

»Ich habe mir schon gedacht, daß das das Problem ist«, sagte Kirk. »Es würde erklären, warum sie so wütend auf die Klingonen sind.«

»Und warum sie nur ihr Getreide vernichten«, sagte Sulu.

»Und warum sie sie überhaupt angreifen«, sagte McCoy.

»Genau«, sagte Vivian und warf einen Blick auf die verbrannten Felder. »Das, was die Klingonen angepflanzt haben, gefällt ihnen wohl nicht.«

»Oder sie haben sich nie die Mühe gemacht, es zu prüfen«, sagte Sulu.

»Was machen wir also jetzt?« fragte McCoy.

Kirk trank noch einen Schluck Wasser, dann schaute er zu ihm auf. »Wenn ich es wüßte, Pille, würde ich nicht mehr hier sitzen.«

»Glauben Sie, die Klingonen geben ihnen den Planeten einfach zurück?« fragte Vivian.

Der Captain lachte. »Würden Sie ihn zurückgeben, wenn er der Föderation zugewiesen worden wäre und die Karr Ihre Heimstatt angriffen?«

»Wahrscheinlich nicht«, sagte sie langsam. Es fiel ihr

zwar nicht leicht, dies einzugestehen, aber so empfand sie nun mal. Es war immer einfach, den anderen zu sagen, sie sollten ihre Heimstatt aufgeben. Aber ihr hatte man *wirklich* gesagt, sie solle den Planeten verlassen, der einst ihre Heimstatt gewesen war. Sie wußte, was man dabei empfand. Und die Vorstellung gefiel ihr nicht.

Der Captain trank einen großen Schluck, dann seufzte er. »Leute, im Moment lautet unser Plan folgendermaßen: Wir helfen den Klingonen, den Planeten vor dem bei Sonnenuntergang erfolgenden Angriff zu verteidigen.«

»Bis uns ein besserer einfällt?« fragte McCoy.

Kirk lächelte. »Bis uns ein besserer einfällt.«

Spock stand auf der Brücke und hörte dem Captain zu, bis dieser ihm und Captain Bogle von der *Farragut* den Inhalt seines Gesprächs mit den Karr übermittelt hatte.

»Es ist logisch«, sagte Spock und musterte das Bild des Planeten auf dem Hauptbildschirm.

»Was ist logisch, Mr. Spock?« fragte der Captain.

»Daß die Karr den Planeten beanspruchen. Sie sagen offenbar die Wahrheit.«

»Haben Sie dafür einen klaren Beweis, Mr. Spock?« fragte Captain Bogle.

»Geben Sie mir einen Moment, Sir«, sagte Spock. »Ich nehme eine Molekularabtastung des wracken Karr-Schiffes vor und vergleiche die Daten dann mit denen, die wir vom Aufbau der einheimischen Pflanzenwelt haben.«

»Eine gute Idee, Spock«, sagte Kirk. »Wir warten so lange.«

Spock trat an die wissenschaftliche Station und gab die Befehle für eine Abtastung des Karr-Schiffes ein.

»Computer«, sagte er, »vergleiche Molekularstruktur

der Karr-Schiffe mit der Struktur der von mir ausgewählten Pflanzenproben.«

»Vergleich erledigt«, sagte die Computerstimme nach nur einer Sekunde.

Spock musterte erneut die Karr-Schiffe auf dem Hauptbildschirm, dann fragte er: »Besteht eine statistische Möglichkeit, daß die Proben und das abgetastete Metall dem gleichen Sonnensystem entstammen?«

»Ja«, sagte der Computer.

»Mit welcher Wahrscheinlichkeit?« fragte Spock.

»Sechsundachtzig Prozent«, sagte der Computer.

»Tja«, sagte Captain Kirk, und seine Stimme war so deutlich auf der Brücke zu hören, als befände er sich an Bord, »das klärt wohl alles.«

»Schätze ich auch«, sagte Captain Bogle.

»Es scheint so«, sagte Spock.

»Wie also«, sagte Kirk, »überzeugen wir die Klingonen, daß ihnen dieser Planet eigentlich gar nicht gehört, Mr. Spock?«

»Wie überzeugt man einen Klingonen überhaupt von irgend etwas?« fragte Captain Bogle.

»Indem man kämpft«, sagte Spock.

Einen Moment lang herrschte Schweigen auf der Brücke.

Schließlich war Captain Kirks Stimme wieder zu hören. »Mr. Spock, teilen Sie den klingonischen Schiffen unser Wissen mit.«

»Ich werde es sofort tun, Captain«, sagte Spock.

»Und dann, meine Herren, hoffe ich, daß Sie eine Möglichkeit finden, uns von diesem Planeten zu holen, bevor es zu Kämpfen kommt.«

»Wir tun unser Bestes, Jim«, sagte Bogle.

»Weiß ich. Danke. – Kirk, Ende.«

Spock wandte sich zu Lieutenant Uhura um. »Übermitteln Sie die Molekularinformation und die Vergleiche an die drei klingonischen Schlachtkreuzer. Einschließlich einer Zusammenfassung dessen, was der Captain bei dem Gespräch mit den Karr erfahren hat.«

»Jawohl, Sir«, sagte Uhura.

Spock trat wieder an die wissenschaftliche Station. Die erste Hälfte des Auftrags des Captains war ausgeführt. Ein weitaus größeres Problem war nun die zweite Hälfte.

19

Kirk saß in der relativen Kühle des Kuppelbaus, nippte Wasser und schaute McCoy bei der Behandlung Kors zu. Es war nun zwei Stunden her, seit er mit den Karr gesprochen hatte, und allmählich kam er wieder zu Kräften. Es war ein Glück gewesen, daß die Karr ihn nicht länger hatten in der Sonne stehen lassen.

Im Moment hielt Sulu am Intervallergeschütz Wache, aber Kirk wußte, daß es sinnlos war. Die Karr würden erst bei Sonnenuntergang angreifen, keine Minute früher.

Kerdoch stand an der Tür, während Kahaq, der einzige überlebende Angehörige von Kors Landeeinheit, neben seinem Vorgesetzten saß.

Vivian Rathbone stand neben McCoy. Ihr brünettes Haar fiel nach hinten. Ihr Gesicht war so schmutzig wie das aller anderen und von einem starken Sonnenbrand in Mitleidenschaft gezogen.

Kor stöhnte und bewegte leicht den Kopf.

Kerdoch und Kirk traten rasch an seine Seite.

»Kannst du ihn wecken, Pille?« fragte Kirk.

McCoy nickte. »Ich glaube, er ist endlich stabil. Seine Rippen sind größtenteils auch wieder heil. Ich weiß zwar nicht, wie ich ihm sonst noch helfen kann, aber wachkriegen kann ich ihn.«

»Dann tu's«, sagte Kirk. Er brauchte Kor im Wachzustand, damit er das Kommando über die Klingonen hatte, wenn die Kolonisten die Neuigkeit erfuhren, daß die Karr Anspruch auf den Planeten erhoben. Es gab zwar keine Garantie, daß Kor positiv reagierte, aber er würde wenigstens eine Reaktion zeigen, und das war besser als eine führerlose Kolonistengruppe mit sechs verschiedenen Ansichten.

McCoy gab Kor eine Spritze, dann setzte er sich hin. Kor stöhnte erneut, dann öffnete er langsam die Augen und schaute ihn an.

»Ein Alptraum!« sagte er und schloß die Augen wieder.

Kirk lachte. McCoy warf ihm einen frostigen Blick zu, so daß er noch lauter lachen mußte. Kurz darauf fiel auch Rathbone in das Gelächter ein.

»Wenn du das nächste Mahl Sonnenbrandspray brauchst«, sagte McCoy drohend, »vergiß gefälligst nicht, welche Witze *du* für komisch hältst.«

Kirk lachte, schob McCoy beiseite und kniete sich neben Kor. »Wir müssen uns unterhalten, Kor.«

Der Klingone öffnete langsam wieder die Augen. »Dann ist es also doch kein Alptraum?«

»O doch, und ob«, sagte Kirk. »Aber ich fürchte, er ist Wirklichkeit.«

Kor wollte ächzend aufstehen.

»Noch nicht«, sagte McCoy.

Kirk legte eine Hand auf den Brustkorb des Klingonen und drückte ihn zurück. »Sie sind schwer verletzt. Gönnen Sie sich etwas Zeit, um sich zu erholen.«

Kor blickte von Kirk zu McCoy. McCoy nickte, um Kirks Worte zu bestätigen.

»Ich habe Durst«, sagte Kor. Direkter konnte ein Klingone nicht um Hilfe bitten.

Rathbone reichte ihm eine Flasche. Er trank und trank, dann seufzte er und schien sich leicht zu entspannen.

»Können Sie reden?« fragte Kirk.

Kor nickte. »Was ist passiert?«

Kirk verbrachte die nächsten Minuten damit, den

klingonischen Commander auf den neuesten Stand der Dinge zu bringen – bis zu dem Punkt, als er sich mit den Karr unterhalten hatte.

Kor trank einen großen Schluck, leerte die Flasche, die Rathbone ihm gegeben hatte, und schaute Kirk dann in die Augen. »Was die Karr berichtet haben, gefällt Ihnen nicht«, sagte er. »Ich sehe es Ihnen an.«

Kirk nickte. »Sie behaupten, der Planet gehöre ihnen.«

Kor lachte. »Wie kann das sein? Der Planet wurde uns doch von den Organianern zugewiesen.«

»Ich weiß«, sagte Kirk. »Aber fragen Sie mal die Kolonisten, ob die hiesige Pflanzenwelt vor acht- oder neunhundert Jahren biologisch verändert wurde.«

»Stimmt das?« fragte Kor Kerdoch.

Kerdoch trat vor. »Es stimmt«, sagte er. »Wir haben keine Erklärung für die Veränderung gefunden und nahmen an, sie sei durch ein Naturereignis zustande gekommen.«

Kor nickte. »Dann behaupten die Karr also, sie formen den Planeten nach ihren Bedürfnissen.«

»So haben sie es zwar nicht ausgedrückt«, sagte Kirk, »aber sie sagen, sie hätten ihn vorbereitet.«

»Und Sie erwarten, daß wir ihn deshalb aufgeben?«

Kirk schüttelte den Kopf. »Kor, Analysen der einheimischen Pflanzenwelt und der Materialien in den Schiffen der Karr beweisen eine biologische Übereinstimmung. Die natürlichen Pflanzen dieser Welt wurden vor Jahrhunderten mit denen der Karr gekreuzt. Wir haben Ihrem Schiff die entsprechenden Daten zugänglich gemacht.«

Kirk sah, daß Kor keine Miene verzog. Es war unmöglich zu erkennen, was er dachte. Schließlich sagte er: »Captain Kirk, kennen Sie eine Lösung für diese verfahrene Situation?«

Diese Frage hatte Kirk nicht erwartet. »Nein, ich kenne keine.«

Kor nickte und schloß die Augen. »Wann geht die Sonne unter?« Seine Stimme klang schwach und müde.

»In sechs Stunden.«

»Dann habe ich noch Zeit, mich auszuruhen, bevor ich kämpfen muß«, sagte Kor. Er stieß einen tiefen Seufzer aus und schien wieder in den Schlaf zu sinken.

McCoy nahm eine schnelle medizinische Untersuchung vor, dann nickte er Kirk zu. Kor würde nach etwas Ruhe wieder auf die Beine kommen.

»Ruhe können wir alle gebrauchen«, sagte Kirk. Er stand auf und kehrte an den Tisch zurück, um erneut dort Platz zu nehmen.

Niemand sagte ein Wort, auch Kerdoch nicht, als sie rings um die Kuppel in Stellung gingen. Es würde ein langer, heißer Tag zum Kämpfen werden, und ihnen stand höchstwahrscheinlich der Tod bevor.

Es sei denn, Kirk fiel etwas ein, womit er den Kampf verhindern konnte.

»Mr. Spock«, sagte Captain Bogle zu dem Vulkanier auf dem Hauptbildschirm der *Farragut*, »sind Sie verrückt geworden?«

»Ich versichere Ihnen, Captain«, sagte Spock, ohne eine Miene zu verziehen, »daß ich geistig völlig gesund bin. Ich offeriere Ihnen nur eine Möglichkeit, um Captain Kirk und die Landeeinheit zu retten.«

»Haben Sie es mit Kirk abgesprochen?« fragte Bogle.

»Nein, Sir«, sagte Spock.

Bogle schüttelte den Kopf. »Lassen Sie mich einen Moment über Ihren Plan nachdenken.«

»Gewiß«, sagte Spock und brach die Verbindung ab.

Sofort waren wieder die Karr-Schiffe auf dem Bildschirm zu sehen. Sie umkreisten scheinbar friedlich den blaugrünen Planeten.

Bogle ließ sich in seinen Sessel fallen, musterte den Schirm und überdachte Commander Spocks Plan. Eigentlich war seine Idee logisch. Den beiden Föderations- und drei Klingonenschiffen standen sieben Karr-Einheiten gegenüber. Zwar schienen sie einander an Kampfkraft ebenbürtig zu sein, doch aufgrund der Schutzschirmmodifikationen war Bogle bereit, der *Farragut* und der *Enterprise* einen kleinen Vorteil einzuräumen. Aber keinen Vorteil, der die überzähligen Schiffe der Fremden ausgleichen konnte.

Spocks Idee bestand darin, die *Farragut* und die *Enterprise* gleichzeitig unbemannte Raumfähren in hohen Kreisbahnen um den Planeten aussetzen zu lassen, die sich in entgegengesetzte Richtungen bewegten. Natürlich würde jede Fähre ein Karr-Schiff dazu bringen, die Verfolgung aufzunehmen, dem Pulk somit Stärke entziehen und das Ungleichgewicht ausgleichen. Wenn die Schiffe der Föderation und der Klingonen angriffen, sollten die aus der Föderation versuchen, so lange in Transporterreichweite des Planeten zu gelangen, wie es nötig war, um die Schutzschirme auszuschalten und die Landeeinheit vom Planeten zu holen.

Bogle schüttelte den Kopf. Es war ein logischer, aber auch ein tollkühner Plan. Er spielte beim Versuch der Rettung anderer mit dem Leben sämtlicher Mannschaftsangehöriger der *Farragut* und der *Enterprise.* Und das war auf keinen Fall logisch.

Spock konnte unmöglich das Leben einer vollzähligen Mannschaft aufs Spiel setzen, um eine Handvoll Leute zu retten.

Aber er war Kirks erster Offizier und arbeitete auf der Grundlage von Annahmen, die Kirk wahrscheinlich ebenso gemacht hätte. Wenn Spock sein eigenes Raumschiff kommandierte, würde er wahrscheinlich anders entscheiden. Doch nun fragte er sich, wie wohl sein schlitzohriger Captain reagieren würde.

Er schien es ziemlich gut nachvollziehen zu können.

Alles klang nach einem Kirk-Plan.

Bogle seufzte. Und deswegen funktionierte er vielleicht auch.

Falls man die Schutzschirme der Raumfähren so modulieren konnte, daß sie den Phasern der Karr wenigstens eine Minute lang widerstanden, würde es ausreichen.

Dann kam ihm eine andere Idee. Man konnte die Fähren, falls sie es schafften, in die Atmosphäre einzudringen, auch so programmieren, daß sie in der Nähe der Kolonie landeten; damit erhielt die Landeeinheit eine weitere Chance.

Dann kam ihm noch eine Idee: Sie konnten Spocks Plan durchführen, ohne das Leben der Schiffsmannschaften zu gefährden.

Er aktivierte schnell die Kommunikation in der Lehne des Kommandosessels.

»Projeff?«

»Ja, Captain?« meldete sich Projeff sofort.

»Können die Schutzschirme beider Fähren so modifiziert werden, daß sie den Waffen der Karr so lange widerstehen, bis sie in die Atmosphäre eintauchen?«

Projeff schien nachzudenken, dann sagte er: »Sie sind modifizierbar, Sir. Aber ich würde nicht gerade mein Leben darauf verwetten, daß sie einem vollen Angriff der Karr widerstehen, bis sie innerhalb der Lufthülle sind.«

»Aber besteht eine Chance, daß eine, oder vielleicht beide, es schaffen?«

»Die Chance besteht, Sir«, sagte Projeff. »Mit den Modifikationen, die Mr. Scott und ich ausgetüftelt haben, würde eine volle Karr-Attacke mindestens sechsundzwanzig Sekunden brauchen, um die Schirme zusammenbrechen zu lassen.«

»Danke, Projeff«, sagte Bogle. »Bereithalten.«

Er schaltete ab und wandte sich Lieutenant Sandy

zu. »Verbindung zur *Enterprise,* kodiert. Anschließend rufen Sie Captain Kirk. Konferenzschaltung.«

»Jawohl, Sir«, sagte Sandy.

Bogle stand auf und blickte zum Schirm, auf dem nun Spock zu sehen war.

»Captain Bogle«, sagte der Vulkanier und nickte leicht.

»Hier ist Kirk.«

Beim Klang von Kirks Stimme hob Spock zwar eine Braue, doch sein Gesichtsausdruck änderte sich nicht.

»Jim«, sagte Bogle, »dein Erster hat eine Idee. Er möchte zwei Fähren einsetzen, die die Schiffe der Karr so lange ablenken, bis wir euch dort wegholen können.«

Wenige Sekunden später erwiderte Kirk: »In der momentanen Lage sind wir für alles offen.«

Bogle lachte. Er hätte an Kirks Stelle das gleiche gesagt. Er erklärte ihm schnell Spocks Idee. »Habe ich es richtig wiedergegeben, Mr. Spock?« fragte er, als er fertig war.

»Es ist eine korrekte Wiedergabe dessen, was ich vorgeschlagen habe«, erwiderte Spock.

»Gut«, sagte Bogle. »Ihre Idee gefällt mir nämlich, Mr. Spock. Aber ich möchte nicht die Mannschaften der *Farragut* und der *Enterprise* der Gefahr aussetzen, bei der Rettung von fünf Mannschaftsangehörigen den Löffel abzugeben. Stimmst du mir zu, Jim?«

»Natürlich«, sagte Kirk. »Ihr wärt den Karr nur für kurze Zeit ebenbürtig, aber wenn die abgelenkten Schiffe zurückkehren, seid ihr in einer üblen Lage. Ich weiß nicht, ob es dann noch funktionieren würde.«

Spock schwieg.

»Warte mal, Jim«, fuhr Bogle fort. »Ich glaube, man kann Mr. Spocks Idee dahingehend abwandeln, daß sie der Landeeinheit helfen kann, sich selbst zu retten.«

Erneut hob Spock eine Braue, aber auch diesmal veränderte sich sein Gesichtsausdruck nicht. »Das ist aber interessant«, sagte er. »Fahren Sie bitte fort, Captain.«

»Ich bin ganz Ohr, Kelly«, sagte Kirk.

»Statt zwei Fähren zur Ablenkung starten zu lassen, um dann zu versuchen, uns in eine Position zu kämpfen, in der wir euch an Bord beamen können, schicken wir vier Fähren raus – in vier verschiedene Richtungen. Und alle sind programmiert, am Rand der Kolonie zu landen.«

»Glaubst du, die Karr werden vier Fähren verfolgen?« fragte Kirk.

»Ehrlich gesagt, ich weiß es nicht«, sagte Bogle. »Wenn sie es tun, stehen drei von ihnen gegen fünf von uns, und das mindestens für eine Minute. Bei diesem Verhältnis kann man in einer Minute viel erreichen.«

»Wenn sie es nicht tun«, sagte Kirk, »greift ihr nicht an, und wir haben mindestens eine oder mehr Fähren hier, die uns helfen können, die Kolonie zu verteidigen – und vielleicht den Planeten zu verlassen.«

»Genau«, sagte Bogle.

»Eine großartige Idee«, sagte Kirk. »Ich glaube fast, sie könnte hinhauen.«

»Danke«, sagte Bogle, »aber es war Mr. Spocks Idee. Ich habe sie nur ausgebaut.«

»Es ist ein viel besserer Plan, Sir«, sagte Spock.

Bogle nickte Spock zu. »Danke.«

»Ich habe auch noch zwei Vorschläge«, sagte Kirk. »Ich schicke euch beiden jetzt die Daten aus Sulus Tricorder und meine Scans der Karr-Rüstungen hoch. Vielleicht gelingt es Mr. Scott und Mr. Projeff herauszufinden, wie man ihre Rüstungen verlangsamen kann. Oder was noch besser wäre: ihre Antischwerkrafteinheiten auszuschalten.«

»Wir lassen uns etwas einfallen«, sagte Bogle. »Dann legen wir es mit zusätzlichen Waffen in die Fähren.«

»Großartig«, sagte Kirk.

»Captain«, sagte Spock. »Sie haben gesagt, Sie hätten zwei Vorschläge.«

»Danke, Mr. Spock. Dazu wollte ich gerade kommen.« Kirk klang fast so, als lächle er.

»Zweitens«, fuhr er fort, »müssen wir die Klingonen in die Sache einbeziehen. Ich weiß, daß zu jedem ihrer Schlachtkreuzer wenigstens eine Fähre gehört. Sie sollen sie bewaffnen und gleichzeitig starten. Das dürfte dafür sorgen, daß wenigstens eine Fähre hier unten ankommt. Wenn du Schwierigkeiten hast, sie davon zu überzeugen, sollen sie sich bei Kor melden.«

»Ausgezeichnet«, sagte Bogle, »und zwar in jeder Hinsicht.« Zum ersten Mal seit dem Beginn des Unternehmens entwickelte er das Gefühl, daß es doch noch eine Möglichkeit gab, lebendig aus dieser Sache herauszukommen.

»Sie verstehen es wirklich, einem einfachen Typen Honig ums Maul zu schmieren, meine Herren«, sagte Kirk. »Geben Sie mir Bescheid, wenn der Start bevorsteht.«

»Mit Freuden«, sagte Bogle lachend.

Spocks Miene blieb ausdruckslos. Bogle kappte die Verbindung.

»Das krieg ich nicht hin«, sagte Scotty. Er saß an seiner Konsole und unterhielt sich mit dem auf der Brücke weilenden Spock. »Sie möchten, daß ich die Fährenschutzschirme modifiziere und mir eine Waffe ausdenke, mit der man Antischwerkrafteinheiten kurzschließen kann, die ich noch nie gesehen habe. Und all das in wenigen Stunden. Sie verlangen Unmögliches, Mr. Spock.«

»Mr. Scott«, sagte Spock gelassen, »ich höre diesen Protest nicht zum ersten Mal von Ihnen, und doch ist es Ihnen bisher stets gelungen, das sogenannte Unmögliche zu vollbringen. Allmählich muß ich den Schluß ziehen, daß dies nur eine Finte von Ihnen ist, um den Eindruck zu erwecken, daß sie über viel mehr Begabung verfügen als sie wirklich haben.«

»Wirklich, Mr. Spock?« Scotty spürte, daß er leicht errötete. Manchmal übertrieb er, aber normalerweise funktionierte es auch: dann gab der Captain ihm etwas mehr Zeit. »Eine *Finte,* sagen Sie?«

»Ja, Mr. Scott, eine Finte.«

»Mr. Spock, es ist unlogisch, einem Menschen einen unmöglichen Befehl zu geben und ihm, wenn er protestiert, zu sagen, daß er zu einer Finte greift.«

»Ich meine nur, mich deucht, daß Ihr zu oft Protest erhebt, um den irdischen Dichter Mr. Shakespeare zu zitieren.«

»Es deucht Sie also, was?« sagte Scotty.

»Wenn es Ihnen recht ist«, fuhr Spock völlig gelassen fort, »bin ich gern bereit, Ihnen zu assistieren.«

Das beleidigte Scotty noch mehr. »Sie müssen auf der Brücke sein, Sir. Ich brauche Ihre Unterstützung nicht.«

Dann schaltete er ab.

»Sir?« Der junge weibliche Fähnrich, den er angepfiffen hatte, stand neben ihm. »Wir können die Schutzschirme der Fähren tatsächlich modifizieren. Ich glaube, es sind die gleichen wie die der *Enterprise.* Wir brauchen nur Ihren alten Instruktionen zu folgen.«

Scotty schaute sie an. »Ist das deine kreative Lösung, Mädel?«

Sie schluckte. »Ja«, sagte sie. »Natürlich ist keiner von uns beim Frisieren so geschickt wie Sie, Sir. Deswegen sind Sie ja auch der Chefingenieur.«

Scotty grinste sie an. »Sie stammen fraglos von den Kelten ab, Mädel.«

»Den Kelten?« fragte sie.

»Die Iren nennen es Schmeichelei, aber ich werde damit schon fertig«, sagte Scotty. »Aber seien Sie darauf gefaßt, daß ich Ihre Arbeit in Kürze prüfe. Von Ihrer Genauigkeit hängen viele Leben ab.«

Sie schluckte erneut. »Aye, Sir.« Dann führte sie eine Gruppe von Technikern aus dem Maschinenraum zu den Hangaren.

»Jetzt kommt es auf dich und mich an«, sagte Scotty leise zu einer schematischen Darstellung der verschiedenen Waffen der *Enterprise.*

In diesem Moment kam Uhura mit einer Nachricht von Projeff.

»Na schön«, knurrte Scotty. »Nichts kann schlimmer sein als die vergangenen paar Minuten.«

Projeff tauchte auf dem Monitor auf, und er grinste so breit, daß es aussah, als hätte er zwei Gesichter. »Ich nehm an, du hast schon von den Modifikationen gehört, die wir an den Waffen vornehmen sollen«, sagte er.

»Aye«, sagte Scotty klagend.

»Tja, ich hab 'ne Modifikation für dich«, sagte Projeff. »Mit freundlicher Genehmigung der *Farragut*.«

Scottys Augen verengten sich. Wie hatte Projeff das Problem gelöst, wo er selbst nicht mal die Chance erhalten hatte, darüber nachzudenken? Die Ehre der *Enterprise* stand auf dem Spiel, und man gab ihm nicht mal Gelegenheit, sich etwas auszudenken.

Er schluckte seinen Stolz herunter und fragte: »Was ist dir eingefallen?«

20

Kirk klappte den Kommunikator zu und stand auf. Trotz der Hitze des Nachmittags verlieh es ihm Kraft, endlich einen Plan zu haben.

Er ging nachdenklich auf und ab. Es bestand eine große Chance, daß mindestens zwei, wenn nicht gar drei oder vier Fähren in etwa einer Stunde in ihrer Nähe landeten. Wenn sie über die Feuerkraft der Fähren sowie deren Schutzschirme und Zusatzbewaffnung verfügten, kam es auch hier zu einem gewissen Ausgleich der Kräfte. Zwar nicht im Übermaß, aber es würde ausreichen, den Kampf nicht in ein Gemetzel ausarten zu lassen.

»Rathbone, holen Sie Sulu mal rein!«

Vivian nickte, verschwand schnell durch die Tür des Kuppelbaus und ließ den heißen, trockenen Wind hinein.

»Kannst du deinen Patienten noch mal wecken, Pille?« sagte Kirk und nahm neben Kor Platz.

»Ich bin wach«, sagte Kor. »Ich habe gehört, was Sie mit den Schiffen besprochen haben.«

»Gut«, sagte Kirk. »Glauben Sie, daß der Plan funktioniert?«

»Der Plan ist gut«, sagte Kor. »Er hat meines Erachtens nur eine Schwäche.«

»Und zwar welche?« fragte Kirk. Kor hatte ihn früher stets schikaniert. Er wollte sein Bestes tun, um ihn daran zu hindern, diesmal auch so zu verfahren.

»Die Truppentransporter der Karr«, sagte Kor.

Kirk setzte sich zurück und dachte nach. Es war nicht von der Hand zu weisen.

»Ich habe sie zwar noch nicht gesehen«, sagte Kor, »aber ich nehme an, daß sie beträchtlich größer und wahrscheinlich stärker sind als Ihre kleinen Fähren.«

»So ist es«, sagte Kirk. Kor hatte recht, und er wußte es. Die Transporter waren zweifellos bewaffnet und gut abgeschirmt.

»Dann haben sie auch Zeit zum Starten, um die Fähren in der Luft anzugreifen, stimmt's?«

»Sie haben völlig recht«, sagte Kirk.

»Dann brauchen wir einen Plan«, sagte Kor, setzte sich langsam aufrecht hin und schaute Kirk an. »Wir müssen die Truppentransporter am Boden halten, wenn die Fähren landen.«

Kirk nickte. »Gut mitgedacht, Kor.« Er wandte sich zu Kerdoch um. »Können wir, ohne gesehen zu werden, zu der kleinen Bergkette gelangen, die hinter den Transportern liegt?«

Kerdoch dachte kurz nach, dann warf er Kor einen Blick zu und beantwortete Kirks Frage. »Es wäre möglich, nördlich ins Vorgebirge vorzustoßen und sich dann westlich hinter die Karr-Transporter zu schleichen. Es dauert aber mindestens eine Stunde.«

Kirk wandte sich wieder Kor zu. »Die Maschinen der Karr sind keilförmig und landen aufrecht stehend.«

Kor nickte. »Ich verstehe, was Sie meinen«, sagte er. »Sie haben wahrscheinlich irgendwelche Stützpfeiler, die sie in Position halten.«

»Genau«, sagte Kirk. »Und am Boden haben sie wohl kaum einen Schutzschirm. Wir brauchen ihnen nur ein Bein unter dem Hintern wegzuschießen.«

»Das würde ihren Start gewiß verlangsamen«, sagte McCoy.

»Eben, Doktor«, sagte Kor. Er ließ sich wieder auf die

Koje sinken und schloß seufzend die Augen. »Davon müssen wir ausgehen.«

Vivian Rathbone stand in dem schmalen Schatten, den der Rand der Geschützverkleidung ihr bot. In fünf Stunden würde die Sonne untergehen; die Hitze schien sie zu ersticken, und jeden Quadratzentimeter ihres Körpers zu grillen. Seit Sonnenaufgang hatte sie fast pausenlos Wasser getrunken, aber sie kam sich dennoch ständig durstig und ausgetrocknet vor. Sie konnte sich nicht daran erinnern, daß die Hitze früher hier so drückend gewesen war. Sie bildete sich sogar ein, die Hitze und die kühlen Abende auf diesem Planeten genossen zu haben. Erstaunlich, wie die Zeit eine Perspektive verändern konnte.

Sie trank einen weiteren großen Schluck warmen Wassers aus der Flasche, die sie bei sich trug. Sie sehnte sich nach einer kühlen Dusche, um sich das Salz und die schwarze Asche vom Leib zu spülen. Danach ein langes, kühles Bad, um ihre verbrannte Haut zu besänftigen. Es mußte das Paradies sein.

Es mußte das Paradies sein, bloß von diesem Planeten zu verschwinden.

Vor der Geschützplattform standen Kor und Captain Kirk und schauten über die verbrannten Felder hinweg auf die in der Ferne stehenden Truppentransporter der Karr.

Kor war zum ersten Mal in der Sonne. Dr. McCoy hatte natürlich leidenschaftlich dagegen Einspruch erhoben. Doch selbst er hatte den Klingonen nicht daran hindern können. Zur Erheiterung Kirks war es McCoy jedoch gelungen, Kor das Versprechen abzuringen, anschließend sofort wieder in den Kuppelbau zurückzukehren und während der Zeit in der Sonne alle paar Minuten Wasser zu trinken.

Bislang hatte Kor sich den Anweisungen des Arztes

willig unterstellt. Wahrscheinlich war er kranker, als er zugeben wollte.

»Der Plan könnte funktionieren, Kor«, sagte Kirk, drehte sich um und beendete das Gespräch, das Vivian an ihrem Posten im Schatten nicht ganz hatte mithören können.

»Mr. Sulu«, sagte Kirk. Lieutenant Sulu trat vor und baute sich vor Kor und seinem Captain auf.

»Kahaq und Kolonist Kerdoch«, sagte Kor.

Kahaq und Kerdoch traten ebenfalls vor.

»Sie werden die Truppentransporter nach eigenem Gutdünken ausschalten«, sagte Kirk.

»Intervallerbeschuß auf die Stützen«, sagte Kor. »Konzentrieren Sie sich auf eine Stelle.«

»Wird gemacht«, sagte Kahaq.

»Anschließend brauchen wir Sie hier, und zwar schnell. Vor dem Angriff der Karr«, ergänzte Kirk.

»Jawohl, Sir«, sagte Sulu.

Kerdoch und Kahaq schauten Kor kurz an. Offenbar fühlten sie sich unbehaglich dabei, von Kirk Befehle entgegenzunehmen.

»Diesmal bekämpfen wir an der Seite unserer Feinde einen anderen Feind«, sagte Kor. »Es liegt in der Natur des Krieges. Diesmal sind Captain Kirks Befehle ebenso viel wert wie die meinen.«

Kerdoch und Kahaq sagten zwar nichts, aber Rathbone erkannte, daß sie verstanden.

»Na schön«, sagte Kirk. »Abmarsch. Und viel Glück.«

Vivian dämmerte es plötzlich, daß Kirk nicht vorhatte, sie mit Sulu und den anderen hinauszuschicken. Doch aufgrund ihres Wissens über diesen Planeten hielt sie es für äußerst sinnvoll, die drei zu begleiten. Sie schaute den jungen Fähnrich Adaro an, der seitlich von ihnen stand, dann musterte sie die drei Abkommandierten.

»Captain«, sagte sie und trat aus dem Schatten, um

sich zu ihnen zu gesellen, »ich sollte bei diesem Unternehmen mitmachen.«

Kirks harter Blick aus seinem schmutzbedeckten Gesicht hätte sie beinahe mitten in der Bewegung verharren lassen, aber sie ging weiter und baute sich vor ihm und Kor auf. »Als ehemalige Kolonistin kenne ich das Gelände dieses Planeten. Außerdem geht es um zwei Transporter. Es könnte sein, daß vier Waffen gebraucht werden.«

Kirk nickte. »Richtig. Wie gut schießen Sie?«

Vivian schaute Sulu an, da sie nicht genau wußte, wie sie die Frage des Captains beantworten sollte. Er hatte wohl, bevor sie das Schiff verlassen hatten, noch keine Zeit gehabt, sich ihre Personalakte anzuschauen, sonst hätte er es gewußt.

»Commander Rathbone ist eine Meisterschützin, Captain«, sagte Sulu lächelnd.

Vivian lächelte ihn an. Wenigstens er kannte ihre Akte.

»Dann ist es nur logisch, daß sie mitgeht«, sagte Kor, ohne drauf einzugehen, daß Kirk bestimmte Dinge über die Angehörigen seines Teams unbekannt waren.

Kirk lachte und klopfte ihr auf die Schulter. »Nehmen Sie aber genug Wasser mit.«

McCoy reichte ihr einen feldflaschenähnlichen Wasserbehälter, den sie sich über die Schulter hängte. Das Gewicht lag fest an ihrer Hüfte. Sie leerte die Flasche, die sie bei sich gehabt hatte, in einem Zug und reichte sie McCoy. Dann schwang sie sich das klingonische Intervallergewehr über die rechte Schulter.

»Viel Glück«, sagte Kirk.

»Bathl Daqawlu'taH«, sagte Kor und nickte allen kurz zu.

Dann ging sie hinter Kerdoch her, der mit schnellen Schritten auf den nördlichen Rand der hinter der Ortschaft liegenden Hügel zueilte.

Laut Spock war die Chance groß, daß die Karr in der Stunde nach dem Abmarsch des Teams, das die Transporter ausschalten sollte, angreifen würden.

Und das Projekt, an das er dachte, konnte eine wertvolle Unterstützung für den bevorstehenden Versuch sein, den Angriff der Bodentruppen aufzuhalten. Also verließ er die Brücke und ging auf geradem Weg ins Lazarett. Commander Scott war damit beschäftigt, mit Projeff etwas auszutüfteln, das die Antischwerkrafteinheiten der Karr-Rüstungen lahmlegte. Deswegen mußte er seine Idee, wenn sie überhaupt jemand weiterverfolgen sollte, selbst ausführen.

Er brauchte nur wenige Minuten, um ein medizinisches Gerät umzubauen. Er kehrte die analytischen Funktionen um und stellte es so ein, daß es ein Lebenssignal ausstrahlte.

Dann brauchte er genau neun Minuten und acht Sekunden, um es soweit umzubauen, daß es gleichzeitig zehn Lebensformen anzeigte.

Drei Minuten und acht Sekunden Feinabstimmung. Er baute das Instrument in eine kleine Schachtel ein und war zufrieden. Natürlich würde es funktionieren. Aber ein Test war notwendig.

Er aktivierte das Interkom des Lazaretts. »Mr. Chekov, sondieren Sie bitte das Lazarett und teilen Sie mir mit, wie viele Lebensformen sich dort aufhalten.«

»Jawohl, Sir«, sagte Chekov. »Elf, Sir«, sagte er zwei Sekunden später. »Zehn davon stehen in einer dichten Gruppe zusammen. Das Signal ist irgendwie komisch. Ich prüfe mal nach, woran es liegen könnte.«

Genau das hatte Spock erwartet. Die Karr hingegen mußten mit ihren Scannern Schutzschirme durchdringen. Es würde ausreichen, um sie zu täuschen. Er schaltete den umgebauten Medoscanner ab.

»Sir«, sagte Chekov plötzlich sehr aufgeregt, »zehn Lebensformen sind verschwunden.«

»Richtig, Mr. Chekov. Danke.« Spock schaltete ab. Er empfand kein Bedürfnis, Chekov seine Handlung in diesem Moment zu erläutern.

Er nahm die kleine Schachtel, schob sie sich unter den Arm und verließ das Lazarett, um sich auf den Weg in den Maschinenraum zu machen. Seine Theorie bestand darin, daß zwei solcher Schachteln in jeder Fähre die Karr dazu bringen mußten, bei ihrem Angriff auf die Kolonie etwas vorsichtiger zu sein, da sie davon ausgehen mußten, daß sich an Bord mehr Verteidiger befanden als in Wirklichkeit.

Außerdem könnte dieses kleine Gerät sie dazu bringen, die Blockade aufzugeben und mehrere der in der Kreisbahn befindlichen Fähren anzugreifen, was es der *Enterprise* wiederum erlaubte, sich dem Planeten auf Transporterreichweite zu nähern – falls der Captain zustimmte, das Gerät einzusetzen. Aber dessen war Spock sich ganz sicher. Erst vor einem Jahr hatte der Captain während einer Schlacht gesagt, Rauch und Spiegel seien die beste Verteidigung. Spock hatte es damals nicht verstanden, aber nun sah er allmählich das logische Prinzip hinter dieser Metapher.

Die kleine Schachtel unter seinem Arm stand stellvertretend für den Spiegel.

Captain Kirk würde für den Rauch sorgen müssen, aber was solche Dinge anging, war er sehr begabt.

21

Kerdoch legte ein schnelles Tempo vor, als er die verbrannten Felder seiner Nachbarn überquerte und auf die welligen kleinen Hügel zulief. Es gab hier keinen Schatten, nur niedriges Gesträuch, knöchelhohes blaues Unkraut und Gestein. Er folgte dem Weg nach Norden, bis die Hügel die Höhe von zwanzig Kriegern erreichten. Dann blieb er stehen.

Die Menschenfrau war dicht hinter ihm geblieben, und Sulu auch. Kahaq war mindestens fünfzig Schritte zurückgefallen. Er schien außer Atem zu sein und errötete, als er sie endlich erreichte.

Kerdoch wußte, daß der Krieger die Strecke nicht schaffen würde. Wahrscheinlich würde ihn die Hitze eher fertigmachen als ein Phaserschuß. Aber natürlich konnte er als Kolonist einem Krieger nicht sagen, daß er versagen würde. Also hielt er den Mund.

Die Frau nahm schnell etwas Wasser in den Mund, spülte ihn aus und spie das Wasser auf den Boden. Dann nahm sie noch ein Schlückchen, das sie trank.

Ihr Tun beeindruckte Kerdoch. Sie bewies klares Denken und Übung in diesem Klima. Sie würde wenig Schwierigkeiten haben, mit ihm Schritt zu halten.

Auch Sulu trank schnell einen Schluck Wasser, verschloß die Flasche und wirkte, als sei er zum Weitermarsch bereit. Auch dieser dünne Mensch würde die Strecke überstehen. Es freute ihn. Er hatte Sulu respektieren gelernt. Er war ein Mensch mit Kraft und Ehre und seinem Captain sehr ähnlich.

»Wir gehen durch das Tal dort«, sagte Kerdoch.

Er wußte, daß das schmale Tal sich nach Osten bis zu den höheren Hügel in der Nähe der Karr-Transporter wand. Sie würden zwei Kämme überqueren müssen, um an sie heranzukommen. Bis dahin schützten die Talwände sie vor den Blicken der Karr-Bodentruppen. Er hoffte nur, daß die Karr-Schiffe in der Kreisbahn das sie umgebende Gebiet nicht so genau abtasteten und sie entdeckten. Dies war ein Risiko, das Kor und Kirk hatten eingehen müssen.

Kerdoch drehte sich um und ging weiter. Er bewegte sich mit eingeübter Leichtigkeit durch die einheimischen Gewächse und um sie herum.

Er schaute nicht zurück.

Und er hielt erst an, als sie die Stelle im Tal erreicht hatten, die hinter den Karr-Transportern lag. Über ihnen schienen die beiden Sonnen an Hitze und Energie zugelegt zu haben. Er war daran gewöhnt, in der Tageshitze zu arbeiten, aber nach den beiden letzten Tagen ohne Schlaf und mit wenig Wasser spürte er die extreme Hitze.

Er zückte seine Flasche und füllte Mund und Kehle mit warmem Wasser. Dann drehte er sich um.

Es überraschte ihn erneut, die Frau und Sulu an seiner Seite zu sehen. Von Kahaq sah er keine Spur.

»Wo ist Kahaq?« fragte er.

Sulu trank zuerst ein Schlückchen. Sein Gesicht war hellrot und verschwitzt. »Er ist irgendwann stehengeblieben, um etwas zu trinken. Er hat gesagt, ich soll weitergehen.«

»Die Hitze hier kann den stärksten Baum fällen«, sagte Kerdoch.

»Wie weit ist es noch?« fragte die Menschenfrau. Sie sah ebenfalls sehr erschöpft und erhitzt aus, wirkte aber bereit weiterzumachen.

Kerdoch deutete über den Rand des Kamms zu seiner Rechten. »Vom zweiten Kamm aus müßten wir sie unter Beschuß nehmen können.«

Er warf einen Blick auf die Erosionsrinne, durch die sie gekommen waren. »Auf dem Rückweg werden wir Kahaq schon finden.«

»Gehen Sie weiter«, sagte Sulu.

Kerdoch trank noch einen Schluck, dann ließ er die Waffe von der Schulter gleiten und nahm den Gipfel des Kamms in Angriff.

Sulu tat links von ihm das gleiche.

Und rechts folgte ihm die Menschenfrau.

Kirk stand allein in dem mageren Schatten, den ihm die Verkleidung des Intervallergeschützes bot. Kor, Fähnrich Adaro und McCoy waren in den Schutz des Kuppelbaus zurückgekehrt, um sich bis zur Landung der Fähren auszuruhen. Rathbone und Sulu waren irgendwo im Vorgebirge, und die Kolonisten hatten sich am Ortsrand verstreut und beobachteten das Lager der Karr. Einige hoben Gräben aus. Andere ruhten im Schatten. Viele waren nach Hause gegangen, um nach den Kindern zu schauen.

Die Zeit des Wartens. Kirk konnte sie nicht ausstehen.

Hinter den verbrannten Feldern standen die Transportschiffe der Karr. Ihre keilartigen Spitzen deuteten in die Luft, als seien sie bereit, gleich in die Höhe zu springen. Wahrscheinlich würden sie genau das tun, wenn die Fähren gestartet waren, es sei denn, Sulu und die anderen hielten sie am Boden fest. Anderenfalls waren die Fähren eine leichte Beute für sie. Man konnte sie zwar auf Landemanöver programmieren, aber nicht darauf, gegnerischen Beschuß zu erwidern.

Kirk schaute über das Feld, auf dem die verletzten Karr gelegen hatten. Die Fremdlinge hatten die Toten und Verwundeten in Vierergruppen geborgen und sie zwischen sich – wie schwere Särge bei einem Trauermarsch – in ihr Lager schweben lassen. Es hatten sich auf einen Schlag über achtzig Karr-Soldaten auf dem Feld befunden, und niemand hatte daran gezweifelt, daß sie nur ein kleiner Teil der Streitmacht waren, die bei Sonnenuntergang gegen die Kolonie marschieren würde.

Es mußte eine Möglichkeit geben, sie aufzuhalten, diesen Kampf zu beenden. In der gesamten Geschichte der Erde hatte man aufgrund irgendwelcher Territorialansprüche Kriege geführt. Nun kämpfte man um den Besitz ganzer Planeten. Für Kirk und die Föderation stand, was den Ausgang dieser Schlacht anging, eigentlich nichts auf dem Spiel, wenn man davon absah, daß er und seine Leute in dieser kriegerischen Auseinandersetzung festsaßen. Irgendwie mußte es eine Möglichkeit geben, die beiden Parteien, die etwas zu gewinnen oder zu verlieren hatten, miteinander ins Gespräch zu bringen.

Sein Kommunikator piepste, und er schnippte ihn auf.

»Captain«, sagte Sulu leise, fast flüsternd. »Kerdoch, Rathbone und ich sind hinter dem Lager der Karr in Position gegangen. Kahaq mußte unterwegs aufgeben.«

»Wie sieht das Lager aus, Mr. Sulu?« fragte Kirk.

»Die Karr haben vier große zeltähnliche Unterkünfte aufgebaut«, sagte Sulu leise. »Sie werden von zehn Mann in Rüstungen bewacht, die an den Eingängen stehen. Die anderen halten sich wohl in den Zelten und Transportschiffen auf.«

»Können Sie die Schiffe sabotieren?« fragte Kirk.

»Ich weiß nicht, Captain«, sagte Sulu. »Sie sind keilförmig, wie die großen Karr-Schiffe, und mit der Spitze nach oben gelandet. Sie stehen direkt auf dem Boden. Es gibt keinerlei Stützen, die ein Ziel abgeben könnten.«

»Keine?« fragte Kirk.

»Keine, Sir«, bestätigte Sulu.

Kirk hatte es schon befürchtet. Die Karr waren eindeutig sehr gut, wenn es um künstliche Schwerkraft ging; sie setzten sie auch ein, um ihre Schiffe aufrecht zu halten.

»Abwarten, Mr. Sulu. Und ziehen Sie den Kopf ein.«

Kirk klappte den Kommunikator zu und brachte mit schnellen Schritten die fünfzehn Meter zum Kuppelbau hinter sich. Im Inneren hockte Fähnrich Adaro auf der Koje. Kor saß mit einem Wasserglas in der Hand am Tisch, und McCoy hatte ihm gegenüber Platz genommen. Kirk war klar, daß sie kein Wort miteinander geredet hatten.

»Die Gruppe befindet sich oberhalb des Karr-Lagers«, sagte Kirk. »Kahaq ist nicht dabei. Er hatte ein Problem mit der Hitze.«

Kor runzelte die Stirn, sagte aber nichts.

Kirk nahm neben McCoy am Tisch Platz. McCoy schob ihm eine Flasche hin. Kirk trank erfreut das lauwarme Wasser und füllte zweimal seinen Mund. Dann übermittelte er Kor auch die schlechte Nachricht: »Die Schiffe verfügen nicht über Landestützen.«

Diesmal schüttelte Kor angewidert den Kopf. »Antischwerkraftfelder?«

»Sehr wahrscheinlich«, sagte Kirk.

»Also brauchen wir einen anderen Plan«, sagte Kor.

»Ich weiß«, sagte Kirk. »Haben Sie eine Idee?«

Er stellte Kor diese Frage, weil seine eigenen Ideen – etwa eine Möglichkeit zu finden, die Antischwerkraftgeräte auszuschalten – mit seiner kleinen Streitmacht nicht zu verwirklichen waren.

»Die Fähren müssen bemannt werden, damit sie sich verteidigen können. Jede muß über einen Piloten verfügen.«

Auch über diese Option hatte Kirk schon nachgedacht. Aber sie gefiel ihm nicht. Allerdings war es schon eher möglich, das Leben von ein, zwei Mannschaftsangehörigen zu riskieren, um vier Mann zu retten, als die gesamte *Enterprise.* Und mit den modifizierten Schutzschirmen und einem Piloten hatten die Fähren eine Chance im Kampf gegen die Truppentransporter der Karr.

Zudem hatte die Kolonie, wenn die Fähren der *Enterprise* und der *Farragut* erst mal auf dem Planeten waren, auch eine Chance gegen die Bodentruppen der Karr. Kors Plan hatte zweifellos auch eine Reihe anderer Vorteile, aber Kirk wollte das Leben der Fährenpiloten nicht in Gefahr bringen. Die Fähren sollten als Ablenkungsmanöver eingesetzt werden, und das war alles.

Kirk schaute Kor in die Augen. »Ich bin zwar bereit, vier unbemannte Föderationsfähren in diesem Kampf zu opfern, aber keine weiteren Menschenleben.«

Kor lachte und ließ seine flache Hand auf den Tisch klatschen. »An Ihrer Stelle täte ich das gleiche, Kirk. Sie sind gerissener als ich, das muß ich Ihnen zugestehen.«

Kirk lehnte sich zurück und musterte den Klingonen. Er hatte damit gerechnet, daß Kor ihn einen Feigling nennen würde. Doch statt dessen stimmte er ihm zu. »Sie überraschen mich, Kor.«

»Das ist gewaltig untertrieben«, sagte McCoy. »Ich wette, man hat sogar draußen gehört, wie laut mein Kinn auf die Tischplatte gekracht ist.«

Kor lachte erneut. Seine Kraft kehrte eindeutig zurück, denn seine Stimme und sein Lachen wurden zunehmend lauter. »Dies hier ist ein klingonischer Planet, Kirk. Es ist unsere Pflicht, ihn zu verteidigen. Unsere Fähren werden bemannt, um sich den Transportschiffen der Karr zu stellen. Ihre unbemannten Fähren können dazu eingesetzt werden, sie zu verwirren und ihr Feuer auf sich zu lenken. Es ist ein vernünftiger Plan.«

Kirk lächelte Kor an. »Die Gruppe im Rücken des

Karr-Lagers wird ein Weiteres dazu tun, die Karr zu verwirren, indem sie die Transportschiffe unter Feuer nimmt.«

Kor schlug erneut auf den Tisch und stand auf. »Kirk, eines Tages wird es mir eine Freude sein, gegen Sie zu kämpfen. Doch im Moment ist es mir auch eine Freude, mit Ihnen zusammenzuarbeiten.«

Kirk stand ebenfalls auf. Er schaute Kor an und schnippte seinen Kommunikator auf. »Mr. Spock, sind die Fähren beladen und startbereit?«

»Jawohl, Captain«, erwiderte Spock.

»Warten Sie auf meinen Befehl«, sagte Kirk. Er musterte Kor. »Wir starten, sobald Sie es sagen, Kor.«

Kor verbeugte sich leicht. »Ich brauche fünf Minuten, um meine Piloten einzuweisen«, sagte er. »Dann werden wir die Karr überraschen.«

»Und ob wir sie überraschen«, sagte Kirk. Er setzte sich wieder neben McCoy, und Kor wandte sich ab, um sich bei seinem Schiff zu melden.

»Manchmal erstaunst du mich wirklich, Jim«, sagte McCoy, während Kirk einen großen Schluck Wasser zu sich nahm.

»Wieso?«

»Du hast mehr von einem Klingonen an dir, als du glaubst.«

Kirk schaute seinen Freund eine Weile an, dann lächelte er. »Ich hoffe, es war ein Kompliment, Pille.«

McCoy schnaubte. »Ich fürchte«, sagte er dann, »in diesem Fall war es wirklich eins.«

Captain Bogle stand vor dem Hauptbildschirm. In den letzten paar Stunden war keine Veränderung eingetreten. Die Schiffe der Karr waren in der Blockadeposition über dem Planeten verblieben und standen den beiden Föderationsschiffen und den drei Schlachtkreuzern der Klingonen gegenüber. Doch Bogle wußte, daß sich dies irgendwann ändern würde. Er wußte zwar nicht wie, aber ändern würde es sich. Daran zweifelte er keine Sekunde.

»Captain«, sagte Lieutenant Sandy, »die *Enterprise* hat signalisiert, daß wir uns bereithalten sollen.«

»Auf ihr Zeichen hin«, sagte Bogle. Er aktivierte den Kommmunikationsknopf. »Wie sieht's mit den Fähren aus, Projeff?«

»Beladen, bewaffnet und startklar, Captain«, sagte der Chefingenieur. »Ich habe die automatische Startkontrolle zur Brücke transferiert.«

»Gut gemacht, Pro«, sagte Bogle.

»Außerdem, Sir«, sagte Projeff, »haben wir die Schutzschirme noch etwas weiter modifiziert. Sie müßten jetzt ganz schön hart zu knacken sein.«

»Ausgezeichnet«, sagte Bogle und schaltete ab.

Er setzte sich in seinen Sessel. »Fertigmachen, Leute. Ich nehme an, gleich fliegt uns einiges um die Ohren.«

Rings um ihn her schien die Brücke zu summen.

Niemand sprach ein Wort, aber die Spannung wuchs mit jedem Augenblick. Lieutenant Michael Book saß auf dem Rand seines Sitzes; seine Finger trommelten neben den Kontrollen auf die Konsole. Wissenschaftsoffizier Lee blickte in seinen Betrachter und hielt ihn mit beiden Händen fest.

»Wir erhalten eine kodierte Nachricht der *Enterprise*«, sagte Lieutenant Sandy. Seine Stimme klang etwas schriller als sonst.

»Auf den Schirm«, sagte Bogle. Er holte tief Luft, und als Spocks Bild sichtbar wurde, atmete er aus.

»Captain«, sagte Spock, »in genau sechsundzwanzig Sekunden werden die Klingonen ihre bemannten Fähren starten. Zugleich wird die *Enterprise* zwei unbemannte aussetzen.«

»Verstanden, Mr. Spock. Wir tun das gleiche. Viel Glück.«

Spock nickte, und sein Bild wurde durch die vertraute Szenerie der Karr-Schiffe und des hinter ihnen liegenden blaugrünen Planeten ersetzt.

Mehr brauchte nicht gesagt zu werden. Alle Einzelheiten über den Kurs, den die sieben Fähren nehmen würden, waren schon vor einer Stunde zwischen Spock und den Klingonen abgesprochen worden.

Die Startzeit rückte näher.

»Countdown läuft, Lieutenant Book?« fragte Bogle.

»Jawohl, Sir«, sagte Book. »Noch fünfzehn Sekunden.«

Bogle schaute sich auf der Brücke um. Alle waren bereit. »Bei zwei Sekunden gehen wir auf Alarmstufe Rot«, sagte er.

»Zehn Sekunden.«

Bogle atmete tief ein. »Bleibt bloß da«, sagte er zu den Karr-Schiffen auf dem Bildschirm. »Rührt euch bloß nicht von der Stelle.« Er hoffte verzweifelt, daß sie die Schiffe der Fremden unvorbereitet trafen. Am liebsten war es ihm, wenn sie erst reagierten, wenn die Fähren schon in die Lufthülle eingetaucht waren. Er wußte natürlich, daß er träumte, aber hoffen kostete ja nichts.

»Fünf Sekunden«, meldete Book. »Vier ... drei ...«

»Alarm!« sagte Bogle. Um ihn herum gingen rote Lichter an, und die Sirenen blökten.

»Zwei ... eins.«

»Starten.«

Lieutenant Books Finger flogen über seine Konsole.

Auf dem Hauptschirm sah Bogle die beiden *Enterprise*-Fähren aus dem Hangar hervorschießen. Eine jagte rechts von ihm auf den Äquator des Planeten zu. Die andere bog nach links ab.

Bogle wußte, daß die Fähren der *Farragut* programmiert waren, die Pole des Planeten anzusteuern und dort in die Atmosphäre einzutauchen. Die drei klingonischen Fähren sollten einen Kurs zwischen den anderen einschlagen, um mit etwas Glück in die Nähe der Kolonie zu gelangen, wenn die Transportschiffe der Karr aufstiegen, um sie abzufangen.

»Start durchgeführt«, meldete Book. Seine Stimme klang eindeutig aufgeregt.

»Captain«, sagte Lee. »Die Karr-Schiffe! Schauen Sie!«

Bogle spürte, daß seine Kinnlade überrascht nach unten sank. Er hatte alle möglichen Reaktionen der Karr erwartet, aber diese nicht.

Sie rührten sich nicht.

Keins bewegte sich von der Stelle.

Zwei der Schiffe öffneten allerdings die Hangartore. Es waren die gleichen, die die kleinen Flugmaschinen befördert hatten.

Es war unglaublich. Sie wollten Flugmaschinen hinter den Fähren herschicken. Sie sollten ihnen direkt in die Atmosphäre hinein folgen. Wieso waren sie darauf vorbereitet gewesen?

»Hangartore anvisieren!« schrie Bogle. »Phaser abfeuern!«

Helle Phaserstrahlen zuckten aus der *Farragut* hervor, jagten dem Ziel entgegen und kamen im Inneren der Karr-Hangare zur Explosion.

Im gleichen Moment feuerten auch die *Enterprise* und Kors Schiff. Auch sie nahmen die Hangare unter Beschuß.

Kurz darauf taten die beiden restlichen Schlachtkreuzer das gleiche.

Dann hatte Bogle den Eindruck, daß der Weltraum verrückt spielte.

Sieben Fähren fegten von den größeren Schiffen fort, und jedes nahm eine andere Richtung.

Fünf Kriegsschiffe zielten mit voller Feuerkraft auf die beiden Karr-Schiffe. Dann erfüllten Dutzende von kleinen Karr-Flugmaschinen die Umgebung ihrer Hangare. Sie waren wie Fledermäuse, die aus einer in Flammen stehenden Grotte hervorschossen, und sie ergossen sich ins All.

»Wie viele von diesen Shuttles können sie haben?« fragte Book.

Bogle hatte sich schon das gleiche gefragt.

»Karr-Shuttles anvisieren und vernichten«, rief Bogle. »Selbsttätig feuern!«

»Captain«, sagte Lee. »Rechts.«

Bogle hatte schon gesehen, worauf ihn der Wissenschaftsoffizier hinweisen wollte. Eins der größeren Karr-Schiffe hatte gewendet, sich aus der Formation gelöst und jagte der *Farragut* entgegen. Ein anderes machte das gleiche mit der *Enterprise.* Die fünf restlichen blieben in Blockadeposition.

»Bleiben Sie an den kleinen Kisten dran«, befahl Bogle. »Schießen Sie so lange, bis ich sage, Sie sollen aufhören.«

Rund um die großen Karr-Einheiten wimmelte es von den kleinen Shuttles. Sie waren viel zahlreicher als während der ersten Angriffe. Wieso, um alles in der Welt, hatten die Karr sie startklar?

Sie hatten wohl vorgehabt, noch einen Angriff gegen die Kolonie zu fliegen, bevor die Bodentruppen bei Sonnenuntergang zuschlugen. Es wäre ein logischer taktischer Schritt gewesen. Der Start der Fähren hatte sie gezwungen, die Aktion etwas früher beginnen zu lassen.

Die *Farragut* bebte, als das große Karr-Schiff es mit Sperrfeuer belegte.

Bogle hielt sich an den Armlehnen seines Sessels fest und beobachtete den Bildschirm, als der kombinierte Beschuß der Föderationsschiffe eins der kleinen Karr-Shuttles nach dem anderen explodieren ließ. Es sah so aus, als explodierten lautlose kleine Feuerwerkskörper an einem nächtlichen Himmel.

»Schirme halten«, sagte Lee.

»Das große Schiff ignorieren«, befahl Bogle. »Bleiben Sie an den kleinen Maschinen dran!. Schießen Sie die blöden Dinger ab.«

»Sir«, meldete Book, »die meisten Shuttles befinden sich hinter den großen Karr-Schiffen und stürzen sich der Atmosphäre entgegen.«

»Hinter ihnen her, Lieutenant«, sagte Bogle. »Folgen Sie ihnen, wenn's nicht anders geht, bis an den Rand der Atmosphäre!«

»Aber, Sir ...!«

»Tun Sie's, Lieutenant!« befahl Bogle mit lauter und fester Stimme. Natürlich war auch ihm bewußt, daß sie zwischen den Blockadeschiffen hindurchmußten, wenn sie den Shuttles folgen wollten. Aber die Karr verbauten ihnen nun schon lange genug den Weg. Es war an der Zeit, ihnen die Zähne zu zeigen.

Die *Farragut* legte sich leicht auf die Seite und raste auf eine Öffnung zwischen zweien der großen Karr-Schiffe zu; dabei feuerte sie konstant auf die kleinen Einheiten.

Dann stürzten sich die beiden großen Schiffe der *Farragut* entgegen, und die Brücke schien zu explodieren. Überall flogen Funken. Um Bogle herum erfüllte Rauch die Luft. Hinter ihm schien etwas in Brand geraten zu sein. Das Schiff bockte, und die Stabilisatoren kämpften darum, es gerade zu halten. Bogle hielt sich mit beiden Händen an der Lehne des Kommandosessels fest und konzentrierte sich auf die kleinen Shuttles.

»Schirme bei sechsundachtzig Prozent«, rief Lee.

»Weiter auf die Shuttles schießen«, befahl Bogle.

Ein weiterer Treffer krachte gegen den Schirm und ließ die *Farragut* wanken.

Dann waren sie an dem großen Karr-Schiff vorbei und schossen die Shuttles wie Luftballons ab.

»Die *Enterprise* folgt uns«, rief Lee. »Auch die Klingonen greifen an. Die Blockade der Karr löst sich auf.«

»Und die Fähren?« fragte Bogle.

»Erreichen die Atmosphäre«, sagte Lee. »Man hat nicht mal auf sie gefeuert.«

»Weiter auf die Shuttles schießen«, sagte Bogle.

Ein weiterer Schlag traf das Schiff. Er wäre fast aus dem Sessel geflogen.

Dann noch einer. Und noch einer.

»Schirme bei fünfundsechzig Prozent«, meldete Lee. »Ich glaube, wir haben die Karr *wirklich* verärgert.«

»Gut«, sagte Bogle.

»Die restlichen Shuttles sind nun zu tief in der Atmosphäre, als daß wir noch auf sie schießen könnten«, sagte Lieutenant Book.

»Wie viele sind durchgekommen?«

»Zwanzig, Sir«, sagte Book.

»Hoffen wir, daß die klingonischen Fähren sie am Boden erwischen«, sagte Bogle.

Das Schiff erbebte unter einem neuen Treffer.

»Mr. Book«, sagte Bogle, »das Schiff anvisieren, das uns gerade beschossen hat – und Feuer erwidern.«

»Jawohl, Sir«, sagte Book.

»Position halten. Sie dürfen nicht einmal den Zugang zum Planeten blockieren.«

Bogle griff fest in die Armlehnen seines Sessels. Er hatte nicht vor, diese Schlacht zu verlieren.

Er hatte genug von den Karr.

22

Vivian Rathbone konnte nicht fassen, daß es ihr gelungen war, mit dem klingonischen Kolonisten mitzuhalten. Er war mit großen Schritten vor ihr hergegangen und offenbar nie ermüdet. Hin und wieder hatte sie fast rennen müssen, um zwischen den Büschen und dem Gestein an seiner Seite zu bleiben. Und in den beiden kurzen Pausen hatte sie sich nicht mal ansatzweise regenerieren können. Sie hatten gerade mal ausgereicht, um wieder zu Atem zu kommen und einen Schluck Wasser zu trinken.

Nach der zweiten Rast waren sie über einen Kamm gekrochen, durch ein schmales Tal gepirscht und dann auf dem Bauch auf einen zweiten Kamm zugerobbt. In den Jahren ihres Studiums des einheimischen Pflanzenlebens hatte sie sich nie vorgestellt, sie könne eines Tages auf dem Bauch hier herumkriechen, eine klingonische Waffe schwingen und sich verzweifelt bemühen, den Kopf einzuziehen, damit niemand sie sah.

Sulu war rechts, Kerdoch links von ihr, als sie auf dem Kamm anhielten.

Sie hatte einen kleinen Felsvorsprung gefunden, hinter dem sie sich verstecken und die Waffe auflegen konnte. Unter ihr, keine zweihundert Schritte entfernt, breitete sich das Lager der Karr aus. Große zeltartige Unterkünfte waren in dem flachen Gebiet hinter den Transporteinheiten aufgebaut worden. Sie wäre jede Wette eingegangen, daß die ›Zelte‹ viel härter waren, als sie aussahen.

Die beiden Karr-Einheiten standen in einer schwerfällig anmutenden Position da – die Nase erhoben. Sie bildeten eine perfekte Barrikade zwischen den Zelten und der dahinter liegenden Kolonie. Der Bug des nächsten Transportschiffes war kaum fünfzehn Meter unter ihr. Die Maschinen waren groß und sahen sehr eigenartig aus, als hätte jemand beide Enden eines Bumerangs in den Boden gesteckt.

Neben ihr piepste Sulus Kommunikator. Er lag vor ihm auf dem Boden. Er schnippte ihn auf, ohne sich groß zu bewegen oder den Blick von dem Lager unter ihnen zu nehmen.

»Probleme«, sagte Kirk. »Die Fähren sind zwar gestartet, aber die Karr haben ihre Shuttles gleich danach abgesetzt.«

»Wie viele?« fragte Sulu. Auch Vivian hätte genau diese Frage gestellt.

»Mindestens zwanzig sind in die Atmosphäre eingedrungen«, sagte Kirk.

Zwanzig Angreifer mit breitgefächerten Plasmastrahlen. Und sie befanden sich im Freien und hatten nicht den geringsten Schutz. Sie hatten keine Chance. Man würde sie im Vorbeiflug grillen.

»Wie lauten Ihre Befehle, Captain?« fragte Sulu.

»Können Sie irgendwo untertauchen?«

Sulu drehte sich zu Kerdoch um. »Gibt's hier einen Schutz gegen Plasmabeschuß?«

Kerdoch schien kurz nachzudenken, dann nickte er. »Eine kleine Felsenhöhle im Tal hinter uns. Sie müßte ausreichen.«

Sulu sprach wieder in den Kommunikator. »Es gibt in der Nähe eine kleine Höhle, Captain.«

»Gut«, sagte Kirk. »Sie machen also folgendes: Sie eröffnen in genau achtzig Sekunden das Feuer auf die Truppentransporter.«

Sulu nickte. Vivian ebenfalls. Lumpige achtzig Sekunden. Ihr Herz schlug so heftig, daß es sie erstaunte, wieso die Karr es in ihrem Lager nicht hörten.

»Versuchen Sie, wenigstens eine der Kisten am Boden zu halten. Ihr Angriff darf nur dreißig Sekunden dauern, dann verziehen Sie sich in die Höhle. Die Karr dürfen keine Zeit haben, das Feuer auf Sie zu erwidern.«

»Verstanden, Captain«, sagte Sulu.

»Viel Glück. – Kirk, Ende.«

Sulu klappte den Kommunikator zu und klemmte ihn an seinen Gürtel.

Vivian überprüfte kurz das Intervallergewehr, dann schaute sie nach, ob der Phaser noch an ihrem Gürtel hing. Als sie sich die schweißnassen Hände am Hemd abwischen wollte, machte sie sich nur schmutzig. Sollte sie je wieder aus dieser Hitze herauskommen, wollte sie sich nie wieder über Kälte beklagen. Nie wieder.

»Rechten Keil der nächsten Maschine anvisieren«, sagte Sulu. »Sehen Sie die Öffnung da unten? Hoffen wir, daß dort die Manövrierdüsen liegen.«

»Ein gutes Ziel«, sagte Kerdoch.

Rathbone nickte Sulu zu, dann visierte sie das Ziel über den Felsen an. Wenn sie Glück hatten, konnten sie die Manövrierdüsen beschädigen, so daß es für den Transporter zu gefährlich wurde, einen Start zu wagen. Aber dazu mußten sie verdammt viel Glück haben.

»Noch zehn Sekunden«, sagte Sulu.

Unter ihnen bewegten sich nun mehrere gepanzerte Karr. Sie kamen wie langsame, schwerfällige Ameisen aus den Zelten. Sie umzunieten, wäre wie das Abschießen langsamer Ziele auf einem Übungsplatz. Aber Vivian bezweifelte, daß klingonische Waffen viel gegen ihre Rüstungen ausrichten konnten.

»Fünf Sekunden«, sagte Sulu leise.

Vivian atmete tief die heiße, staubige Luft ein und stieß sie langsam wieder aus. Ruhig. Auf das Ziel konzentrieren. Ruhig.

Die Jahre der Ausbildung fielen ihr wieder ein. Ihre Hände beruhigten sich, während sie den Lauf des Gewehrs hielt.

»Zwei«, sagte Sulu.

Sie wartete.

»Eins.«

Die Zeit zwischen den Sekunden schien sich ins Endlose auszudehnen.

»Feuer!«

Vivian drückte den Abzug, und der Intervaller pulsierte in ihren Händen.

Die Öffnung an der Seite des Karr-Transporters leuchtete in der gleichen Sekunde auf, in der er von drei Strahlen getroffen wurde.

Sie wurde erst hellrot, dann weiß, dann explodierte sie, sprühte Funken und spuckte brennendes Material über die Zelte und die gepanzerten Karr.

Erstaunlich. Sie wäre am liebsten aufgestanden, um zu jubeln.

Aber sie feuerte weiter.

Der Seitenrumpf des Karr-Schiffes schien wegzuschmelzen, und dann, in dem Moment, als alles explodierte, drangen ihre Strahlen durch die Außenhülle und schnitten ins Schiffsinnere. Sie war fassungslos.

Sie hielt den Abzug fest und ließ den Gewehrstrahl in das Schiff schneiden wie ein glühend heißes Messer in kalte Butter.

Kerdoch und Sulu taten neben ihr das gleiche.

Dann hörte sie ein Grollen, als irgend etwas im Inneren des Transportschiffes sich entzündete.

»Gleiches Ziel am anderen Transportschiff anvisieren!« übertönte Sulu das Grollen.

Vivian schwang das Gewehr herum und schoß. Sulu und Kerdoch machten es ihr eine Sekunde später nach.

Auch dieses Ziel färbte sich rot, dann weiß, dann kam die nächste Explosion. Genau hinter den Öffnungen mußte sich ein kleiner Flüssigtreibstoffbehälter befunden haben. Die Hitze des Beschusses schälte die äußere Schutzhülle ab, so daß die Strahlen ins Innere dringen konnten. Sie hatten wirklich Glück.

Sehr viel Glück.

Der erste Truppentransporter erbebte. Unter hohem Druck stehender Dampf schoß aus dem Loch hervor, daß sie in seine Seite geschossen hatten.

Eine scheinbar endlose Zeit lang setzten sie den Beschuß des zweiten Transporters fort, bis sie endlich durch waren und das Innenschott sich auflöste.

Plötzlich brach vor ihnen der Boden auf, spuckte eine Erd- und Gesteinswolke aus und verdeckte Vivians Blickfeld. Einer der Karr-Soldaten hatte offenbar auf sie geschossen.

»Laßt uns hier verschwinden«, rief Sulu.

Sie senkte sofort die Waffe und krabbelte auf Händen und Knien vom Kamm herunter. Steine und Gewächse schnitten in ihr Fleisch und ihre Knie, doch sie ignorierte den Schmerz.

Der Felsen, hinter dem sie sich verschanzt hatte, explodierte, als ein Schuß aus dem Lager der Karr ihn in Stücke riß.

Sulu und Kerdoch waren sofort neben ihr, als sie wieder auf die Beine kam und lief. Sie jagten wie wilde Tiere den Abhang hinab und wichen Büschen und Felsen aus oder sprangen darüber hinweg.

Zweimal verlor sie auf dem losen Untergrund das Gleichgewicht, aber es gelang ihr, auf den Beinen zu bleiben und die klingonische Waffe nicht zu verlieren.

Am Boden der Rinne schien die Welt sich zu schütteln. Schmutzwolken stiegen vom Boden auf, als auf der anderen Seite des Kamms eine gewaltige Explosion den Himmel mit schwarzem Qualm und Trümmerstücken erfüllte.

Eins der Transportschiffe schien explodiert zu sein.

»Da entlang«, übertönte Kerdoch das Krachen. Er wandte sich sich in Richtung Kolonie und rannte mit Höchstgeschwindigkeit durch die Rinne.

Vivian gelang es, zehn Schritte hinter dem großen Klingonen und auf den Beinen zu bleiben – bis eine zweite Explosion den Boden zittern ließ und sie mit dem Gesicht voran in einen Erdhügel flog.

Sulu überschlug sich neben ihr, drehte sich und kam wieder auf die Beine. Er packte ihren Arm und riß sie wortlos hoch.

Vor ihnen jagte der Klingone über einen Haufen riesiger, von der Sonne erhitzter Findlinge.

Vivian folgte ihm schwer atmend und spuckte die Erde aus ihrem trockenen Mund.

Die Höhle war kaum mehr als ein Felsvorsprung, vor dem einige lose Findlinge lagen. Große Spalten liefen an der Seite der Gesteinsoberfläche nach oben.

Sie wollte gerade sagen, daß der Raum gegen Plasmastrahlbeschuß kaum Schutz bot, als Kerdoch seitlich abbog und am Boden einer Spalte in eine dunkle Öffnung glitt.

Vivian hielt keuchend an und stützte sich gegen den Fels.

Große Wolken dunklen Qualms stiegen hinter dem Kamm auf und erfüllten den Himmel mit schwarzen Wolken, die große Schatten über die nahe gelegenen Hügel warfen.

»Haben wir genug Platz?« fragte Sulu.

Kerdochs leise Stimme warf Echos aus der Spalte. »Ja.«

Sulu schaute sich, das Gewehr im Vorhalt, um. Dann bedeutete er ihr, sie solle zuerst gehen.

Vivian bückte sich und schlüpfte hinein. Die Spalte war so schmal, daß sich das Gestein an ihrer Brust und ihrem Rücken rieb. Wie war der große und stämmige Kerdoch nur hier reingekommen?

Nach zwei schlurfenden Schritten zur Seite befand sie sich in einem größeren Raum. Er hatte ungefähr die Abmessung einer kleinen *Enterprise*-Kabine.

»Kinder haben die Höhle entdeckt«, sagte Kerdoch.

»Glück für uns«, sagte Sulu. Er kam herein und trat vom Eingang fort, so daß das Licht den kleinen Raum erfüllen konnte.

Vivian holte tief und zitternd Luft. Allmählich gewöhnten ihre Augen sich an das schwache Licht in der Höhle.

Der Höhlenboden bestand aus ziemlich glattem Gestein. Über ihr war noch ein Lichtstreifen; von dort konnte Luft eindringen. Ansonsten war der Spalt, durch den sie gekommen waren, die einzige Öffnung der Höhle.

Sulu schnippte seinen Kommunikator auf. »Captain?«

»Ausgezeichnete Arbeit, Sulu«, sagte Kirk. »Sie haben beide Schiffe in die Luft gejagt. Sind Sie in Sicherheit?«

»Das weiß ich nicht genau«, erwiderte Sulu.

»Wo sind Sie? Die Übertragung ist schlecht.«

»Wir sind in einer kleinen Höhle – hinter dem Lager der Karr. Ein Volltreffer auf die Wand, hinter der wir sind, und wir werden gebraten.«

Kirk brauchte einige Zeit für eine Antwort – als müsse er Sulus Worte erst dechiffrieren. »Immerhin besser als im Freien«, sagte er. »Halten Sie sich bedeckt, bis ich melde, daß die Luft rein ist.«

»Aye, Sir«, sagte Sulu und klappte den Kommunikator zu.

Er musterte Vivian und schüttelte den Kopf. Dann stellte er seine Waffe an der Höhlenwand ab.

»Sieht so aus, als wären wir für den Rest der Schlacht außer Gefecht gesetzt«, sagte sie mit mehr Erleichterung, als sie sich zuzugeben traute.

»Äußerlichkeiten besagen nichts«, sagte Sulu. »Seien Sie auf alles vorbereitet.«

»Ich übernehme die Wache«, sagte Kerdoch. Er schob sich an Vivian vorbei und baute sich am Eingang auf.

Vivian setzte sich auf den Boden und zückte ihre Wasserflasche. Ihre Hände fingen an zu zittern, aber es gelang ihr, einen großen Schluck der Flüssigkeit in sich hineinzuschütten, bevor es so schlimm wurde, daß sie die Flasche nicht mehr halten konnte.

Spock registrierte, was die *Farragut* tat: Sie stürzte sich genau zwischen die Karr, um an die kleinen Shuttles heranzukommen, die in die Atmosphäre eindringen wollten.

»Der *Farragut* folgen«, befahl er. »Jedes Schiff anvisieren, das auf sie schießt.«

Die *Enterprise* schüttelte sich, als ein Karr-Schiff aus nächster Nähe das Feuer eröffnete.

»Keinerlei Schäden«, meldete Chekov. »Schirme halten, Sir.«

Spock antwortete nicht; seine Aufmerksamkeit galt der *Farragut,* die pausenlos feuerte und ein Shuttle nach dem anderen abschoß. Spock hätte nie gedacht, daß Captain Bogle sich als dermaßen aggressiv erweisen würde.

Das Phaserfeuer der *Enterprise* krachte zuerst in das Schiff zur Rechten der *Farragut,* dann in das zur Linken.

»Weiterfeuern«, befahl Spock. Er wollte der *Farragut* so viel Deckung geben wie möglich.

»Sämtliche Karr-Shuttles nun außer Reichweite«, meldete Fähnrich Chekov.

Die *Farragut* drehte um und feuerte auf die sie umgebenden großen Karr-Schiffe.

»Die *Farragut* hält ihre Position zwischen den Karr und der Atmosphäre«, sagte Chekov.

Spock sagte nichts. Er wagte es nicht. Bogles Aktion war sinnlos. Seine Position war nicht zu halten.

Plötzlich war es, als hätte irgend etwas Großes die

Enterprise gerammt. Die gesamte Brücke schien sich auf den Kopf zu stellen, dann richtete sie sich wieder auf.

Zwei Karr-Schiffe hatten die *Enterprise* gleichzeitig unter Beschuß genommen. Sie führten die gleiche Attacke durch, der sie zuvor von den Föderationsschiffen ausgesetzt gewesen waren.

»Schirme bei fünfundachtzig Prozent«, meldete Chekov.

»Neben die *Farragut* gehen«, sagte Spock. »Und weiterfeuern.«

Das Schiff ruckte erneut stark nach links, als die *Enterprise* neben ihrem Schwesterschiff in Stellung ging. Spock gelang es, sich am Kommandosessel festzuhalten.

Die drei Schlachtkreuzer der Klingonen führten weiterhin Angriffe gegen die Karr-Einheiten und trafen sie im Vorbeiflug. Dann wendeten sie und setzten erneut zu einem Angriff an.

Kein Schiff, auch nicht die der Karr, schien irgendwelche ernsthaften Schäden davongetragen zu haben.

»Weiter anvisieren und feuern, Mr. Chekov«, sagte Spock.

»Es sieht nach einer Sackgasse aus, Sir«, sagte Uhura.

Spock war sich der Lage ziemlich bewußt. Drei Karr-Einheiten hatten die beiden Föderationsschiffe über der Atmosphäre eingekesselt. Die vier anderen Karr-Schiffe bildeten einen Schirm gegen die marodierenden Schlachtkreuzer der Klingonen.

Im Moment hatte Lieutenant Uhura recht. Es war eine Sackgasse. Aber die Angriffe der Karr würden die *Farragut* und die *Enterprise* durch schiere Übermacht zermürben. Ihre momentane Position war nicht haltbar.

Und wieder ruckte das Schiff leicht.

»Funkspruch von der *Farragut*, Sir«, meldete Lieutenant Uhura.

»Ton«, sagte Spock.

»Spock«, sagte Captain Bogle. »Ich glaube, es wird Zeit, daß wir uns auf unsere alten Stellungen zurückziehen.«

»Einverstanden, Captain«, sagte Spock.

»Wieder mitten durch?«

»Einverstanden, Captain.«

»Zehn Sekunden. Auf mein Zeichen hin ... Ab jetzt.«

»Navigator, Kurs auf alte Position, halbe Impulskraft. Mr. Chekov, weiterhin auf jedes Ziel feuern.« Genau zehn Sekunden später sagte Spock: »Jetzt.«

Die *Enterprise* und die *Farragut* zuckten im gleichen Moment nach vorn, genau auf die Karr-Schiffe zu.

Chekov feuerte Strahl auf Strahl ab, als die *Enterprise* sich zwischen die beiden feindlichen Schiffe schob und sie passierte.

Plötzlich hörten die Attacken der Karr gegen ihre Schutzschirme auf.

»Feuer einstellen«, sagte Spock.

Die drei klingonischen Schlachtkreuzer zogen sich zurück und nahmen ebenfalls ihre alten Positionen ein.

»Schirme bei achtzig Prozent«, sagte Chekov.

Spock aktivierte die Kommunikation. »Wann haben wir wieder vollen Schutz, Mr. Scott?«

»In zehn Minuten, Sir«, sagte Scotty. Er klang leicht vergrätzt.

»Danke, Mr. Scott«, sagte Spock und musterte die sieben Karr-Schiffe.

»Als wäre nichts passiert«, sagte Chekov.

»Es sieht nur so aus«, sagte Spock. »Die Lage ist ganz anders als vor zwölf Minuten.«

»Position halten, Mr. Spock«, sagte Kirk und klappte den Kommunikator zu. Er und seine Leute saßen noch immer fest und warteten auf den bevorstehenden Angriff.

Doch die Dinge änderten sich schnell.

Kirk und Kor standen am Rand der Geschützplattform und schauten sich die Rauchwolke an, die vom Lager der Karr zum Himmel aufstieg. Er hatte nicht geahnt, daß Sulus Unternehmen so erfolgreich ausgehen würde. Es sah so aus, als seien beide Transportschiffe in die Luft geflogen. Es gab keinen Zweifel, daß dies den Gegner demoralisieren würde, aber in welchem Umfang, war reine Spekulation. Vielleicht reichte es für die *Enterprise*, etwas auszutüfteln, wie ein Durchbruch gelingen konnte, um sie von diesem Planeten fortzuholen.

Falls sie den bevorstehenden Angriff überlebten.

»Kirk«, sagte Kor.

Kirk schaute zu Kor, dann folgte er seinem Blick zum Himmel.

Vier Fähren der Raumflotte setzten zur Landung an. Kor hatte acht Kolonisten zusammengerufen, die nun bereitstanden, um die Waffen aus den Fähren zu holen und an die anderen zu verteilen.

Seit der Vernichtung der Truppentransporter hatte Kirk den Schluß gezogen, daß die Fähren höchstwahrscheinlich ausreichten, um sich den Karr-Shuttles entgegenzustellen, die zu ihnen unterwegs waren – zwar nicht waffen-, aber schutzschirmtechnisch. Deswegen stand Fähnrich Adaro seitlich im Schatten, um die erste zu übernehmen.

Kirk würde die zweite Fähre fliegen. Die beiden anderen mußten unbemannt bleiben, bis Sulu und Rathbone zurückkehrten.

Die drei bemannten Klingonen-Fähren fegten heran und bezogen Position an drei Seiten der Ortschaft. Sie hingen lautlos in der Luft.

»Es ist wirklich ein gutes Gefühl, sie hier zu haben«, sagte Kirk.

»Es ist irgendwie beruhigend«, sagte Kor. »Ich bin ganz Ihrer Meinung.«

Als die *Galileo* aufsetzte, trat Kirk von der Plattform

und eilte auf sie zu. Kor drehte sich um und trat hinter die Geschützverkleidung. Ein Kolonist sollte das Geschütz jetzt bemannen. Kirk hoffte, daß er nur ein halb so guter Schütze war wie Sulu.

Die drei anderen Fähren landeten nacheinander zwanzig Schritte vom Rand der Kolonie entfernt und ließen Staub und schwarze Rußwölkchen aufsteigen.

Hinter der *Galileo* befand sich die *Columbus,* hinter der wiederum zwei *Farragut*-Fähren standen. Fähnrich Adaro hatte die *Columbus* schon erreicht und war im Begriff, die Luke zu öffnen. Zwei klingonische Kolonisten hatten die Luke der *Galileo* schon geöffnet und stiegen hinein.

Kirk erreichte das Fahrzeug eine Sekunde später.

Er half den Männern rasch, die Waffen von Bord zu bringen, dann stieg er ein, schloß die Luke und glitt in den Pilotensitz, als hätte er seit Jahren nirgendwo anders gesessen. Er schaltete schnell die Sensoren ein, aktivierte den Schutzschirm und machte die Phaser bereit. Zwar waren die Fährenphaser nicht so stark wie die der *Enterprise,* aber sie waren ihren Zwecken gewiß dienlich.

Die Flugmaschinen der Karr schwebten über dem Lager der Fremdlinge, als warteten sie auf Befehle.

Kirk ließ die *Galileo* ungefähr auf die gleiche Höhe wie die schwebenden klingonischen Fähren steigen und blieb wartend in Position.

Fähnrich Adaro tat mit der *Columbus* das gleiche.

Dann warteten sie.

Zwanzig Minuten später warteten sie noch immer.

23

Kerdoch stützte sich vor der kleinen Höhle auf einen riesigen Findling. Aus dem Lager der Karr stieg Rauch zum Himmel auf und erfüllte den klaren Himmel mit einer riesigen schwarzen Wolke. Hinter der Wolke sah er die blitzenden Keile, die in Formation schwebten. Die Shuttles waren eingetroffen, aber sie rührten sich nicht.

Das Blut, das während des Angriffs in seinen Adern gepocht hatte, hatte sich zwar beruhigt, aber er atmete noch immer schwer, denn die Sache hatte ihn aufgewühlt. Er hatte sich noch nie so lebendig gefühlt. Ihm war bewußt geworden, was es hieß, ein Klingone zu sein, und er hatte sich der Herausforderung gestellt. Er hatte seine verbrannten Felder und toten Nachbarn gerächt.

Wenn die Karr noch einmal angriffen, würde auch er wieder zuschlagen.

Auch die Menschen, die mit ihm zusammen gekämpft hatten, hatten großen Mut und Ehrenhaftigkeit bewiesen.

Er hatte heute wichtige Dinge gelernt: Auch Feinde hatten eine Ehre. Darüber hatte er früher nie nachgedacht.

Sulu quetschte sich aus dem Höhleneingang. Die Menschenfrau folgte ihm. Er baute sich neben Kerdoch auf, als die Frau nach rechts ging, um hinter einem anderen großen Findling in Deckung zu gehen.

»Sie werden mit dem Angriff bis zum Sonnenuntergang warten«, sagte Kerdoch.

»Wahrscheinlich haben Sie recht«, sagte Sulu. Er schnippte seinen Kommunikator auf. »Captain?«

»Sprechen Sie, Mr. Sulu«, sagte der Captain.

»Die Flugmaschinen der Karr schweben hinter der Kolonie. Kerdoch und ich nehmen an, daß sie erst gegen Sonnenuntergang losschlagen, wie der Karr es Ihnen gesagt hat.«

»Ich glaube es allmählich auch, Mr. Sulu. Können Sie zum Lager zurückkehren? Ich möchte so nahe am Lager der Karr keine Fähre einsetzen.«

Sulu wandte sich zu der Frau um. Sie nickte. Dann schaute er Kerdoch an.

Kerdoch lachte leise.

»Wie lange?« fragte Sulu.

Kerdoch schaute die Frau an, dann Sulu. Er wußte, daß die beiden müde waren. Sie würden zweimal rasten müssen, aber dieses Tal war leichter zu durchqueren, als das andere, durch das sie gekommen waren. Allerdings hielt sich der Krieger Kahaq in dem anderen auf.

»Wir müssen Kahaq finden«, sagte Kerdoch. »Es wird etwa eine Stunde dauern. Dann der Rückweg.«

Sulu nickte, dann sprach er wieder in das Gerät, das er in der Hand hielt. »Captain, wir gehen ein Stück nach Norden, um Kahaq zu suchen. In einer Stunde müßten wir bei Ihnen sein.«

»Die erste Sonne geht in zwei Stunden unter«, sagte Kirk. »Wenn wir sehen, daß die Shuttles der Karr sich bewegen, melden wir uns. Dann gehen Sie in Deckung. Wir kommen Ihnen dann zu Hilfe. – Kirk, Ende.«

Sulu klappte den Kommunikator zu und befestigte ihn an seinem Gürtel.

»Ihr Captain hat eine Menge gesunden Menschenverstand«, sagte Kerdoch. »Doch jetzt trinken Sie.«

Er hob seine Feldflasche und trank zwei große Schlucke. Das Wasser füllte seinen Magen und beruhigte ihn noch mehr.

Sulu und die Frau öffneten ihre Flaschen und tranken sehr viel.

Als sie sie wieder verschlossen hatten, schulterte Kerdoch sein Gewehr, drehte den Menschen den Rücken zu und kletterte auf den nächsten Felsen, um einen Pfad zu suchen, der sie zum Kamm brachte.

Kirk landete die *Galileo* sanft im Inneren der Kolonie, zwanzig Schritte vom Intervallergeschütz entfernt, und stieg in die heiße, trockene Luft hinaus. Die Hitze traf ihn wie ein Schlag, ließ ihn stehenbleiben und zwang ihn, tief Luft zu holen. Die klimatisierte Umwelt in der Fähre war ein Genuß gewesen, doch nun mußte er sich mit Kor unterhalten.

Fähnrich Adaro blieb mit der *Columbus* neben den drei klingonischen Fähren in der Schwebe.

Eine halbe Stunde nach dem Aufbruch hatten Sulu, Rathbone und Kerdoch Kahaqs Leiche gefunden. Kahaq war gestorben; er hatte im Freien in der Hitze gelegen – ohne Wasser, in seiner Kriegerkluft. Sie hatten den Toten zurückgelassen und waren vor zehn Minuten eingetroffen. Nun war es kaum noch eine Stunde bis zum Sonnenuntergang.

Kor trat aus dem Schatten des Intervallergeschützes und gab Kirk mit einer Geste zu verstehen, er solle mit ihm in den Kuppelbau gehen.

In dem etwas kühleren Innenraum saß McCoy am Tisch. Seine Uniform war schweißgetränkt, und vor ihm stand eine große Wasserflasche. Kerdoch stand neben der Tür, die Waffe hing noch über seiner Schulter. Rathbone und Sulu hockten auf der Koje und lehnten an der Wand. Sie sahen beide erschöpft aus.

»Ausgezeichnete Arbeit«, sagte Kirk, als er sie sah.

»Finde ich auch«, sagte Kor zu Kerdoch. »Was Sie heute geschafft haben, wird man nicht vergessen.«

Kerdoch nickte zwar nur, aber selbst Kirk konnte erkennen, daß Kors Worte ihn freuten.

McCoy warf Kor eine große Wasserflasche zu. »Trinken Sie. Es ist sogar kalt. Ich habe gerade drei Märsche zum Brunnen hinter mir, um die Vorräte aufzufrischen.«

»Gut mitgedacht, Pille«, sagte Kirk. Er war so sehr auf den bevorstehenden Kampf konzentriert, daß er grundlegende Wichtigkeiten wie Wasser und Nahrung völlig vergessen hatte.

»Hat mit Denken nix zu tun«, knurrte McCoy. »Wenn wir in dieser gottverdammten Hitze nicht genug trinken, sterben wir. Warum sich alle um diesen Planeten raufen, ist mir schleierhaft. Wenn ihr Klingonen Grips hättet, würdet ihr den Karr diese Welt schenken.«

»Wenn wir noch einen Tag in dieser Hitze ausharren müssen, Doktor«, sagte Kor, »stimme ich Ihnen wahrscheinlich zu.«

»Stellt euch nur mal vor, was die Karr in den Rüstungen aushalten müssen«, sagte Kirk. Er trank einen großen Schluck von Kors kaltem Wasser, dann gab er die Flasche McCoy zurück.

»Wir müssen uns unterhalten«, sagte er zu Kor. An Bord der *Galileo* hatte er Zeit gehabt, ihre Lage zu studieren. Es war ihnen gelungen, bis zu einem gewissen Grad ein Gleichgewicht der Kräfte herzustellen. Nun, da Sulu und Rathbone wieder bei ihnen waren, konnten sich alle vier Fähren der Flotte zusammen mit denen der Klingonen in den Kampf stürzen. Zwar waren sie den zwanzig Karr-Shuttles zahlenmäßig noch unterlegen, aber dies konnte das Geschütz fast ausgleichen.

Außerdem hatte Mr. Scott zwei speziell modifizierte Schallunterbrecher mitgeschickt, von denen er glaubte, sie könnten dazu dienen, die Antischwerkraftkontrollen der Karr-Rüstungen auszuschalten. Dies und die neuen Waffen, die die Fähren mitgebracht hatten, sorgten vielleicht dafür, daß ein Kampf am Boden mit gleichwertigen Kräften ausgetragen wurde.

Doch dies schloß einen Kampf noch immer nicht aus. Und diese Vorstellung gefiel Kirk nicht sehr.

»Reden Sie«, sagte Kor zu Kirk. Er setzte sich auf einen Stuhl an den Tisch und legte die Hände vor sich auf die Tischplatte.

Kirk zog sich einen anderen Stuhl heran und nahm Kor gegenüber Platz.

»Wir müssen mit den Karr sprechen, Kor. Und zwar jetzt. Vor dem Kampf.«

Kor schlug mit der flachen Hand auf die Tischplatte, so daß es wie ein scharfer Schuß klang, der in dem kleinen Kuppelbau widerhallte. »Kirk, sie werden weich. Hat die Hitze Sie zum Feigling gemacht? Fürchten Sie sich vor dem anstehenden Kampf?«

»Ich werde kämpfen«, sagte Kirk so kalt und fest, wie es ihm möglich war. Er blickte konzentriert in Kors schwarze Augen. »Falls ich es muß.«

»Warum sollen wir dann Gespräche führen?« fragte Kor, ohne Kirks Blick auch nur eine Sekunde auszuweichen. »Die Menschen wollen immer reden, bevor sie sich schlagen. Das ist ihre schlimmste Eigenschaft.«

»Weil die Karr, wie Sie wissen«, erwiderte Kirk, »einen berechtigten Anspruch auf diesen Planeten haben.«

»Besitz ist das einzige Recht, das die Klingonen anerkennen.«

Kirk deutete in Richtung des Karr-Lagers. »Sie haben schon ein Gebiet des Planeten besetzt. Und sie beherrschen auch den Raum über ihm.«

»Den wir uns zurückholen werden«, sagte Kor.

»Das gleiche versuchen die Karr«, sagte Kirk.

»Klingonen ergeben sich nicht«, sagte Kor. »Wir kämpfen.«

»Ich sage doch nicht, daß Sie sich ergeben sollen. Ich möchte nur eine Chance haben, noch einmal mit ihnen zu reden.«

»Aus welchem Grund?« fragte Kor.

»Um den bevorstehenden Kampf zu verhindern«, sagte Kirk. »Die Föderation hat sich einverstanden erklärt, daß dieser Planet den Klingonen gehört. Wir sind abgezogen. Kerdoch und seine Nachbarn haben den Planeten in einem fairen und ehrenhaften waffenlosen Kampf gewonnen. Sie haben gekämpft, indem sie fortgeschrittene agrikulturelle Methoden eingesetzt haben.«

»Die Klingonen sind auf vielerlei Weise überlegen, Kirk«, sagte Kor. »Wir haben den Planeten gewonnen. Und nun verteidigen wir ihn.«

»Wie auch die Föderation, an Ihrer Seite«, sagte Kirk.

»Stimmt«, sagte Kor.

»Ich respektiere unsere Übereinkunft«, sagte Kirk. »Und die Karr respektieren vielleicht auch eine Übereinkunft, wenn man ihnen eine Chance gibt, sie zu treffen. Wenn wir keine Übereinkunft mit ihnen treffen können, werden wir kämpfen. Ich stehe bei der Verteidigung dieses Planeten an Ihrer Seite. Ich werde an Ihrer Seite sterben, um unserer Übereinkunft Ehre zu erweisen.«

»Die Karr haben keine Ehre«, sagte Kor. »Sie haben eine landwirtschaftliche Kolonie vernichtet.«

»Eine Kolonie, von der sie angenommen haben, sie vernichte *ihren* Planeten«, sagte Kirk. »Sie hätten es doch auch getan.«

Kor winkte ab, dann stand er auf und ging zu Kerdoch. Sein Gesichtsausdruck verriet nichts. Kirk hatte keine Ahnung, ob er sich dem Klingonen verständlich gemacht hatte. Es war immer eine ärgerliche Erfahrung, sich mit einem Klingonen zu streiten.

Kurz darauf drehte sich Kor wieder zu Kirk um. »Reden Sie, wenn Sie wollen«, sagte er.

»Sie müssen mitkommen«, sagte Kirk. »Auch Kerdoch, als Vertreter der Kolonisten. Die anderen können zurückbleiben und sich auf den Kampf vorbereiten.«

»Das ist doch Unsinn«, sagte Kor. Er spuckte die Worte beinahe aus. Dann drehte er sich um und ging zur Tür. Er blieb am Ausgang stehen und drehte sich noch einmal zu Kirk um, der weiterhin am Tisch stand. »Kommen Sie. Wir reden mit den Karr. Dann kämpfen wir.«

»Kommen Sie mit?« sagte Kirk zu Kerdoch. Kerdoch nickte.

Kirk stand lächelnd auf und zuckte in McCoys Richtung die Achseln.

»Komm bloß früh genug in den Bunker zurück, Jim«, sagte McCoy.

»Hoffen wir, daß es nicht nötig wird«, sagte Kirk und folgte Kor in die trockene Hitze hinaus.

Kerdoch stand am Rand des abgebrannten Feldes neben dem Menschen-Captain und Commander Kor, einem der höchst geehrten klingonischen Krieger überhaupt. Sie befanden sich dem Lager der Karr gegenüber und waren waffenlos. Erst vor zwei Tagen hatte er noch auf seinem eigenen Feld gearbeitet. Er hatte gegen Unkraut und die Kräfte der Natur gekämpft. Zwei lange Tage lagen hinter ihm. Viel war geschehen.

Vor ihm stieg vom Lager der Karr noch immer schwarzer Rauch auf. Der Rauch gefiel ihm. Die Karr hatten seine Felder abgefackelt und sein Heim attackiert. Er hatte ihr Lager abgefackelt und ihre Schiffe zerstört. Für ihn war dies ein Ausgleich. Im Moment empfand er den Fremden gegenüber keine Rachegefühle mehr.

Nun standen sie seit zwanzig Minuten unbewaffnet dem Lager der Karr gegenüber. Die Sonne knallte auf sie herab. Die kleinere der beiden Sonnen näherte sich dem Horizont. Bald würde der angekündigte Angriff beginnen.

»Sie werden uns hier umbringen«, sagte Kerdoch.

»Würden Sie unbewaffnete Soldaten töten, die vor Ihnen stehen?« fragte der Menschen-Captain.

»Nein«, sagte Kor. »Es wäre ehrlos.«

»Die Karr werden sich nicht anders verhalten«, sagte der Menschen-Captain.

»Sie vertrauen auf die Ehre der Karr?« fragte Kerdoch. Er hielt die Karr nicht für ehrenhaft. Er stand auf diesem Feld, weil er gelernt hatte, der Ehre Captain Kirks zu vertrauen. Aber daß die Karr Ehre hatten, glaubte er nicht.

Dann fiel ihm ein, daß er noch vor zwei Tagen das gleiche von den Menschen geglaubt hatte. Wenn der menschliche Feind ehrenwert war, waren es die Karr vielleicht auch. Es war nur schwer vorstellbar, daß ein Gegner überhaupt ehrenhaft sein konnte.

»Da«, sagte der Menschen-Captain und streckte einen Arm aus.

Kerdoch erblickte fünf Karr, die zwischen den Büschen und dem Gestein in ihren Rüstungen auf sie zukamen. Der Menschen-Captain hatte recht gehabt. Die Karr waren doch ehrenhaft.

»Die Hände nicht an den Körper legen«, sagte der Menschen-Captain. »Wir müssen ihnen zeigen, daß wir keine Waffen tragen.«

Kerdoch tat, was er gesagt hatte, denn auch Kor hielt sich an seinen Rat.

Die Karr blieben zwanzig Schritte vor ihnen stehen. Dann kam der, der sich in der Mitte befand, zwei Schritte näher und blieb erneut stehen.

»Ich werde für uns sprechen«, sagte der Menschen-Captain. Er trat drei Schritte vor und hielt an.

»Seit wir zum ersten Mal miteinander gesprochen

haben«, sagte Kirk, »haben wir in Erfahrung gebracht, daß dieser Planet Ihnen gehört.«

»Dann verlassen Sie ihn«, sagte der Anführer der Karr.

»Wenn Sie dies verlangen und uns freien Abzug zusichern, werden wir gehen«, sagte Kirk.

Kerdoch traute seinen Ohren nicht. Der Menschen-Captain ergab sich. Wie konnte Commander Kor dastehen und sich das anhören?

»Aber«, sagte Kirk, bevor der Karr antworten konnte, »würden Sie uns vorher sagen, was Sie mit diesem Planeten vorhaben?«

»Wir wollen ihn zur Nahrungsgewinnung verwenden. Wir planen für die Zukunft, unser Getreide hier zu säen.«

»Sie wirken nicht wie geborene Bauern«, sagte Kirk.

»Wir sind Krieger«, sagte der Karr und richtete sich in seiner Rüstung leicht auf. »Wir sind keine Bauern.«

»Auch die Klingonen sind Krieger«, sagte der Menschen-Captain. »Aber sie sind auch Bauern. Sie bearbeiten das Land und züchten Getreide, so als würden sie in jeder Jahreszeit einen großen Krieg führen. Sie sind großartige Landwirte.«

Kerdoch wunderte sich darüber, was der Captain über das klingonische Selbstverständnis wußte. Doch gleichzeitig war er auch überrascht, daß Kirk nicht verstehen konnte, daß sich Klingonen nie ergaben.

»Die Klingonen haben schon eine Basis auf diesem Planeten errichtet«, sagte Kirk. »Könnten die Karr und die Klingonen nicht ein Abkommen treffen, daß die Klingonen hier nicht nur ihr eigenes Getreide anbauen, sondern auch das der Karr?«

Kirk, fand Kerdoch, verschenkte die harte Arbeit der Kolonisten. Er wäre in diesem Moment am liebsten vorgetreten, so groß war sein Zorn, aber Kors erhobene Hand hielt ihn auf. Kerdoch wandte sich zu ihm um.

»Er soll fortfahren, Kerdoch«, sagte Kor. Er hob die Hand noch höher und signalisierte Kerdoch damit, er solle schweigen.

Kerdoch wandte sich ab, um dem Verrat zu lauschen, der sich vor ihm abspielte. Im Moment konnte er nicht erkennen, auf wen er wütender war: auf den Menschen-Captain oder auf Kor, der ihm erlaubte, solche Worte zu sprechen.

Der Karr zögerte, dann trat er noch näher an Kirk heran. »Sie schlagen vor, daß die Klingonen unser Getreide auf diesem Planeten anbauen? Habe ich richtig verstanden?«

»Ja«, sagte Kirk. »Sie könnten das Ihre ebenso anbauen wir ihr eigenes.«

»Sie würden es im Tausch gegen den Planeten tun?«

Kirk nickte. »Und ich bin sicher, Sie zahlen ihnen einen fairen Preis für Ihr Getreide. Die Einzelheiten könnte man später ausarbeiten. Aber eine solche Übereinkunft würde es den Klingonen erlauben, auf dieser Welt zu bleiben, wie sie es wollen. Und Ihnen würde es außerdem erlauben, Ihre Nahrungspalette zu erweitern, wie es nötig ist, und zwar Jahre voraus, laut Ihrem Zeitplan. Es wäre für beide Seiten ein Gewinn.«

»Ich muß mich beraten«, sagte der Karr und wandte sich ab.

Kerdoch ballte die Fäuste. Warum hatte Kor dem Menschen-Captain erlaubt, sie zu verraten?

Kirk drehte sich um und trat zu Kerdoch und Kor. Er lächelte. Kerdoch hätte ihm am liebsten einen Schlag ins Gesicht versetzt.

»Sie sind listig, Kirk«, sagte Kor. »Sie haben gewußt, daß wir uns niemals ergeben.«

»Natürlich«, sagte Kirk lachend. »Ich habe nie an eine Kapitulation gedacht. Aber ich mußte die Aufmerksamkeit der Karr erringen.«

»Sie haben den Planeten verschenkt«, sagte Kerdoch. Seine Stimme bebte fast vor Zorn.

»Sie werden den Planeten behalten, Kerdoch«, sagte Kirk. Er schaute Kor an und fuhr fort: »Und den strategischen Vorteil seiner Lage, die wichtig ist für das Reich.«

Kor verbeugte sich leicht, sagte aber nichts.

Kerdoch spürte, daß sein Zorn plötzlich versiegte, als wäre er nur entweichende Luft aus dem Luftballon eines Kindes, in den jemand eine Nadel gestochen hatte. Er schaute Commander Kor an und wandte sich dann wieder dem Menschen zu.

Captain Kirk sprach weiter. »Sie würden außerdem einen strategischen Vorteil über die Karr erringen, indem Sie zukünftig einen Teil ihrer Nahrungsversorgung kontrollieren. Und Sie werden erfahren, wo ihre Heimatwelten liegen, falls es in Zukunft einen Konflikt geben sollte.«

Endlich verstand Kerdoch, was Commander Kor schon vor ihm verstanden hatte. Deswegen war Kor ein großer Krieger und er nur ein Bauer. Sein Respekt für Kor wuchs, wie auch sein Respekt vor dem Menschen-Captain, der die Klingonen gut genug verstand, um ein solches Geschäft abzuschließen.

»Und was haben Sie davon, Kirk?« fragte Kor.

»Ich kann den Planeten lebendig verlassen«, sagte Kirk. »Und ich kann mich endlich abkühlen.«

Kor lachte. Dann schaute er Kirk intensiv an. »Außerdem wird der Organianische Friedensvertrag weiterhin bestehen.«

»Das auch«, sagte Kirk lächelnd.

»Mensch?« sagte der Karr.

Der Menschen-Captain drehte sich um und schaute den sich nähernden Karr-Soldaten an.

»Sprechen Sie für die Klingonen?« fragte der Karr.

»Ich spreche für die Klingonen«, sagte Commander

Kor, trat vor und baute sich neben Kirk auf. »Ich bin Commander Kor von der imperialen Flotte.«

Der Karr-Soldat nickte und warf Kerdoch einen Blick zu. Kerdoch erwiderte seinen Blick fest, sagte aber nichts.

Der Karr-Soldat konzentrierte sich wieder auf Commander Kor. »Wir sind einverstanden, Gespräche zu führen, die auf den Vorschlägen basieren, die der Mensch gemacht hat.«

»Dann ziehen Sie den Anspruch auf diesen Planeten zurück?« fragte Kor.

»Wir ziehen ihn zurück«, sagte der Karr, »wenn Sie zustimmen, jedes Jahr eine bestimmte Menge unseres Getreides auf diesem Planeten zu produzieren und an uns zu verkaufen.«

»Ich bin einverstanden«, sagte Kor. »Wir werden darüber reden.«

»In zwanzig planetaren Tagen schicken wir einen Vertreter an diesen Ort.«

»Wir auch«, sagte Kor.

Der Karr nickte Kor zu.

Kor erwiderte sein Nicken.

Der Karr-Soldat drehte sich um und trottete in seiner schweren Rüstung fort.

Kerdoch schaute hinter ihm her. Er verstand nicht ganz, wieso der Kampf so schnell abgesagt worden war.

»Kommen Sie«, sagte Kor.

Er, Captain Kirk und Kerdoch wandten sich wie ein Mann um und gingen über das verbrannte Feld zur Kolonie zurück. Kerdochs Geist war noch mit dem beschäftigt, was er gerade gehört hatte.

Zwanzig Schritte weiter lachte der Menschen-Captain. »Ihm muß in der Rüstung ganz schön heiß gewesen sein.«

»Sehr heiß«, sagte Kor. »Die Hitze hat wahrscheinlich

seinen Verstand angegriffen. Er hat gerade einen ganzen Planeten verschenkt.« Dann stimmte er laut in das Lachen Captain Kirks ein.

»Commander«, sagte Kerdoch, noch immer leicht verwirrt, »was ist eigentlich genau passiert?«

»Dieser Mensch hat uns zu einem ruhmreichen Sieg geführt«, sagte Kor. »Und zwar zu einem solchen, über den man noch Generationen später reden und schreiben wird.«

»Und Sie vertrauen auf die Ehrenhaftigkeit der Karr?« sagte Kerdoch. »Werden Sie ihren Teil der Übereinkunft einhalten?«

»Ich habe heute gelernt«, sagte Kor, »daß auch meine Feinde Ehre haben können. Es sieht so aus, als hätten selbst die Menschen eine Ehre. Ein Kriegervolk wie das der Karr muß deswegen bestimmt *noch* ehrenhafter sein. Ja, ich vertraue ihren Worten.«

»Ich glaube, man hat mich gerade beleidigt«, sagte der Menschen-Captain.

»Ach, Kirk«, sagte Kor und klopfte ihm auf den Rücken, »es liegt in der Natur meiner Beziehungen zu Ihnen, Sie zu beleidigen.«

Der Menschen-Captain lächelte. »Das beruht ganz auf Gegenseitigkeit«, sagte er.

»Da sind wir also einer Meinung«, sagte Kor.

»Freut mich zu erfahren, daß sich an dieser Beziehung nichts ändern wird«, sagte Kirk.

Aber Kerdoch wußte natürlich, daß sie längst nicht mehr die gleiche war. Die beiden lachten miteinander, und das kam bei Feinden nur selten vor.

24

Vivian Rathbone blieb einen Moment an den Kontrollen der Fähre *Balboa* sitzen, während der *Farragut*-Hangar sich mit Sauerstoff füllte.

Als die letzte Sequenz abgeschlossen war, nahm sie die Hände von der Steuerkonsole und ließ sie auf ihren Schoß sinken. Sie zitterten. Und sie schwitzte fast so wie bei der starken Hitze während des Plasmaangriffs, obwohl die Klimaanlage optimal funktionierte.

»Tja, ich hab's geschafft«, sagte sie vor sich hin. Es war fast vier Jahre her, seit sie eine Fähre gesteuert hatte. Aber Raumschiff-Fähren wie die *Balboa* hatte sie noch nie kommandiert. Als Captain Kirk gesagt hatte, sie müsse eine der Fähren zur *Farragut* zurückbringen, hatte sie keinen Einwand erhoben. Eins hatte sie bei ihrem ersten Landeunternehmen gelernt: Als Angehörige der Mannschaft gab es für sie keine Grenzen. Man tat, was einem befohlen wurde, selbst wenn es einen das Leben kostete – wie Fähnrich Chop.

Aber es hätte viel schlimmer kommen können, als nur eine Fähre zu fliegen und auf der *Farragut* zu landen. Auf dem Weg von der Kolonie zu den Fähren hatte Fähnrich Adaro, der die *Farragut*-Fähre *DeLeon* steuerte, sie damit aufgezogen, es sei viel leichter, zum Mutterschiff zurück als einen Angriff gegen die Karr zu fliegen, denn dazu war sie vorgesehen gewesen.

Da hatte sie zum ersten Mal gehört, daß Captain Kirk sie ausersehen hatte, mit der *Balboa* gegen die Jäger der Karr anzutreten. Fähnrich Adaro hatte recht gehabt.

Der Flug war tatsächlich viel leichter gewesen als ein Kampfeinsatz. Doch die Vorstellung, daß der Captain ihr soviel zutraute, hatte den Flug zur *Farragut* noch aufregender gemacht. Sie wollte nichts falsch machen, wollte den Captain nicht glauben lassen, sie sei vielleicht unfähig, irgendeinen Auftrag zu erledigen, den er ihr gab.

»Ma'am?« Fähnrich Adaro meldete sich über die Komverbindung. Er stand schon auf dem Hangardeck. Als sie nach unten schaute, winkte er ihr zu.

Sie aktivierte den Außenlautsprecher. »Bin unterwegs.«

Vivian stand auf und schaute sich um, ob sie etwas vergessen hatte. Dann lachte sie. Sie hatte gar nichts auf den Planeten mitgenommen. Und sie war mit noch weniger zurückgekehrt.

Die Luftschleuse ging zischend auf. Als sie hinausging, tätschelte sie die metallene Seite der Fähre. »Danke«, sagte sie zu ihr.

Und in ihrem Kopf fügte sie hinzu: *Ich bin froh, daß wir nicht zusammen kämpfen mußten.*

Der junge Fähnrich war schmutzig und stand sonnenverbrannt inmitten der Hangarmannschaft der *Farragut.* Als sie sich zu ihm gesellte, brachen die etwa zehn Leute in Jubel aus und spendeten ihr und Adaro heftigen Applaus.

Sie wußte zwar nicht, wie es bei Adaro war, aber ihr schoß das Blut ins Gesicht. Dann lachte sie.

Nachdem sie ihnen so verdeutlicht hatte, daß das, was sie durchgemacht und überlebt hatte, schwierig gewesen war, fühlte sie sich besser. Sie fühlte sich, als hätte sie Captain Kirk weniger enttäuscht als befürchtet.

»*Enterprise*«, sagte Fähnrich Adaro, »bitte zwei Mann an Bord beamen.«

»Bereithalten, Fähnrich.«

»Danke, daß Sie zu unserer Rettung gekommen sind«, sagte Vivian zu denen, die ihnen noch immer applaudierten.

Als der Transporterstrahl sie erfaßte, erwiderten Adaro und sie den Applaus der Umstehenden.

»Nach meiner Rechnung«, sagte Projeff auf dem vor Scotty stehenden Monitor, »stehen hier zwei Ideen der *Farragut* gegen eine der *Enterprise*.«

Scotty lehnte sich zurück. Er und Projeff hatten gut zusammengearbeitet. Irgendwann lösten sie vielleicht sogar das Umweltkontrollproblem, das sie auf Sternbasis 11 besprochen hatten. Aber natürlich wollte er Projeff nicht das letzte Wort lassen.

»Ich glaube, es steht unentschieden, alter Knabe.«

»*Wie* hast du das ausgerechnet?«

Scotty lächelte. »Meine erste Idee war die, wie man die Schutzschirme frisiert. Sie hat funktioniert.«

»Aber nicht ausreichend«, sagte Projeff. »Ich mußte sie weiterentwickeln.«

»Deine erste Idee war die, wie man die Antischwerkraftrüstungen der Karr ausschaltet.«

»Damit bin ich nicht einverstanden«, sagte Projeff. »Es war meine *zweite* Idee.«

»Aber die erste, die allein von dir war, alter Knabe.«

»Dann steht's immer noch zwei zu eins«, sagte Projeff.

»Nicht ganz«, sagte Scotty. »Wir hatten nämlich gar keine Gelegenheit, deine Antischwerkraftidee zu testen.«

»Was?« sagte Projeff. »Die Simulation hat doch bestens geklappt.«

»Meine Schirmsimulationen auch«, sagte Scotty. »Aber im Einsatz waren Modifikationen nötig. Ich wette, im Kampf hätte deine Idee auch Modifikationen benötigt.«

»Das kann man aber unmöglich wissen«, sagte Projeff.

»Ebensowenig kann man wissen, ob deine Idee überhaupt funktioniert hätte«, sagte Scotty.

Projeffs Augen verengten sich, aber es sah so aus, als verzöge er das Gesicht nur, um seine Erheiterung zu verbergen. »Wenn wir ein Unentschieden haben, brauchen wir ein Stechen.«

»Einverstanden, alter Knabe, aber leider sind wir in unterschiedliche Regionen des Weltraums unterwegs.«

»Dann müßte es ein langfristiges Projekt sein«, sagte Projeff.

»Das wäre aber unfair«, sagte Scotty. »Dann wüßte ja keiner, wer die Lösung zuerst gefunden hat.«

»Stimmt auch wieder«, sagte Projeff.

»Ich fordere dich also heraus, alter Knabe: zu einem Duell der Ingenieure, sobald wir uns beim nächsten Landurlaub über den Weg laufen.«

Projeff grinste. »Angenommen, Scotty.«

Scotty nickte. »Hat Spaß gemacht mit dir, alter Knabe.«

»Das kann man wohl sagen«, sagte Projeff und schaltete ab.

Scotty seufzte und lehnte sich in seinen Sessel zurück. »Unentschieden«, sagte er leise, »dank des kreativen Geistes des Chefingenieurs der *Enterprise*.«

Die Turbolifttür ging zischend auf, und Captain Kirk kam auf die Brücke geschlendert. Er hatte geduscht, sich rasiert und sich auf Anweisung Dr. McCoys im Lazarett gemeldet. Nun, da er sich besser fühlte als je zuvor und sehr froh war, noch am Leben zu sein, war es für ihn an der Zeit, an die Arbeit zurückzukehren.

»Willkommen an Bord, Sir«, sagte Lieutenant Uhura.

»Danke, Lieutenant«, erwiderte er. »Es ist schön, wieder hier zu sein.«

Als Kirk an den Kommandosessel trat, nickte Spock ihm zu.

»Gute Arbeit, Mr. Spock«, sagte Kirk. »Sie hatten die Situation sehr gut im Griff.«

»Danke, Sir«, sagte Spock.

Sulu war bereits an seinen Posten neben Fähnrich Chekov zurückgekehrt. Die beiden schienen an ihren Stationen sehr beschäftigt zu sein.

Auf dem Hauptbildschirm hatten die Schiffe der Karr ihre Positionen über der Kolonie aufgegeben. Laut der Meldung, die man ihm vor dem Duschen übermittelt hatte, wollten sie noch zwanzig Minuten in der Kreisbahn bleiben, um Reparaturen vorzunehmen und ihre Bodentruppen wieder an Bord zu holen.

Die drei klingonischen Schiffe hatten sich zwischen den Karr und den Föderationsschiffen zu einem kleinen Dreieck gruppiert. Sie hingen rechts von der *Enterprise* und der *Farragut* im Weltraum. Die Reparaturarbeiten auf beiden Raumschiffen waren größtenteils erledigt.

Kirk nahm auf dem Kommandosessel Platz und aktivierte das Logbuch. Er gab die Sternzeit ein, dann zuckte er zusammen. Er konnte auch zuerst seine schlimmste Pflicht hinter sich bringen und dann weitermachen.

»Aufzeichnung«, sagte er mit ernster und leiser Stimme. »Fähnrich Chop ist in Erfüllung seiner Pflichten für die Föderation auf mutige und ehrenhafte Weise verstorben.«

Er hielt kurz inne.

»Mr. Spock?« fragte er dann.

»Ja, Captain?« sagte Spock.

»Sind Fähnrich Chops sterbliche Überreste an Bord geholt worden?«

»Nein, Sir«, sagte Spock. »Der Fähnrich hat in seinen persönlichen Unterlagen eine Verfügung hinterlassen, daß er, sollte er bei einem planetaren Einsatz ums

Leben kommen, am Ort seines Todes oder im Raum bestattet werden möchte. Eine Einsatzgruppe ist vor zwanzig Minuten von Bord gegangen und hat ihn in einem der Erdlöcher am Rand der Kolonie beerdigt – neben den anderen Toten der Auseinandersetzung. Die Kolonisten haben versprochen, sich mit Ehre und Respekt seines Grabes anzunehmen.«

Kirk nickte. Die Kolonisten würden ihr Wort halten. Soviel hatte er über sie gelernt. Er holte tief Luft und speicherte den Tod des Fähnrichs in seinem Inneren, wie auch den Tod jedes anderen Mannschaftsangehörigen.

Er konnte all ihre Gesichter sehen. Er kannte all ihre Namen.

Es waren viel zu viele.

Er atmete langsam aus.

»In Ordnung«, sagte er und reaktivierte das Logbuch. »Kommen wir zu einem erfreulicheren Thema: Belobigung für Lieutenant Sulu. – Und ebenso für Fähnrich Adaro, Commander Vivian Rathbone, Dr. Leonard McCoy, Wissenschaftsoffizier Spock und Chefingenieur Scott.«

Er lehnte sich in den Sessel zurück. Auf dem Bildschirm vor ihm schwebten die Schiffe noch immer über dem Planeten. Er wünschte sich, diesen Ort nie wiederzusehen. Wenn es nach ihm ging, konnten die Klingonen ihn behalten.

»Lieutenant Uhura, Verbindung zur *Farragut*.«

»Aye, Sir«, sagte Uhura und drehte sich ein Stück auf ihrem Sitz um. »Captain Bogle, Sir, auf dem Schirm.«

Captain Bogles lächelnde Miene füllte den Bildschirm aus. »Wenn ich mir dein Gesicht so ansehe, Jim«, sagte er, »war dein Urlaub ziemlich sonnig.«

»Es gibt halt nichts Schöneres als Urlaub am Meer«, sagte Kirk.

Bogle lachte. »Freut mich, daß *ich* ihn nicht machen

mußte. Ich kann starke Sonnenbestrahlung nicht ausstehen und hab nichts gegen flotte Regenschauer dann und wann.«

Diesmal lachte Kirk. »In dieser Hinsicht bin ich mit dir völlig einer Meinung.« Er wurde plötzlich ernst.

»Ich möchte Ihnen und Ihrer Mannschaft offiziell im Namen der Mannschaft der *Enterprise* danken, Captain«, sagte er dann.

»Ich nehme es mit Freuden entgegen, Captain«, sagte Bogle und nickte leicht.

»Außerdem«, sagte Kirk und schaute seinen Freund ernst an, »möchte ich dir natürlich auch persönlich danken, Kelly.«

»Gern geschehen, Jim«, sagte Bogle. »Vergiß aber bloß nicht, daß du mir noch einen ausgeben mußt.«

»Es könnte durchaus sein, daß aus dem einen mehrere werden«, sagte Kirk.

»Ich nehm' dich beim Wort, Jim«, sagte Bogle lachend. »*Farragut,* Ende.«

Der Bildschirm zeigte nun wieder die um den Planeten kreisenden Schiffe.

»Captain«, sagte Spock, »die Karr-Schiffe verlassen die Kreisbahn.«

In enger Formation lösten sich die sieben keilförmigen Schiffe von dem Planeten. Zwischen sich schleppten sie die Hülle des wracken Karr-Schiffes.

Dann aktivierten sie ihre Warp-Triebwerke und waren schlagartig verschwunden.

»Lieutenant«, sagte Kirk, »signalisieren Sie Commander Kor, daß wir abfliegen.«

»Er meldet sich gerade, Sir.«

Kirk lachte. »Ich dachte, Klingonen unterhalten sich nicht gern. Auf den Bildschirm mit ihm.«

Das Gesicht des Klingonen füllte den größten Teil des Bildschirms. »Kirk«, sagte Kor in dem üblichen großspurigen Tonfall, den Kirk nicht vergessen hatte, »Sie haben uns viel gelehrt. Wir werden diesen Tag über Generationen hinweg nicht vergessen.«

»Ich habe nur dem Friedensvertrag meine Ehre erwiesen«, sagte Kirk. »Das hätten Sie doch auch getan.«

Kor verbeugte sich leicht, und Kirk nahm an, daß er damit Zustimmung zeigte.

»Eines Tages wird unsere Schlacht kommen, Kirk.«

»Ich freue mich schon darauf, Kor.«

Kor lachte. »Ich auch, Kirk. Es wird ein glorreicher Tag werden. Und ein glorreicher Kampf.«

Damit unterbrach er die Verbindung. Der Planet auf dem Bildschirm wirkte ohne die Karr-Schiffe in der Kreisbahn fast leer. Aber es war eine hübsche Leere.

»Mr. Sulu, Kurs auf Sternbasis 11. Die Mannschaft muß noch ihren Urlaub beenden.«

»Jawohl, Sir«, sagte Sulu lächelnd.

»Außerdem«, sagte Kirk, »braucht es einige Zeit, bis meine Sonnenbräune wieder ein Normalmaß erreicht hat.«

Es dauerte einen Moment, bis die gesamte Brückenmannschaft – mit der Ausnahme Spocks – in ein Lachen ausbrach.

EPILOG

Kerdochs Blick wanderte durch den großen Raum, in dem seine Familie versammelt war. Die Gerüche des Festessens erfüllten noch immer die Luft, obwohl seine Geschichte sehr lang gewesen war. Er blinzelte und versuchte, sich auf die Gegenwart zu konzentrieren. Wenn er die Geschichte der großen Schlacht gegen die Karr erzählte, war ihm stets, als mache er eine Reise durch die Zeit. Er durchlebte jede Phase seiner Rache neu. Die Furcht, seine Familie zu verlieren. Die Härten der Auseinandersetzung.

Doch nun waren seine alten Knochen vom Geschichtenerzählen müde. Er war sehr erschöpft. Aber er war noch nicht ganz fertig. Er mußte sie noch zu Ende bringen.

Alle Blicke waren auf ihn gerichtet. Die gesamte Aufmerksamkeit galt noch immer der Geschichte der vor vielen Jahren erfolgten Schlacht. Jedes Jahr fesselte er sie mit der Geschichte, und viele kannten sie schon auswendig. Es schien, daß er sie auch in diesem Jahr wieder in den Bann geschlagen hatte. Daß es nicht an seiner Erzählweise lag, wußte er. Nein, es lag an der Wichtigkeit der Botschaft seiner Geschichte.

Kerdoch holte tief Luft; die Wärme des Raumes linderte die Müdigkeit in seinen alten Knochen. Dann fuhr er mit dem Rest der Geschichte fort.

»Commander Kor und die Vertreter der Karr haben sich, wie zuvor abgemacht, zwanzig Tage später getroffen. Und sie haben ein Abkommen getroffen, das bis zum heutigen Tag gilt.«

Er musterte die Angehörigen seiner Familie.

»Doch der Vertrag ist nicht der Grund, warum wir heute feiern. Verträge kommen und gehen. Aber das, was man gelernt hat, ist von Bestand.«

Er musterte den zu seinen Füßen sitzenden Enkel. Ein fünfjähriger Junge, dessen Augen in hellem Feuer strahlten, schaute zu ihm auf. »K'Ber, mein Kleiner, kannst du mir sagen, was wir gelernt haben?«

K'Ber setzte sich einen Moment zurück. Seine Augen leuchteten noch heller, nun, da er das Privileg genoß, vom Großvater ausgewählt zu werden, während des Erzählens der Geschichte eine Frage zu beantworten. Kerdoch hätte seinen Enkel gern angelächelt, aber er blieb ganz still.

»Der Feind hat Ehre«, sagte K'Ber schließlich.

»Gut«, sagte Kerdoch und lächelte den Jungen an, der sich bei dieser Beachtung sehr zu freuen schien. »Wir haben gelernt, den Tag der Ehre des Feindes ebenso zu feiern wie den Tag der Ehre des Kriegers.«

Kerdoch schaute erneut auf und fing den Blick seiner Gattin ein. Sie lächelte ihn stolz an, und ebenso sein ältester Sohn. Damals, vor all den Jahren, war er mehr gewesen als ein Bauer oder ein Kolonist. Er war ein klingonischer Krieger gewesen. Und wenn er seine Geschichte neu erzählte, empfand er auch aufs neue diesen Stolz.

»Als Klingonen«, sagte Kerdoch, »haben wir immer jene in unserem Volk geehrt, die kämpfen. Der Tod im Kampf war für uns immer der ehrenwerteste Tod. Aber wir dürfen nicht vergessen, daß wir für unseren Feind auch Feinde sind.«

Rings um ihn her wurde Gemurmel laut, als man verstand, was er damit meinte. Es waren Worte, an die sich alle erinnern würden und an die man sich in all den Jahren stets erinnert hatte.

Kerdoch stand auf und breitete die Arme aus. »Heute erzähle ich diese Geschichte, damit wir nicht vergessen, jene zu ehren, die kämpfen und im Kampf sterben. Laßt uns den Tag der Ehre nie vergessen.«

Die Familie erhob sich jubelnd um ihn herum, und alle redeten durcheinander.

Er hatte wieder einmal seine Pflicht getan. Man würde die Geschichte auch im folgenden Jahr nicht vergessen. Und ebensowenig die wichtige Lehre, die sie allen erteilt hatte.

STAR TREK™

Diane Duane & Peter Norwood, Die Romulaner · 06/4907
John M. Ford, Was kostet dieser Planet? · 06/4922
J. M. Dillard, Blutdurst · 06/4929
Gene Roddenberry, Star Trek I: Der Film · 06/4942
J. M. Dillard, Star Trek VI: Das unentdeckte Land · 06/4943
Jean Lorrah, Die UMUK-Seuche · 06/4949
A. C. Crispin, Zeit für gestern · 06/4969
David Dvorkin, Die Zeitfalle · 06/4996
Barbara Paul, Das Drei-Minuten-Universum · 06/5005
Judith & Garfield Reeves-Stevens, Das Zentralgehirn · 06/5015
Gene DeWeese, Nexus · 06/5019
D. C. Fontana, Vulkans Ruhm · 06/5043
Judith & Garfield Reeves-Stevens, Die erste Direktive · 06/5051
Michael Jan Friedman, Das Doppelgänger-Komplott · 06/5067
Judy Klass, Der Boaco-Zwischenfall · 06/5086
Julia Ecklar, Kobayashi Maru · 06/5103
Peter Norwood, Angriff auf Dekkanar · 06/5147
Carolyn Clowes, Das Pandora-Prinzip · 06/5167
Michael Jan Friedman, Schatten auf der Sonne · 06/5179
Diana Duane, Die Befehle des Doktors · 06/5247
V. E. Mitchell, Der unsichtbare Gegner · 06/5248
Dana Kramer-Rolls, Der Prüfstein ihrer Vergangenheit · 06/5273
Barbara Hambly, Der Kampf ums nackte Überleben · 06/5334
Brad Ferguson, Eine Flagge voller Sterne · 06/5349
J. M. Dillard, Star Trek VII: Generationen · 06/5360
Gene DeWeese, Die Kolonie der Abtrünnigen · 06/5375
Michael Jan Friedman, Späte Rache · 06/5412
Peter David, Der Riß im Kontinuum · 06/5464
Michael Jan Friedman, Gesichter aus Feuer · 06/5465
Peter David/Michael Jan Friedman/Robert Greenberger, Die Enterbten · 06/5466
L. A. Graf, Die Eisfalle · 06/5467
John Vornholt, Zuflucht · 06/5468
L. A. Graf, Der Saboteur · 06/5469
Melissa Crandall, Die Geisterstation · 06/5470
Mel Gilden, Die Raumschiff-Falle · 06/5471
V. E. Mitchell, Tore auf einer toten Welt · 06/5472
Victor Milan, Aus Okeanos Tiefen · 06/5473
Diane Carey, Das große Raumschiff-Rennen · 06/5474
Diane Carey, Kirks Bestimmung · 06/5476
L. A. Graf, Feuersturm · 06/5477
A. C. Crispin, Sarek · 06/5478
Simon Hawke, Die Terroristen von Patria · 06/5479

STAR TREK™

Barbara Hambly, Kreuzwege · 06/5681
L. A. Graf, Ein Sumpf von Intrigen · 06/5682
Howard Weinstein, McCoys Tochter · 06/5683
J. M. Dillard, Sabotage · 06/5685
Diane Carey/Dr. James I. Kirkland, Keine Spur von Menschen · 06/5687
Peter David, Die Tochter des Captain · 06/5691
Dean Wesley Smith/Kristine Kathryn Rusch, Die Ringe von Tautee · 06/5693
Diane Carey, Invasion – 1: Der Erstschlag · 06/5694
Dean Wesley Smith/Kristine Kathryn Rusch, Tag der Ehre – 4: Das Gesetz des Verrats · 06/5702

STAR TREK: THE NEXT GENERATION
David Gerrold, Mission Farpoint · 06/4589
Gene DeWeese, Die Friedenswächter · 06/4646
Carmen Carter, Die Kinder von Hamlin · 06/4685
Jean Lorrah, Überlebende · 06/4705
Peter David, Planet der Waffen · 06/4733
Diane Carey, Gespensterschiff · 06/4757
Howard Weinstein, Macht Hunger · 06/4771
John Vornholt, Masken · 06/4787
David & Daniel Dvorkin, Die Ehre des Captain · 06/4793
Michael Jan Friedman, Ein Ruf in die Dunkelheit · 06/4814
Peter David, Eine Hölle namens Paradies · 06/4837
Jean Lorrah, Metamorphose · 06/4856
Keith Sharee, Gullivers Flüchtlinge · 06/4889
Carmen Carter u. a., Planet des Untergangs · 06/4899
A. C. Crispin, Die Augen der Betrachter · 06/4914
Howard Weinstein, Im Exil · 06/4937
Michael Jan Friedman, Das verschwundene Juwel · 06/4958
John Vornholt, Kontamination · 06/4986
Mel Gilden, Baldwins Entdeckungen · 06/5024
Peter David, Vendetta · 06/5057
Peter David, Eine Lektion in Liebe · 06/5077
Howard Weinstein, Die Macht der Former · 06/5096
Michael Jan Friedman, Wieder vereint · 06/5142
T. L. Mancour, Spartacus · 06/5158
Bill McCay/Eloise Flood, Ketten der Gewalt · 06/5242
V. E. Mitchell, Die Jarada · 06/5279
John Vornholt, Kriegstrommeln · 06/5312
David Bischoff, Die Epidemie · 06/5356
Peter David, Imzadi · 06/5357
Laurell K. Hamilton, Nacht über Oriana · 06/5342

STAR TREK™

Simon Hawke, Die Beute der Romulaner · 06/5413
Rebecca Neason, Der Kronprinz · 06/5414
John Peel, Drachenjäger · 06/5415
Diane Carey, Abstieg · 06/5416
Diane Duane, Dunkler Spiegel · 06/5417
Jeri Taylor, Die Zusammenkunft · 06/5418
Michael Jan Friedman, Relikte · 06/5419
Susan Wright, Der Mörder des Sli · 06/5438
W. R. Thomson, Planet der Schuldner · 06/5439
Michael Jan Friedman & Kevin Ryan, Requiem · 06/5442
Dafydd ab Hugh, Gleichgewicht der Kräfte · 06/5443
Michael Jan Friedman, Die Verurteilung · 06/5444
Peter David, Q^2 · 06/5445
Simon Hawke, Die Rückkehr der Despoten · 06/5446
Robert Greenberger, Die Strategie der Romulaner · 06/5447
Gene DeWeese, Im Staubnebel verschwunden · 06/5448
Brad Ferguson, Das letzte Aufgebot · 06/5449
Kij Johnson/Greg Cox, Die Ehre des Drachen · 06/5751
J. M. Dillard/Kathleen O'Malley, Wahnsinn · 06/5753
Dean Wesley Smith/Kristine Kathryn Rusch, Invasion – 2: Soldaten des Schreckens · 06/5754
J. M. Dillard, Star Trek VIII: Der erste Kontakt · 06/5757
Diane Carey, Tag der Ehre – 1: Altes Blut · 06/5763
J. M. Dillard, Star Trek IX: Der Aufstand · 06/5770

STAR TREK: DIE ANFÄNGE
Vonda N. McIntyre, Die erste Mission · 06/4619
Margaret Wander Bonanno, Fremde vom Himmel · 06/4669
Diane Carey, Die letzte Grenze · 06/4714

STAR TREK: DEEP SPACE NINE
J. M. Dillard, Botschafter · 06/5115
Peter David, Die Belagerung · 06/5129
K. W. Jeter, Die Station der Cardassianer · 06/5130
Sandy Schofield, Das große Spiel · 06/5187
Dafydd ab Hugh, Gefallene Helden · 06/5322
Lois Tilton, Verrat · 06/5323
Esther Friesner, Kriegskind · 06/5430
John Vornholt, Antimaterie · 06/5431
Diane Carey, Die Suche · 06/5432
Melissa Scott, Der Pirat · 06/5434
Nathan Archer, Walhalla · 06/5512
Greg Cox/John Gregory Betancourt, Der Teufel im Himmel · 06/5513

STAR TREK™

Robert Sheckley, Das Spiel der Laertianer · 06/5514
Diane Carey, Der Weg des Kriegers · 06/5515
Diane Carey, Die Katakombe · 06/5516
Dean Wesley Smith/Kristine Kathryn Rusch, Die lange Nacht · 06/5517
L. A. Graf, Invasion – 3: Der Feind der Zeit · 06/5519
L. A. Graf, Tag der Ehre – 2: Der Himmel von Armageddon · 06/5725

STAR TREK: STARFLEET KADETTEN
John Vornholt, Generationen · 06/6501
Peter David, Worfs erstes Abenteuer · 06/6502
Peter David, Mission auf Dantar · 06/6503
Peter David, Überleben · 06/6504
Brad Strickland, Das Sternengespenst · 06/6505
Brad Strickland, In den Wüsten von Bajor · 06/6506
John Peel, Freiheitskämpfer · 06/6507
Mel Gilden & Ted Pedersen, Das Schoßtierchen · 06/6508
John Vornholt, Erobert die Flagge! · 06/6509
V. E. Mitchell, Die Atlantis Station · 06/6510
Michael Jan Friedman, Die verschwundene Besatzung · 06/6511
Michael Jan Friedman, Das Echsenvolk · 06/6512
Diane G. Gallagher, Arcade · 06/6513
John Peel, Ein Trip durch das Wurmloch · 06/6514
Brad & Barbara Strickland, Kadett Jean-Luc Picard · 06/6515
Brad & Barbara Strickland, Picards erstes Kommando · 06/6516
Ted Pedersen, Zigeunerwelt · 06/6517
Patricia Barnes-Svarney, Loyalitäten · 06/6518

STAR TREK: VOYAGER
L. A. Graf, Der Beschützer · 06/5401
Dean Wesley Smith/Kristine Kathryn Rusch, Die Flucht · 06/5402
Nathan Archer, Ragnarök · 06/5403
Susan Wright, Verletzungen · 06/5404
John Betancourt, Der Arbuk-Zwischenfall · 06/5405
Christie Golden, Die ermordete Sonne · 06/5406
Mark A. Garland/Charles G. McGraw, Geisterhafte Visionen · 06/5407
S. N. Lewitt, Cybersong · 06/5408
Dafydd ab Hugh, Invasion – 4: Die Raserei des Endes · 06/5409
Karen Haber, Segnet die Tiere · 06/5410
Jeri Taylor, Mosaik · 06/5811
Melissa Scott, Der Garten · 06/5812
David Niall Wilson, Puppen · 06/5813
Greg Cox, Das schwarze Ufer · 06/5814
Michael Jan Friedman, Tag der Ehre – 3: Ihre klingonische Seele · 06/5815

STAR TREK™

DAS STAR TREK-UNIVERSUM, 2 Bde.,
von *Ralph Sander* · 06/5150
DAS STAR TREK-UNIVERSUM, 1. Ergänzungsband
von *Ralph Sander* · 06/5151
DAS STAR TREK-UNIVERSUM, 2. Ergänzungsband
von *Ralph Sander* · 06/5270

Ralph Sander, Star Trek Timer 1996 · 06/1996
Ralph Sander, Star Trek Timer 1997 · 06/1997
Ralph Sander, Star Trek Timer 1998 · 06/1998
Ralph Sander, Star Trek Timer 1999 · 06/1999

William Shatner/Chris Kreski, Star Trek Erinnerungen · 06/5188
William Shatner/Chris Kreski, Star Trek Erinnerungen: Die Filme · 06/5450

Phil Farrand, Cap'n Beckmessers Führer durch STAR TREK – DIE CLASSIC SERIE · 06/5451
Phil Farrand, Cap'n Beckmessers Führer durch STAR TREK – DIE NÄCHSTE GENERATION · 06/5199
Phil Farrand, Cap'n Beckmessers Führer durch STAR TREK – DIE NÄCHSTE GENERATION – Teil 2 · 06/6457

David Alexander, Gene Roddenberry – Die autorisierte Biographie · 06/5544
Judith & Garfield Reeves-Stevens, Star Trek Design · 06/5545
Nichelle Nichols, Nicht nur Uhura · 06/5547
Leonard Nimoy, Ich bin Spock · 06/5548
Lawrence M. Krauss, Die Physik von Star Trek · 06/5549
Judith & Garfield Reeves-Stevens, Star Trek – Deep Space Nine: Die Realisierung einer Idee · 06/5550
Herbert F. Solow & Yvonne Fern Solow, Star Trek: Das Skizzenbuch – Die Classic-Serie · 06/6469
Judith & Garfield Reeves-Stevens, Star Trek – Phase II: Die verlorene Generation · 06/6470
Herbert F. Solow/Robert H. Justman, Star Trek – Die wahre Geschichte · 06/6499
J. M. Dillard, Star Trek: Wo bisher noch niemand gewesen ist · 06/6500

Diese Liste ist eine Bibliographie erschienener Titel,
KEIN VERZEICHNIS LIEFERBARER BÜCHER!